Michael Gerard Bauer
Die Nervensäge,
meine Mutter,
Sir Tiffy,
der Nerd
& Ich

Michael Gerard Bauer

DIE Nervensäge, meine Mutter, Sir Tiffy, DER Nerd & ICH

Aus dem Englischen von
Ute Mihr

Carl Hanser Verlag

Die Originalausgabe erschien 2016 unter dem Titel
The Pain, my Mother, Sir Tiffy, Cyber Boy & Me
bei Omnibus Books, an imprint of
Scholastic Australia Pty Ltd, Gosford.

1. Auflage 2018

ISBN 978-3-446-25862-4
Text © Michael Gerard Bauer
Alle Rechte der deutschen Ausgabe:
© Carl Hanser Verlag München 2018
Umschlag: Stefanie Schelleis, München
Lettering: Arabella Funk, München
Illustration: Peter-Andreas Hassiepen, München
Satz im Verlag
Druck und Bindung:
Friedrich Pustet, Regensburg
Printed in Germany

Für Dyan und Celia, für die vielen Male,
die ihr mir geholfen habt, »was drin ist,
hinaus in die Welt zu bringen«, und
für die vielen »Wunder«, die ihr für mich
erwirkt habt. Mit liebem Dank.

Die Nervensäge

Alles begann mit Danny, besser bekannt als die Nervensäge. Offiziell trat er genau neun Wochen und einen Tag vor der Abschlussfeier, am Ende des Schuljahres, in mein Leben. Und trotz aller Versuche, den Tag aus meinem Gedächtnis zu löschen, erinnere ich mich immer noch an jedes einzelne Detail.

Es war ein Freitag.

Der dreizehnte Tag des Monats.

Merkst du was?

Ich merkte nichts. Zumindest damals nicht. Keine Alarmglocken. Kein Gefühl drohenden Unheils. Eigentlich nicht verwunderlich. Mein Leben war bis dato nicht gerade ein Ponyhof gewesen, und »drohendes Unheil« war mehr oder weniger mein Normalzustand. Außerdem war alles, was an diesem Abend passierte, eigentlich ganz normal. Ich meine, Mum hatte durchaus schon Dates gehabt, seit Dad uns verlassen hatte. Ja. Zwei Mal. Später dann. Und warum auch nicht? Sie war noch jung. Irgendwie.

Aber diese Dates hatten absolut nichts bedeutet. Sie führten zu nichts. Wer wäre denn so blöd, noch einmal in die Falle zu gehen? Nicht meine Mutter. Bestimmt nicht!

Aus diesem Grund schrillte nichts bei mir, als die Nervensäge vor unserer Tür auftauchte, um Mum ins Kino abzuholen. Nicht das geringste Klingeln.

Aber das war, bevor *ich* die Haustür öffnete.

Und bevor *er* den Mund aufmachte.

Und danach?

Na ja, danach klingelte und schrillte es wie wahnsinnig.

Es war einmal
ein Mädchen,
das hieß Mags

Ich führe dich Schritt für schmerzvollen Schritt durch diese erste Begegnung.

Bereit?

Also. Als die Nervensäge eintraf, war ich in meinem Zimmer und machte einen letzten verzweifelten Versuch, meine Frisur zu retten (weitere verstörende Details später), während meine Mutter oben im Bad ihrem Gesicht den »letzten Schliff« gab.

Dann klingelte es, und folgende Worte schallten von oben zu mir herab:

»Machst du auf, Mags? Ich bin gleich so weit. Und benimm dich!«

Prima, Mum. Das ist der beste Weg, mich gleich von Anfang an total anzunerven.

Was mich an ihren Worten störte, willst du wissen? Also, zu deiner Information: Ich hatte sogar *zwei* sehr spezielle und sehr reale Probleme mit ihnen.

Mein erstes Problem:

Sie nennt mich MAGS!

Ich heiße nicht Mags. Ich heiße Maggie. Na ja, eigentlich Marguerite. Marguerite Butt. (Komm damit klar und mach weiter. So wie ich.)

Eigentlich will ich nur sagen, dass Maggie zwar kein besonders wohlklingender Name ist, aber schon eher ein sanftes Wiegenlied verglichen mit dem hässlichen, nebelhornartigen Rülpser Mags.

MAAAAAAAAAAAAAAAAAAAAAAAAAAAAAAAAAA AAGS!

Oh, Entschuuuuuuuuuuuuuuuuuuuuuuuuldigung.

Aber falls du noch nicht von seiner immanenten Hässlichkeit überzeugt bist, lass uns eine Sekunde innehalten und überlegen, was sich alles so wunderbar auf Mags reimt: entzückende Worte wie krächz, ächz, Sex, Ex. Jaaaaa, die wesentlichen Bausteine der Dichtkunst!

Es war einmal ein Mädchen, das hieß Mags ...

Das kann nicht gut enden!

Ich bin ja kein totaler *Mags*-Gegner. Als *Wort* hat es seine Berechtigung. Zum Beispiel ist *Mags* eine durchaus akzeptable Bezeichnung für diese hässlichen dicken Gummiteile, mit denen Autofreaks ihre Reifen aufmotzen, um dann eine kindische Freude daran zu haben. Und es beschreibt ganz hervorragend das Geräusch, das neandertalerartige Football-Spieler machen, wenn sie Schleim hochhusten. Und natürlich ist Mags eine prima Anrede, wenn du zufällig eine der verrückten Hexen in *Macbeth* bist.

Hallo zusammen. Ich bin Mags. Möchtet ihr meine selbstgemachte Hundezungen-Pâté kosten? Zum Reinlegen! Noch besser als mein weltberühmter Molchaugen- und Froschzehen-Dip, fin-

den meine Schwestern. Aber die sind auch *ZIEMLICH SCHRÄG drauf!*

JEDENFALLS ist *Mags*, wie ich meiner Mutter schon *verschiedentlich* erläutert habe (offenbar mit wenig Erfolg), definitiv kein angemessener Name für ein *normales* (um nicht zu sagen reifes und gebildetes) MENSCHLICHES WESEN.

Und da ich schon deine Aufmerksamkeit habe, sollte ich hier vielleicht hinzufügen (noch einmal, vor allem um meiner Mutter willen), dass jede verdrehte, kindische Variation von *Mags*, wie *Maggles* oder *Maglet* ebenso wie unerträglich peinliche Kombis wie *Maggly-Moo, Maggly-Poo, Maggly-Waggly* oder *Waggly-Moo-Poo* noch viel *weniger* angemessen sind!

Mein zweites Problem:

Sie sagt:»BENIMM DICH.«

Mich benehmen? Ich bin fünfzehn. Fast sechzehn! Warum redete meine Mutter mit mir, als wäre ich ein ungezogenes Kleinkind? Und was genau wollte sie damit überhaupt sagen? Benimm dich? Ich benehme mich *immer!* Genau genommen bin ich sogar stolz auf mein freundliches und ausgeglichenes Wesen.

Obwooooooooooohl … ich an diesem Abend, als die Nervensäge an unserer Tür auftauchte, *möglicherweise* ein kleines bisschen gereizt und kratzbürstig war (um meine Oma zu zitieren), was unter *normalen* Umständen natürlich VOLLKOMMEN UNTYPISCH FÜR MICH war. Aber *wenn* ich tatsächlich ein bisschen gereizt und kratzbürstig gewesen sein sollte (und ich sage nicht, dass ich es *war)*, dann war ich aus SEHR GUTEN GRÜNDEN gereizt und kratzbürstig.

11

Und zwar aus *folgenden* sehr guten Gründen:

1. Ich hatte gerade den ersten Entwurf meines *Macbeth*-Referats von Schwester Yoda (keine Fragen bitte) zurückbekommen. War ich, wie erhofft, auf Kurs in Richtung Eins oder Eins+? Näh. Aber hey, totaaaaaal dicht dran! Drei+! Wirklich vollkommen nachvollziehbar. »Allem Anschein nach« mangelte es meinen Ausführungen an einem »klaren Fokus«. »Allem Anschein nach« hatte ich die schlechte Angewohnheit, »in alle Richtungen davonzuflitzen wie eine Katze, die einer Murmel hinterherjagt« und eine »gefährliche Neigung, es mit Metaphern und Gleichnissen zu übertreiben«. (Wer im Glashaus sitzt, sollte nicht mit Katzen werfen!)

2. Mum und ich hatten gerade mal wieder eine Diskussion darüber beendet, welche Neigungsfächer ich belegen würde. Wie alle unsere vorausgehenden Diskussionen kreiste diese überwiegend darum, dass *ich* es für eine echt gute Idee hielt, im nächsten Jahr die Fächer »Film und Fernsehen« und »Literatur und Theater« zu wählen, damit ich eine Laufbahn als Schauspielerin oder Regisseurin in Angriff nehmen könnte, meine Mutter dagegen *nicht*.

3. Ich hatte gerade wieder eine Woche in meinem Kalender abgestrichen, was bedeutete, dass nur noch ein Tag mehr als neun Wochen Zeit blieb bis zum großen Abschlussball am Ende der zehnten Klasse. Das war ein Problem, denn ich musste leider immer noch eine nebensächliche Frage bezüglich meines Partners klären. Nämlich einen finden.

4. Nach der Schule hatte ich meine Haare im hiesigen Friseur-
salon »professionell schneiden und stylen« lassen. Und wenn
ich sage »professionell schneiden und stylen«, dann heißt
das im Klartext »bis auf zweieinhalb Zentimeter Länge
verstümmeln«.

Und all die genannten, sehr guten Gründe, an diesem Abend, als
die Nervensäge vor unserer Haustür stand, ein bisschen gereizt
und kratzbürstig zu sein, konnte Grund Nummer vier mühelos
toppen.

Ich hatte nämlich den *ganzen* Nachmittag beim Friseur verbracht, wo mich Sharlette, die Chefin vom Salon »Cut Above the
Rest«, für ein *Wahnsinns*geld dazu überredet hatte, Taarsheebah, der »absolut unglaublichen«, »was die Geiles mit deinen
Haaren macht«, »oh mein Gott, total spitzenmäßigen« neuen
Praktikantin zu erlauben, mich zur Favoritin für die Hauptrolle
im Remake von *Frankensteins Braut* umzustylen.

Gerade rechtzeitig für die Klassenfotos nächste Woche.

HURRA! MAGGIE BUTT AUF DER ÜBERHOLSPUR!

Natürlich machte Mum mit ihren lahmen Kommentaren alles nur noch schlimmer.

»Du übertreibst mal wieder, Mags (!) Je länger ich dich an-
schaue, desto besser erkenne ich, dass du es bist.« (!!!!!!!!!!!!!!!!!!!!
!!!!!!!!!!!!!!!!!!!!!!!!!!!)

Ich kann dir nicht sagen, wie tröstlich es war zu hören, dass
meine neue Frisur, die zu diesem Zeitpunkt an etwas erinnerte,
das von einer durchgeknallten Ratte auf Drogentrip in Form ge-
nagt wurde, TATSÄCHLICH *ICH* war! (Ich bitte alle um Entschuldigung, die sensibel auf eine figurative Sprache reagieren.)

Und *trotz* dieser oben ausgeführten, grässlichen Umstände schaffte ich es, in akzeptabler Weise freundlich und verständig zu sein, als ich an diesem schicksalhaften Abend die Tür öffnete und der NERVENSÄGE gegenüberstand.

Lass sie in Ruhe,
du Mistkerl

Natürlich hatte ich in dem Augenblick, als ich die Tür öffnete, keine Ahnung, dass die Person da draußen die Nervensäge war. Für mich war er einfach ein Typ, mit dem Mum ins Kino ging. Ein Typ, den wir, so die Erfahrung nach Mums letzten Verabredungen, beide zum Glück bald nie wiedersehen würden. Deshalb schenkte ich ihm eigentlich gar nicht viel Aufmerksamkeit. Abgesehen von den Basics, die ich natürlich registrierte. Und die Basics waren:

- Ein bisschen größer als der Durchschnitt
- Ein bisschen dicker als der Durchschnitt – um den Bauch spannte das T-Shirt ein wenig
- Körperbau – wie ein Bär
- Gesicht – nicht gerade wow!, aber okay
- Alter – schätzungsweise zwischen Ende dreißig und fünfzig
- Augen – grün (wahrscheinlich das »beste« Merkmal, auch wenn die Konkurrenz nicht gerade groß war)
- Zähne – alle da, von annehmbarer Farbe und Stellung
- Haare – viele und ziemlich freestyle-mäßig frisiert. Bin kein Fan von Bärten, aber wenigstens war dieser Bart kurz, und er sah nicht allzu sehr wie ein Straßenräuber aus.

- Lächeln – irgendwie hinterlistig
- Kleidung – funktional, aber nichts, was über die Catwalks in Mailand laufen würde
- Eindruck insgesamt – *na ja*

Möglicherweise habe ich länger gebraucht, als ich dachte, um diese Basics zu registrieren, denn Mums Date sagte:»Hallo.« Allerdings irgendwie langsam, und seine Stimme hob sich am Ende, als würde er testen, ob ich ihn verstehe. Dann fügte er hinzu:»Ich bin Danny.«

Ich beobachtete, wie seine Augen zu meinen Haaren wanderten. Zuerst dachte ich, er würde vielleicht die kleine Narbe an meinem Haaransatz betrachten, aber dann erinnerte ich mich an Taarsheebahs Handwerkskunst und nahm an, dass er sich wahrscheinlich fragte, ob ich einen schrecklichen Unfall auf einem Trampolin unter einem an der Decke hängenden Hochleistungsventilator gehabt hatte. Ich beschloss, ihn am besten im Unklaren zu lassen und stattdessen auf seine Begrüßung zu reagieren.

»Ah ja. Hi. Ich bin Maggie. Ähm, Mums Tochter.«

Siehst du. Was hab ich dir gesagt? Obwohl ich das arglose Opfer von Taarsheebah, der verrückten Haar-Mörderin war und zudem noch mindestens drei andere, ausgezeichnete Gründe hatte, ausgesprochen muffelig zu sein, verhielt ich mich unglaublich freundlich und verständig.

Ja, ich weiß. Der Zusatz, dass ich »Mums Tochter« bin, war natürlich total schwachsinnig, also übergehen wir ihn einfach und fahren fort, einverstanden?

Egal, ich wollte gerade sagen »Ich hol Mum«, als er etwas total VERRÜCKTES und NERVIGES tat.

16

ER FING AN ZU SINGEN!

Ich weiß! Singen? Verrückt und nervig, ja? Um es noch schlimmer zu machen, sang er darüber, wie ich »aufwachen sollte«, weil er mir etwas sagen wolle. Außerdem sang er mit einer oberpeinlichen, knurrenden, kratzenden Stimme und verzog dabei sein Gesicht, als würde er versuchen, Rasierklingen zu verschlucken! Im Ernst: Wer begegnet einem vollkommen Fremden und fängt dann an zu singen?

Als er fertig war, zeigte er mit beiden Zeigefingern auf mich, als würde er eine Waffe auf mich richten. Ich starrte ihn nur an. Echt. Denn ich versuchte verzweifelt, Antworten auf die Fragen zu finden, die in meinem Kopf brodelten. Fragen wie:

Erwartet er, dass ich ihm applaudiere?

Gibt es vielleicht eine Form des Tourette-Syndroms mit Gesang, von der ich noch nichts wusste?

Hatte jemand mein Leben in ein Musical verwandelt, ohne es mir zu sagen?

Sollte ich die hiesige Irrenanstalt informieren, dass einer ihrer gefährlichsten Insassen frei herumlief?

Ich betrachtete prüfend sein Gesicht. Er schien keinen Schaum vor dem Mund zu haben. Das nahm ich als gutes Zeichen. Aber dann fing er an zu sprechen, und die Worte, die aus seinem Mund kamen, hätten auch Schaum sein können, denn sie ergaben für mich überhaupt keinen Sinn.

»Rod Stewart.«

»Hä? Bitte was?«

»Rod Stewart.«

»Aber … Ich dachte, Sie hätten gesagt, Ihr Name wäre … Danny.«

»Nein, nicht *mein* Name. Dieses Lied … ein Song von Rod Stewart.«

Ich nickte. Keine Ahnung, warum. Ich hatte nämlich keinen Schimmer, wovon er sprach. Das bremste ihn allerdings nicht. Ooooooooh nein.

»Aus den Siebzigerjahren. Lange vor deiner Zeit. Aber ein großartiger Song. Ich spiele in einer Coverband, und wir arrangieren die verschiedensten Songs. Eine Art Hobby.«

»Aha.«

»Over Dub.«

»Hä?«

»So heißt die Band. In der ich spiele.«

»Toll …«

»Im Sinne von Spuren überschneiden, Tonspuren, verstehst du?«

Ich nickte immer noch. Nicht, dass ich irgendwas verstanden hätte. Ich hatte nur einfach eine Art Rhythmus gefunden und konnte irgendwie nicht aufhören.

»*Maggie May.*«

Warum warf dieser merkwürdige Mensch dauernd mit irgendwelchen Namen um sich? Hielt er einen imaginären Appell ab? Sah er tote Menschen?

»Was?«

Ich hörte auf zu nicken.

»Das ist der Titel dieses alten Rod-Stewart-Stücks. Das ich gesungen habe. Es heißt *Maggie May.*«

Ich nickte nicht mehr und starrte ihn verständnislos an.

»*Maggie May?*«, sagte er noch einmal. »Du weißt schon … Maggie? Wie *dein* Name.«

Und endlich ging mir im Schneckentempo ein Licht auf.

»Oh, oh, ja! Jetzt kapier ich. Richtig. Ja. Maggie. Mein *Name*.«

Das sagte ich, aber ich *dachte*: Oh, oh, ja! Jetzt kapier ich. Richtig. Du bist total verrückt, genau, ein verrückter Sänger! Ich warf einen Blick in den Flur und hoffte, dass Mum auftauchte, um mich zu retten. Leider hatte ich kein Glück. Ich saß in der Falle.

»Äh, würden Sie gern … äh … reinkommen … und drinnen warten?«

Siehst du. Immer noch unglaublich freundlich und verständig – sogar angesichts eines verrückten Sängers. Geradezu unfassbar, wie freundlich und verständig ich war!

Er schenkte mir noch ein hinterlistiges Lächeln, das mich verwirrte.

»Drinnen? Na ja, ich habe den Grundkurs ›Stubenrein‹ noch nicht ganz abgeschlossen, aber, hey, lass es uns riskieren.«

»Hä? Bitte was?«

»Nichts. Sehr gerne. Nach dir.«

Er lächelte mich immer noch an. Das machte mich ein bisschen wahnsinnig. Ich führte ihn direkt ins Wohnzimmer, damit ich ihn dort absetzen und flüchten konnte.

»Mum kommt bestimmt gleich. Keine Ahnung, wo sie bleibt. Ich geh schnell und schau nach.«

Er nickte, und ich stürmte in die Freiheit. Endlich! Aber dann sah ich mich auf dem Weg hinaus im Wohnzimmerspiegel. Nur dass ich es eigentlich gar nicht war. Ich konnte es nicht sein! Es war jemand, der wie ich aussah, aber aus irgendeinem Grund einen Waschbär auf dem Kopf trug. Einen Waschbär, der von Taarsheebah, der Haar-Mörderin, traktiert worden war!

Das scheußliche Spiegelbild sorgte dafür, dass ich stehen blieb. Dass ich den verrückten Sänger im Zimmer hinter mir vergaß. Dass ich näher an den Spiegel trat und laut aufstöhnte. Dass ich an störrischen Haarsträhnen und -büscheln zog und sie niederdrückte und laut Scheiße! Scheiße! Scheiiiiiißeeeee! sagte.

Bis hinter mir eine Stimme ertönte.

»Probleme?«

Ich wirbelte herum. SCHEISSE! Da stand ein fremder Mann in unserem Wohnzimmer! Nein, stop. Das war nur der verrückte Sänger.

»Etwas nicht in Ordnung?«, fragte er.

»Nicht in Ordnung? Nur das«, sagte ich und wedelte mit den Händen in Richtung meines Kopfes.

Er sah verwirrt aus.

»Stimmt irgendwas nicht … mit dem Raum um deinen *Kopf*?«

Jetzt war es offensichtlich für mich, dass er nicht nur verrückt und blind war, sondern auch dumm wie Brot! Ich musste wohl deutlicher werden.

»Meine Frisur! Die ist nicht in Ordnung.«

Er legte den Kopf schräg und kaute ein bisschen auf dem Rand seiner Unterlippe.

»Und … das Problem … *ist* …«

Mein Gott. Ich musste es ihm nicht nur sagen. Ich musste es ihm buchstabieren – jeden einzelnen Buchstaben!

»Das Problem? *Alles!* Das ist das Problem! Die Länge. Der Schnitt. Die Form. Der Style. Der Look. Die Farbe. Es ist eine einzige *Katastrophe*. Die Klassenfotos stehen an, und ich sehe …

grässlich aus! Ich hätte bei meiner alten Frisur bleiben sollen. Ich wusste es. Sie war *so viel* besser.«

Jetzt runzelte der verrückte Sänger die Stirn.

»Hmmm. Fällt mir ein bisschen schwer, das zu beurteilen«, sagte er, »weil ich nicht genau weiß, welche Frisur du vorher hattest.«

Und dann machte ich einen großen Fehler. Und ich meine einen wirklich GROSSEN FEHLER. Ohne nachzudenken, zeigte ich auf das gerahmte Foto auf dem kleinen Tisch hinter ihm. Er drehte sich um und nahm es in die Hand. Es war ein Bild von mir mit meinem alten Haarschnitt, das vor ein paar Monaten aufgenommen worden war. Ein Porträt. Ich sehe okay aus. Muss irgendwie mit dem Licht zusammenhängen.

Der verrückte Sänger betrachtete das Foto eine Weile und brachte es dann mit zu der Stelle, wo ich stand.

»Was dagegen?«, sagte er, und bevor ich kapierte, worum er mich bat, hielt er das Foto direkt neben meinen Kopf, und seine Augen wanderten zwischen dem Foto und mir hin und her.

NEIN, DAS FÜHLTE SICH NICHT IM GERINGSTEN GRUSELIG ODER PEINLICH ODER KOMISCH AN!

Nachdem ich dort noch weitere unerträgliche Sekunden gestanden und mich innerlich gewunden hatte, sagte er endlich etwas.

»Weißt du, was ich denke?«, sagte er.

Ich schüttelte den Kopf. Aber eigentlich *wusste* ich es. Wirklich. Also machte ich mich darauf gefasst, eine aufgewärmte, lahme Version des Mülls zu hören, den meine Mutter schon von sich gegeben hatte. Also etwa: »Ist doch gar nicht so schlecht. Eigentlich gefällt es mir. Passt zu dir!«

Ich wartete.

Er kaute ein bisschen auf seiner Unterlippe und nickte.

Jetzt kommt es, dachte ich.

»Jap. Ich denke, du hast recht.«

Was zum ...?

Diese Frage (oder ein Teil davon) poppte in diesem Augenblick in meinem Kopf auf. Aber aus meinem Mund kam nichts, obwohl er offen stand.

»Ja, ich bin ganz deiner Meinung. Im Vergleich dazu ist dieser neue Haarschnitt was ganz anderes. Ich glaube, ›grässlich‹ ist ein bisschen stark. Aaaaaaber andererseits ...«

Was zum ...? Ich wiederhole *WAS ZUM ...!*

Ich fasste es nicht. Was ist das für ein Mensch, der einem bei der ersten Begegnung was *vorsingt* und einen dann *beleidigt*?

Aber, Moment, er war noch nicht fertig. Er hatte sich sogar erst aufgewärmt.

Jetzt zeigte er auf mein Foto und tippte auf das Glas.

»Erstaunlich. Dieser neue Haarschnitt scheint deine ganze Gesichtsstruktur verändert zu haben. Sie mal, auf diesem *Foto* hier mit der alten Frisur leuchten deine Augen und funkeln, und dein Mund lächelt total freundlich, und du siehst, na ja ... reizend aus. Aber *jetzt* mit diesem *neuen* Schnitt ...«

Dann stellte er das Foto ab, damit er mit seinen Händen einen Rahmen um mein Gesicht bilden konnte. »Die neue Frisur hat *alles* verändert. Unglaublich. Sie lässt deine Augen zusammengekniffen und total feindselig aussehen, fräst diese Falte in deine Stirn und verwandelt deinen Mund in einen ... flachen Schlitz. Und, *schau nur*, jetzt schiebt sie sogar deine Unterlippe nach vorn.«

Genau da wusste ich, dass ich ihn umbringen wollte. Er war verrückt, er sang und beleidigte mich, und dafür *musste* er büßen. Das war Fakt. Ich musste nur noch herausfinden, wann und wie und auf welche möglichst grausame und schmerzhafte Art und Weise.

Ach ja, und wie ich die Leiche loswerden würde.

Aber bevor ich diesen verlockenden Gedanken weiterverfolgen konnte, erschien Mum. Endlich!

»Ach, wie ich sehe, habt ihr euch bekannt gemacht. Und wie kommt ihr klar?«

»Wie Topf und Deckel«, log der verrückte Sänger. »Wir haben gerade unsere Meinungen über Maggies neuen Haarschnitt ausgetauscht.«

Mum verdrehte die Augen und legte sich die Hand auf die Brust.

»Ach *das*«, sagte sie. »Sie hört einfach nicht auf mich, hoffentlich hast du ihr den Kopf zurechtgerückt.«

Ha! Gleich würde die Wahrheit ans Licht kommen. Ich warf dem verrückten Sänger, der mich beleidigt hatte, einen wütenden Blick zu. Mal sehen, wie du da wieder rauskommst, Freundchen.

»Klar«, sagte er. »Wir sind beide der Meinung, dass die Frisur eine ›komplette Katastrophe‹ ist. Ich wollte ihr eigentlich gerade vorschlagen, dass es eine gute Idee wäre, wenn sie sich eine feste Papiertüte oder einen blickdichten Sack über den Kopf ziehen würde, falls sie die Absicht hätte, bei Tageslicht vor die Tür zu gehen, damit kleine Kinder sich nicht erschrecken, die Immobilienpreise in der Nachbarschaft nicht in den Keller rauschen oder die Kühe keine Milch mehr geben.«

NEIN, ICH DENKE MIR DAS NICHT AUS! *GENAU* DAS HAT ER GESAGT!

Ich feuerte meinen besten Todesblick auf ihn ab.

Das war gerade wirklich passiert. *Warnung vor figurativer Sprache!* Er hatte gerade nicht nur meine Mutter und mich beleidigt, sondern das ganze Haus angezündet.

Ich wirbelte zu Mum herum. Ihr Gesicht war in einem erstaunten Ausdruck erstarrt. Ich hielt die Luft an. Das würde total geil werden! Jeden Augenblick würde sie wie Sigourney Weaver in *Alien* zu meiner Verteidigung herbeieilen, laut »Lass sie in Ruhe, du Mistkerl« kreischen und diesem singenden und beleidigenden, verrückten *Monster* volle Kanne die Meinung geigen.

Und genau *das* ... machte sie nicht.

Sondern sie lachte. Sie lachte dieses peinliche schnaubende Lachen und sagte: »Danny, du bist einfach *schrecklich!* Glaub ihm *kein* Wort, Maggie. Er zieht dich nur auf. Was soll ich bloß mit ihm machen?«

Mit ihm machen? Nun, wie wär's für den Anfang damit, laut *LASS SIE IN RUHE, DU MISTKERL!* zu kreischen und IHM DANN VOLLE KANNE DIE MEINUNG ZU GEIGEN?

Leider Fehlanzeige. Stattdessen trat sie zu dem singenden und beleidigenden Verrückten, legte die Hand auf seinen Arm und lächelte.

Meine Güte, vielen Dank, Sigourney! Weiter so, ihr beiden, macht ruhig Witze auf meine Kosten. Und sorgt euch bloß nicht um mich. Ich bleibe einfach hier, eingewickelt in einen Todeskokon, und warte, dass die schleimigen Alien-Babys mit den spitzen Zähnen schlüpfen und mich bei lebendigem Leib auffressen, ja?

Mum nahm ihre Handtasche vom Couchtisch und sagte: »Okay, wir gehen nur ins Kino und danach gleich nach Hause, es wird also nicht spät.«

Dann kam sie herüber und stellte sich direkt vor mich.

»Ich hab den Schlüssel und mein Handy. Pass auf, dass alle Türen zu sind und ruf an, wenn's ein Problem gibt. Egal was, verstanden? Tschüss, Süße.«

Nach einer kurzen Umarmung und einem Kuss auf die Wange ging sie los, gefolgt von dem singenden und beleidigenden Verrückten, der mir zuwinkte, mich hinterlistig anlächelte und sagte: »Bis dann.«

Ich lächelte nicht, und ich sagte auch nichts, sondern schlurfte nur ein paar Schritte hinter ihnen her wie Maggie von den Walking Dead. Als sie die Haustür erreichten, hielt der singende und beleidigende Verrückte meiner Mutter die Tür auf, und sie verschwand nach draußen. Er blieb jedoch stehen, drehte sich um und schaute mich an.

»Ich hoffe wirklich, dass alles gut endet. Du weißt schon, mit deiner Frisur und dem Klassenfoto und allem«, sagte er.

Klar. Sicher. Tschüss.

»Und wenn es für dich in Ordnung ist, erzähle ich Rosie von deiner Frisuren-›Katastrophe‹. Sie findet das bestimmt spannend.«

»Rosie?«, fragte ich und bereute es auf der Stelle.

»Ja. Eines der Kids unten in der Klinik, wo ich arbeite. Sie ist in deinem Alter. Hatte fast das ganze Jahr Chemo wegen ihres Krebses. Ihr sind alle Haare ausgefallen. Jedes einzelne. Sogar an den Augenbrauen. Ich dachte, sie freut sich vielleicht, wenn sie hört, wie nervig es sein kann, wenn man Haare hat. Muntert sie vielleicht auf, wenn ihr klar wird, was sie für ein Glück hat, dass ihr all diese grässlichen Unannehmlichkeiten erspart bleiben, mit denen du dich rumschlagen musst.«

Dann schaute er mich einfach eine Sekunde lang an und sagte: »Mach's gut, Maggie May.«

Und als die Tür hinter ihm zufiel, hatte sich der singende und beleidigende Verrückte in die Nervensäge verwandelt.

Ich spürte schon jetzt, wie sehr er mich nervte.

Empörende
Doppelmoral

Arme Mum! Ich musste die Nervensäge nur ein paar Minuten ertragen, aber sie musste ganz alleine über Stunden hinweg mit ihm zurande kommen. Das war unmenschlich und grausam! Diese Gedanken gingen mir kurz vor dem Einschlafen in meinem Zimmer durch den Kopf.

Nachdem ich mich am nächsten Morgen aus dem Bett gequält hatte, fand ich Mum am Küchentisch vor einer Tasse Kaffee und einer Schale voller Müsli, Joghurt, Honig und kleingeschnittener Banane. Offensichtlich aß sie, um die Schrecken des gestrigen Abends zu vergessen. Ich setzte mich ihr gegenüber und versuchte vorsichtig, mich unauffällig dem heiklen Thema ihrer Verabredung zu nähern.

»Also, gestern Abend im Kino, das war wahrscheinlich das Allerletzte, oder, Mum?«

Ihr Kopf fiel nach vorn, und sie stöhnte.

»So schlimm?«

»Erinnere mich nicht, Liebes. Ich versuche, es aus meinem Gedächtnis zu löschen. Was soll ich sagen? Schrecklich. Furchtbar. Miserabel. Ein Flop. Ein Reinfall. Eine Katastrophe.«

An diesem Punkt hatte ich das Gefühl, sagen zu müssen: »Sag bloß! Was hast du erwartet? Das hast du ganz allein dir selbst zu-

zuschreiben, weißt du. Was hast du dir nur dabei *gedacht?* Mit so einem auszugehen. Ich meine, ich hätte es *vielleicht* verstanden, wenn ein Psycho dir eine Waffe an den Kopf gehalten oder deine Familie als Geisel genommen hätte oder wenn böse Außerirdische dein Gehirn kontrolliert hätten – aber *freiwillig!* Was soll das?«

Mum schloss die Augen und nahm langsam einen Schluck Kaffee. Dann sah sie mich an und schüttelte den Kopf.

»Der schlechteste Film, den ich je gesehen habe – keine Frage. Der *allerschlechteste.* Zuerst dachte ich wirklich, ich würde eine Zombie-Geschichte sehen. Aber dann merkte ich, dass die Schauspieler einfach wie hirntot spielten. Und erst die Dialoge. Brrrrrr! Nervtötend kindisch und grottenschlecht!«

»Du warst also nicht begeistert, wenn ich dich richtig verstehe?«

»Ganz und gar nicht. Ich geb dem Film einen halben Stern, und zwar dafür, dass es tatsächlich irgendwer geschafft hat, die Kamera in die richtige Richtung zu halten. Ich kann nur von Glück sagen, dass Danny dabei war.«

LANGSAM! WARTE! Pause und zurück. Ich kann nur von Glück sagen, dass *Danny* dabei war? ERKLÄRUNG BITTE!

»Er? Warum? Was hat er gemacht?«

»Also, wenn Danny nicht gewesen wäre, hätte ich den Abend komplett abschreiben können. Wenn ich mich durchgesetzt hätte, wären wir sofort wieder gegangen. Aber *Danny* sagte die ganze Zeit, wir müssten ›der Sache eine Chance geben‹. Und das taten wir. Aber, meine Güte, es wurde immer schlimmer.«

Mum nahm ihren Löffel und spielte mit ihrem Müsli. Auf ihrem Gesicht lag ein leicht verträumtes Lächeln.

»Aber dann fing Danny mit diesen komischen Bemerkungen und Witzen an und flocht seine eigenen Dialoge ein. Einfach total blödsinnig.«

Sie kicherte in sich hinein und zeigte dann mit dem Löffel auf mich.

»Zum Beispiel bei dieser schmalzigen Stelle, als das hohlköpfige Mädchen zu ihrem Muskelprotz von Freund so was sagt wie ›Ich kann nicht ohne dich leben, Warren‹, beugte Danny sich zu mir und flüstert: ›Weil du der Einzige bist, der meine Eiserne Lunge bedienen kann!‹ Es war *zum Schreien komisch!*«

Komisch? Entschuldigung, aber das finde ich *keineswegs.* Wenn man einen schlechten Geschmack hat, *vielleicht. Ganz sicher* eher so, dass man genervt aufstöhnt. Aber nur, wenn ich super großzügig bin.

»Und das hat er dann die ganze Zeit gemacht. Blödsinnige Kommentare abgegeben. Dann hab ich natürlich auch damit angefangen, und im Handumdrehen haben wir uns weggeschmissen vor Lachen und konnten nicht mehr aufhören. Wir haben uns buchstäblich die Tränen aus dem Gesicht gewischt. Ich kann mich nicht erinnern, wann ich zum letzten Mal so gelacht habe.«

Dann gab meine Mutter einen komischen Summton von sich und ließ beiläufig einen zusätzlichen Informationsschnipsel fallen.

»Und dann mussten wir das Kino verlassen.«

WIE BITTE?

»Ihr musstet das Kino verlassen?«

»Ja, der Geschäftsführer persönlich hat uns rauskomplimentiert. Obwohl, *Geschäftsführer* ist gut – er sah aus wie zwölf. Of-

29

fenbar waren wir für schuldig befunden worden, ›die anderen Besucher zu stören‹. Kannst du das glauben?«

Nein. Das konnte ich in der Tat nicht glauben. Ich schaute meine Mutter unverwandt an. Meine Mutter, die *angeblich* die VERANTWORTLICHE Erwachsene in unserer Zwei-Personen-Familie war. Meine Mutter, die jetzt *kichernd* vor mir saß.

»Man hat euch rausgeworfen?«

»Hm-hm.«

»Der Geschäftsführer?«

»Du hast's erfasst.«

Was ging hier ab? Meine Mutter hatte mir gerade erzählt, dass sie aus einem Kino geworfen wurde, und jetzt saß sie einfach da, mampfte vergnügt ihr Müsli und lächelte in die Schüssel, als hätte sie einen Preis gewonnen. Das war zu viel!

»Mum, wie kannst du einfach so dasitzen und grinsen? Du bist aus einem Kino geflogen, weil du rumgealbert hast!«

»Ich weiß, Liebes. Ich war ja dabei. Zumindest am Anfang … bis ich rausflog.«

NOCH MEHR GEKICHER!

»Aber was ist mit letztem Jahr, als ich in der Schule Probleme bekam, weil ich während einer langweiligen Shakespeare-Aufführung ein Buch las? Als du *davon* erfahren hast, bist du an die Decke gegangen. Als ›unreif, verantwortungslos und unhöflich‹ hast du mich bezeichnet. Nichts würde mich interessieren außer mir selbst. Und am Ende saß ich ein ganzes Wochenende lang in Einzelhaft in meinem Zimmer.«

Mum wedelte mit der Hand in meine Richtung.

»Ja, du und Nelson Mandela, ihr habt *unglaublich* viel gemeinsam. Aber sei's drum, *das* war was anderes.«

»*Was anderes?* Wie *was anderes?*«

»Du warst *Shakespeare* gegenüber respektlos. Dem unsterblichen Dichter! Der Film gestern Abend war eine Beleidigung unserer Intelligenz.«

»Aber das macht euer Verhalten nicht besser. Ihr habt euch allen anderen im Kino gegenüber ›respektlos‹ verhalten. Ihr habt ›die anderen Besucher gestört‹.«

Meine Mutter machte ein ernstes Gesicht und wackelte mit ihren Löffel hin und her.

»Maggie, pass mal auf. Wenn diesen Leuten gestern Abend der Film wirklich *gefallen* hat, dann waren sie *schon vorher* gestört.«

Und dann besaß sie die Frechheit, über ihren ARMSELIGEN NICHTWITZ schnaubend zu lachen.

Hatte sie den Verstand verloren? War sie auf Drogen? Sah sie nicht, dass hier ihrerseits ein *klarer* Fall von empörender Doppelmoral vorlag? Was war los mit ihr? Ich musste tiefer bohren.

»Also gut. Egal. Der böse, gemeine Kinder-Geschäftsführer hat euch also aus dem Kino geworfen und euch den ganzen Spaß daran verdorben, *unhöflich* und *anstößig* zu sein und *die anderen Besucher zu stören.* Und was war dann?«

»Eigentlich nicht viel.« Mum starrte vor sich hin, als ob sie sich das ganze »nicht viel«, das sie nicht gemacht hatte, vorstellen würde. »Wir sind nur ein bisschen spazieren gegangen. Haben uns einen Kaffee geholt. Und sind dann über den River Walkway gebummelt. Haben eine Bank gefunden. Die Lichter der Stadt betrachtet. Den Fähren beim Vorbeifahren zugeschaut. Geredet.«

»Geredet?«

31

»Ja. Eine halbe Ewigkeit. Und gelacht. Ziemlich viel sogar, wenn ich jetzt so darüber nachdenke.«

»Ihr habt auf einer Bank gesessen und *geredet* und *gelacht*?«

Mum schaute nicht mehr vor sich hin, sondern nahm stattdessen mich ins Visier.

»Ja, Maggie. Wir saßen tatsächlich auf einer Bank und haben geredet und gelacht. Das ist kein Verbrechen, wie du weißt.«

Nicht? SOLLTE ES ABER SEIN! Vor allem, wenn eine der Personen, die da sitzt, redet und lacht, zufälligerweise MEINE MUTTER ist, und die andere Person DIE NERVENSÄGE! Ich musste mich sehr zusammenreißen, um das nicht quer über den Tisch zu schreien.

»Egal, eines verspreche ich dir.« Mum zeigte wieder mit ihrem Müsli verschmierten Löffel auf mich. »Das nächste Mal wähle *ich* den Film aus. Das werde ich in meinen Vertrag aufnehmen!«

Das *NÄCHSTE* MAL? Es würde ein NÄCHSTES MAL geben? So lief das aber nicht. Bei den letzten Verabredungen von Mum hatte es nie ein NÄCHSTES MAL gegeben.

»Also dann denkst du, dass du … noch mal … mit *ihm* … ins Kino gehst?«

»Möglicherweise.«

Das hörte sich schon ein bisschen besser an. *Möglicherweise* klang nicht ganz so entschieden.

»Aber nicht am nächsten Wochenende. Nächstes Wochenende machen wir irgendwo ein Picknick. Die Einzelheiten habe ich aber noch nicht organisiert.«

Mein Blick klebte am Gesicht meiner Mutter.

»Ein Picknick?«

»Ja. Du kannst uns gern begleiten, wenn du magst.«

Hä?»Uns«? Sie bezeichnete sich selbst und die Nervensäge als »uns«. Aber das ist nicht richtig. Sie sind nicht »uns«. *Wir sind* »uns«. Mum und ich. Die einzigen Bewohner innerhalb der hohen, undurchdringlichen Mauern von BURG BUTT.

»Ääääh, nein danke. Ich muss ... an meiner *Macbeth*-Hausarbeit arbeiten.« (Eine bequeme Entschuldigung. Schade nur, dass es stimmte.)

»Musst du wissen, Liebes.« Meine Mutter ließ im Spülbecken Wasser über ihr Frühstücksgeschirr laufen und verließ dann die Küche, um sich anzuziehen.

Ein Picknick? Draußen auf dem Land? Den ganzen Tag? Und mit der Nervensäge als einziger Gesellschaft?

Zuerst machte ich mir Sorgen, aber je mehr ich darüber nachdachte, desto ruhiger wurde ich. Ich meine, jeder konnte ein paar Stunden normal erscheinen, besonders, wenn sich der größte Teil des Zusammenseins in einem überfüllten Kino abspielte. Aber einen ganzen Tag lang mit jemandem zu picknicken, war eine ganz andere Geschichte. In diesem Szenario würde der wahrhaft *nervende* Charakter einer gewissen Person sehr *nervend* zum Vorschein kommen.

Ich schnappte mir die Müslischachtel, die Mum auf dem Tisch stehen gelassen hatte, und schüttete mir vergnügt einen Berg davon in eine Schüssel. An die Nervensäge würde ich keinen weiteren Gedanken verschwenden. Er war nur ein vorübergehendes kleines Ärgernis und lohnte nicht, sich Sorgen zu machen. Außerdem gab es viele andere Dinge in meinem Leben, um die ich mir *wirklich* Sorgen machen musste.

Und all diese Dinge passierten in der Schule.

Das Jahr
des Butt

Die fragliche Schule war die Mädchenschule St Brenda's.
Trotz des Namens ist St Brenda's keine komplett jungen-
freie Zone. Denn die Schule liegt direkt gegenüber der Jungen-
schule St Gregory's, und die beiden Schulen veranstalten Dis-
kussionsrunden, Exkursionen, Musicals und andere Aktivitäten
oft gemeinsam. Außerdem gibt es eine gemeinsame Bibliothek
und ein gemeinsames Lehrmittelzentrum. Die liegen auf der
Seite von St Brenda's, sind aber durch eine überdachte Brücke
mit St Greg's verbunden.

Ich kam in der neunten Klasse auf die St B's. Und meine schu-
lische Laufbahn dort war nicht gerade eine Erfolgsgeschichte.

Und eigentlich kann ich die Schuld daran nicht einmal auf die
Schule schieben. Das hatte mehr damit zu tun, dass mein Vater
vor ein paar Jahren abgehauen war und meine Eltern sich hatten
scheiden lassen. Damals mussten wir unser Haus verkaufen und
in ein kleineres in einer weniger teuren Gegend ziehen. Inzwischen arbeitete Mum Vollzeit als Schönheitsberaterin und Ma-
ke-up-Spezialistin im hiesigen Einkaufszentrum, um die Rech-
nungen zahlen zu können, und ich musste meine alte Schule
verlassen, wo ich einigermaßen glücklich und ausgeglichen war.
Und an der neuen Schule (ebenjener St Brenda's) war ich fest

entschlossen, beides nicht zu sein: weder glücklich noch ausgeglichen.

Und diese Entschlossenheit zeigte richtig gute Ergebnisse.

Schon erstaunlich, was du erreichst, wenn du deine gesamte negative Energie auf etwas konzentrierst. Mein strenger Fokus auf meine Niedergeschlagenheit führte dazu, dass nicht viele (das heißt: niemand) aus meinem Jahrgang Gefallen an der mürrischen, verschlossenen, reizbaren, asozialen, aus einem zerrütteten Elternhaus stammenden, sich weit weg wünschenden Neuen mit null Bock und null Persönlichkeit fanden, zu der ich mich entwickelt hatte.

Gutes Bild!

Aber als die neunte Klasse zu Ende ging und die Ferien begannen, geschah etwas. Ich betrachtete mich nämlich einmal selbst sehr lang und sehr genau. Und was sah ich? Richtig. Ein mürrisches, verschlossenes, reizbares, asoziales, aus einem zerrütteten Elternhaus stammendes, sich weit weg wünschendes Mädchen mit null Bock auf nichts und null Persönlichkeit namens Maggie Butt, die ich kaum erkannte.

Ich würde auch nicht viel Gefallen an ihr finden.

Gutes Bild!

Also beschloss ich auf der Stelle, dass das folgende Jahr anders werden würde. Es war an der Zeit, wieder die alte Maggie Butt aus der Zeit hervorzuholen, bevor ihr Vater durchgebrannt war. Das Mädchen, das gern in die Schule ging und ihre Sache dort gut machte. Das Mädchen, das lächelte und lachte, weil es Sinn für Humor hatte. Das Mädchen, das mit anderen Menschen sprach und sogar Freundschaften schloss. Das Mädchen, das ich wirklich mochte. Und die Tatsache, dass das folgende Jahr auch mein *letztes* an dieser Schule sein würde (sowohl St Brenda's als auch St Greg's gingen nur bis zur zehnten Klasse), machte mich nur noch entschlossener, mein Leben wieder auf die Reihe zu bringen, bevor ich für die Oberstufe auf das Preston-College wechseln würde.

Nachdem ich das neue Schuljahr insgeheim als DAS JAHR DES BUTT ausgerufen hatte, notierte ich drei spezielle und realistische Ziele, die mir helfen sollten, mein nobles Vorhaben auch tatsächlich umzusetzen.

Ziel 1: Finde wenigstens eine gute Freundin.
Ziel 2: Finde einen Partner für den Abschlussball am Ende der Zehnten.
Ziel 3: Krieg eine Eins in Englisch (mein bestens Fach).

Nichts vollkommen Absurdes darunter, oder? Ich meine, ich nahm mir ja nicht den Weltfrieden zum Ziel oder den Sieg über die Armut in der Welt. Dennoch stand es jetzt, nur wenige Monate vor dem Ende des Schuljahres, nicht zum Besten um meine DREI SPEZIELLEN UND REALISTISCHEN ZIELE. Um ehrlich zu sein, wurden sie vielmehr künstlich am Leben erhalten und bekamen schon fast die letzte Ölung.

Zum Beispiel *Ziel 1: Finde wenigstens eine gute Freundin.*

Hier hatte es am Anfang des Schuljahres tatsächlich ein paar vielversprechende Ansätze gegeben. Tatsächlich sah sogar alles recht gut aus. Aber dann lief die Sache aufgrund von Umständen, die leider keineswegs außerhalb meiner Kontrolle lagen, total aus dem Ruder direkt in ein Schlagloch von der Größe des Grand Canyon und verschwand spurlos. Mitgerissen wurden alle aufkeimenden Freundschaften sowie alles, was von meinem Ruf noch übrig war. (Ich entschuldige mich für die Überdosis an figurativer Sprache, aber die tatsächlichen Einzelheiten der Ereignisse sind so schrecklich, dass ich sie zu diesem Zeitpunkt nicht in Worte fassen kann. Ich verspreche, dass später jedes einzelne schmerzliche Detail enthüllt wird. Danke für deine Geduld und dein Verständnis.)

Dann gab es da natürlich noch *Ziel 2: Finde einen Partner für den Abschlussball am Ende der Zehnten.*

Ich möchte nicht, dass du denkst, dieses Ziel würde bedeuten, ich wäre so schwach, dass ich dächte, ich bräuchte ein männliches Wesen zum Glücklichsein. Ha! Weit gefehlt. In Wirklichkeit wollte ich einfach nur einen akzeptablen Partner, um zu zeigen, dass ich keineswegs die eigenbrötlerische Nullnummer war, für die mich jeder hielt. Und wie es mit diesem Ziel lief, fragst du? Sagen wir mal so: Obwohl der Abschlussball bedrohlich näher rückte, watete ich immer noch durch ein *Meer* von Maggie-Butt-Partner-Bewerbungen! (Das ist natürlich kompletter Unsinn, aber ich möchte es so gern so sagen, denn damit fühle ich mich *viiiiiiiiel* besser.)

Blieb also nur noch *Ziel 3: Krieg eine Eins in Englisch.*

Vielleicht bist du erstaunt zu hören, dass ich nach dem ersten Halbjahr auf dem direkten Weg dahin war, dieses Ziel zu erreichen. Es war im Sack. Unter Dach und Fach.

Aber ohne mein Wissen drang eine dunkle Macht in mein Leben ein. Eine dunkle Macht, die nur danach zu trachten schien, Ziel drei komplett zu verhindern. Eine dunkle Macht namens …

SCHWESTER EVANGELISTA.

Sie lagen falsch

*S*chwester Evangelista, alias Schwesta Lista, alias Schwester Yoda, ist eine Nonne.

Offiziell war sie im Ruhestand (als Lehrerin, nicht als Nonne). Aber am Ende des ersten Halbjahres in der Zehnten, als meine *eigentliche* Englischlehrerin Mrs Warwick beschloss, in den Mutterschutz zu gehen (wie egoistisch!), entschied St Brenda's, statt eine *richtige* Lehrerin einzustellen, Geld zu sparen und Schwesta Lista nur für meine Klasse aus dem Ruhestand (oder vielleicht besser: Scheintod) zurückzuholen.

Und meine Noten rauschten sofort in den Keller. Schwesta Lista torpedierte im Alleingang Ziel 3! Und dass ALLE BEGEIS-TERT VON IHR WAREN, machte die Sache nur noch schlimmer. Sie redeten dauernd darüber, wie »nett« und »hinreißend« und »totaaaaal süüüüüüüß!« sie war, nur weil sie die Größe eines Hobbits hatte, ein kleines rundes Gesicht mit rosigen Wangen und kleine funkelnde Augen, und weil sie immer lächelte. Aber das war noch nicht alles. Mit ihrer altmodischen weißen Nonnentracht, die ihren Kopf bedeckte und ihr bis zu den Knöcheln reichte, sah sie aus wie eine weibliche Version von Yoda aus *Star Wars*, also hielten alle sie für die Quelle aller Weisheit und allen Wissens und aller Güte.

ABER SIE LAGEN FALSCH!

Nur ich kannte die Wahrheit. Schwesta Lista war nicht Yoda. Keineswegs.

Sie war der SCHWESTER-MINATOR!

Wirklich. Schwester Evangelista war ein gefährlicher Besucher aus einer anderen Zeit, der mit dem Auftrag in mein Klassenzimmer geschickt worden war, ein für alle Mal jede Chance zu VEREITELN, die ich jemals gehabt haben könnte, in der zehnten Klasse eine Eins in Englisch zu bekommen! Und falls du denkst, ich würde mich hier nur rausreden und andere für meine eigenen Fehler verantwortlich machen (wie gemein!), will ich dir ein paar TATSACHEN präsentieren:

Tatsache 1: In der ganzen Grundschule und sogar in der siebten und achten Klasse, als all dieser Trennungs- und Scheidungsmist über mich hereinbrach, bekam ich für praktisch alles, was ich schrieb, Bestnoten, ohne dass ich mich besonders anstrengen musste.

Tatsache 2: Sogar in der neunten Klasse, als ich die Schule wechseln musste und sehr damit beschäftigt war, die mürrische, verschlossene, reizbare usw. usw. usw. Neue zu sein, schaffte ich es *dennoch,* insgesamt einen Zweier-Schnitt zusammenzukratzen.

Tatsache 3: Am Anfang der Zehnten, als ich mir *Ziel 3: Krieg eine Eins in Englisch* setzte, brachte ich meine Noten bei Mrs Warwick fast sofort wieder in den Einser-Bereich.

Aber jetzt war ich, dank Schwesta Lista, Stammgast in TEAM B! Was war los? Widersprach es den heiligen Gelübden des SCHWESTER-MINATORs, mir eine Note im Bereich Eins zu geben? Meinem Ziel am nächsten kam ich mit einer Zwei+ für eine Kurzgeschichte.

Aber noch war nicht alles verloren. Ziel 3 war immer noch erreichbar. Ich rechnete mir aus, dass ich es mit meinen guten Noten aus dem ersten Halbjahr immer noch schaffen könnte, wenn ich eine glatte Eins für die letzte schriftliche Hausarbeit über *Macbeth* bekommen und dann bei der Abschlussprüfung auch noch ein Sehr gut hinlegen würde.

Alles hing von der *Macbeth*-Arbeit ab. Keine Eins dafür, dann auch keine Eins für das Halbjahr, egal, wie gut die Abschlussprüfung lief. Deshalb holte ich mir in der Woche nach dem ABEND DER NERVENSÄGE einen Termin bei Schwester Evangelista, um mit ihr persönlich meinen ersten Entwurf zu besprechen, den ich abgegeben hatte.

Das Gespräch lief nicht *ganz* so gut, wie ich gehofft hatte.

Inspiriert von
Mad Max

Ich traf mich mit ihr in einem Besprechungszimmer im Lehrmittelzentrum (direkt nachdem die Klassenfotos aufgenommen und die schrecklichen Folgen von Taarsheebahs Handwerkskunst für die Nachwelt festgehalten worden waren). Sie wartete schon auf mich, empfing mich lächelnd (wie immer) und sah liebenswert aus. Sie *sah* so aus.

Ich setzte mich neben sie.

»Hallo, Schwester. Danke, dass Sie sich Zeit nehmen.«

»Nichts zu danken, Kindchen, dafür bin ich da. Also, was kann ich für dich tun?

MIR EINE EINS AUF MEINE *MACBETH*-HAUSARBEIT GEBEN WÄRE EIN GROSSARTIGER ANFANG!

»Schwester, ich bin ein bisschen in Sorge wegen meiner Noten. Sie sind in letzter Zeit etwas *schlechter* geworden ... das heißt ... dieses Halbjahr. Wissen Sie, in Englisch hatte ich im *letzten* Halbjahr ... fast nur Einsen.«

Schwester Evangelista klopfte vergnügt auf eine Aktenmappe auf dem Schreibtisch. Mein Name stand darauf.

»Ja, ja, ich habe die Arbeiten gelesen, die du für Mrs Warwick geschrieben hast. Sie ist eine *exzellente* Lehrerin. Eine entzückende Frau. Und sicherlich auch sehr großzügig.«

Genauuuuuuu.

»Ähm, also, Schwester, wenn ich in Englisch dieses Jahr insgesamt eine Eins bekommen möchte, brauche ich wirklich eine gute Note für meinen *Macbeth*-Essay, deshalb würde ich gern wissen, worauf ich mich bei der Überarbeitung Ihrer Meinung nach besonders konzentrieren muss, bevor ich die Endfassung abgebe.«

Schwester Evangelista faltete die Hände im Schoß.

»Nun, zunächst einmal denke ich, du musst dir darüber im Klaren sein, dass dein offensichtlich vorhandenes sprachliches Talent allein nicht mehr ausreicht, meine Liebe. Die Anforderungen im zweiten Halbjahr sind höher und recht anspruchsvoll. Wir erwarten mehr von euch. Ernsthafte gedankliche Arbeit und größte Sorgfalt sind erforderlich.«

Verstanden.

»Und diesem letzten Essay fehlte wie schon deinen früheren Arbeiten Klarheit und Fokus. Du neigst dazu, zu schwafeln und abzuschweifen.«

Nein, bitte. Sag mir, was du wirklich denkst.

»Es kann sein, dass ich die Grenze von fünfzehnhundert Wörtern ein *bisschen* überschritten habe«, gab ich zu.

Schwester Evangelista schaute auf ihre Notizen am Rand meines Entwurfs.

»Und zwar nach meiner groben Schätzung um eintausendsiebenhundertunddreiundfünfzig Wörter, Schätzchen. Das heißt, du hast die Wortgrenze mit einer Anzahl von Wörtern überschritten, die *selbst* schon über der Wortgrenze lag. Das ist eine echte Leistung.«

»Oh.«

»Der Text muss komplett überarbeitet werden, Maggie. Entscheide, was gesagt werden *muss* und in welcher *Reihenfolge*, und dann richte deine Zeit und Energie darauf, diese Gedanken möglichst klar und knapp zu formulieren.«

Sie nahm meinen Essay zur Hand.

»Ein typisches Beispiel.« Sie blätterte das Deckblatt um und zeigte auf eine Stelle unten auf der ersten Seite. »Mit Bezug auf das Thema *Dass Lady Macbeth mächtiger ist als ihr Mann und dass es ihr ›Ehrgeiz, der zum Aufschwung eilend‹ (Macbeth 1, Akt 7. Szene) ist, der zu seinem Untergang führt* argumentierst du hier, dass ›im Vergleich zu ihrem Mann die Macht von Lady Macbeth durch die Konventionen der patriarchalen Gesellschaft, in der sie lebt, stark eingeschränkt ist‹. Das ist ein interessanter und sehr berechtigter Punkt.«

Sie tätschelte meine Hand und schenkte mir ihr typisches Lächeln.

Hey, ich war gut! Ich erwiderte ihr Lächeln.

Sie blätterte zur nächsten Seite.

»*Nicht* so berechtigt ist dieser ganze nächste Absatz, wo du in eine Erörterung der Frauenrechtsbewegung und der veränderten Rolle der Frau in der heutigen Gesellschaft abschweifst und dann mit einer persönlichen Geschichte über deine Mutter, die sich um einen Job bewirbt, vom Thema abweichst und schließlich Parallelen ziehst zwischen Lady Macbeth, die die Denkweisen im Schottland des 11. Jahrhunderts infrage stellt, und … Miley Cyrus … die moderne Moralvorstellungen anzweifelt. Das ist alles sehr kreativ und spannend, meine Liebe, aber leider nicht besonders relevant oder hilfreich in einer *literarischen* Analyse wie dieser hier.«

Ich hatte aufgehört zu lächeln. Sie beugte sich näher zu mir.

»Denk daran, nur weil dir ein Gedanke in den Kopf kommt, Kindchen, heißt das nicht, dass er auch in deinem Essay verewigt werden muss. *Manchmal* ist es am allerbesten, wenn deine Gedanken sicher in deinem Köpfchen verwahrt bleiben.«

Dabei tätschelte sie mir tatsächlich den Kopf.

Ihre Hand.

Mein Kopf.

EIN ECHTES SCHÄTZCHEN!

Aber vielleicht hatte sie recht. Denn in diesem Augenblick gingen mir ein paar Gedanken über Schwester Evangelista durch den Kopf, die ganz sicher besser dort verwahrt blieben.

»Äh, sonst noch was, Schwester?«

Schon bald bereute ich diese Frage.

»Nur dass du mit diesen Metaphern und Gleichnissen, die es dir offenbar so angetan haben, vorsichtig sein musst, vor allem bei einem analytischen Essay.«

Schwesta Lista blätterte noch einmal um.

»*Hier* zum Beispiel, wo du die Beziehung zwischen Macbeth und Lady Macbeth beschreibst und sagst, ›Macbeth ist von Ehrgeiz zerfressen, aber es fehlt ihm an Energie, seine dunklen Wünsche in die Tat umzusetzen‹.«

Sie schaute zu mir auf.

»Noch ein berechtigter Punkt. Aber dann fährst du fort und sagst, Macbeth ›ist wie ein Auto ohne Benzin. Er kann nicht fahren, wohin er will. Lady Macbeth ist seine Benzinpumpe, voll von leidenschaftlichen Überzeugungen. Mit dem Power-Kraftstoff ihrer starken Worte zündet sie den Motor ihres Ehegatten und lässt die Räder seines zerstörerischen Ehrgeizes mit halsbrecherischer Geschwindigkeit die verdammte Höllen-Autobahn zu den Albtraum-Städten voller Verrat und Mord hinunterrasen.‹«

Schwesta Lista schaute wieder auf und hob die Augenbrauen.

»Analysierst du *Macbeth*, meine Liebe, oder bist du von *Mad Max* inspiriert?«

Okay, ein richtiger Einwand. Vielleicht habe ich hier *minimal* übertrieben.

»Das ist vielleicht kreativ, Maggie, und ich habe durchaus eine Schwäche für das Bild von Lady Macbeth als einer ›Benzinpumpe, voll von leidenschaftlichen Überzeugungen‹, aber das entspricht nicht gerade der nachvollziehbaren Darstellung einer eindeutigen Meinung, die wir erwarten. Und noch etwas. Shakespeare schrieb tatsächlich auch selbst ein paar ziemlich gute Zeilen, und ein paar mehr davon in deine Analyse einzubauen könnte dazu beitragen, deine Argumente zu stützen.«

Langsam dämmerte es mir, dass ich noch viel an meinem Essay arbeiten müsste, wenn ich bei einer Eins landen wollte. Aber bevor ich ging, machte ich einen letzten Versuch, um den Schwester-minator dazu zu bringen, das, was ich schon abgegeben hatte, ein bisschen wohlwollender zu betrachten.

»Danke, Schwester. Das war sehr hilfreich für mich. Ich werde das bestimmt alles beachten … aber … ich *frage* mich gerade … ob Sie vielleicht bemerkt haben, wie manche Schriftsteller … *moderne* Schriftsteller … in ihren Texten gelegentlich verschiedene *Stile* benutzen … *absichtlich* … wissen Sie … um einen bestimmten *Effekt* zu erzielen?«

Schwesta Listas Augen funkelten, und ihre rosigen Wangen glänzten.

Ich nahm das als gutes Zeichen!

»Aber ja, uralt, wie ich bin, glaube ich, dass ich das tatsächlich bemerkt habe. Und du willst damit sagen, dass du vielleicht auch eine solche Autorin bist, Maggie? Du behauptest, dass der Mangel an Fokus, die unpassenden Bezüge, die langatmigen Vergleiche und das kunterbunte Durcheinander in einem Teil deines Textes tatsächlich eine *bewusste* und *absichtliche* Technik ist und nicht, wie es den Anschein hat, die unerwünschte, aber unausweichliche Folge einer mangelhaften Vorbereitung und Ausarbeitung?«

Moment. Behauptete ich das tatsächlich? Ich war mir nicht sicher, nickte aber trotzdem vage.

Der Schwester-minator nahm meine Hand und tätschelte sie sanft.

»Gott segne dich, mein Kind, Gott segne dich«, sagte sie freundlich. »*Wunderbar,* wenn man so an seine eigenen schriftstellerischen Fähigkeiten glaubt. Wirklich wunderbar!«

Dann drückte sie meine Hand ein bisschen.

»*Dennoch* ist es besser, wenn du nicht *vollständig* in das Reich der Selbsttäuschung abtauchst. Meinst du nicht auch?«

Ich erwiderte ihr Lächeln. Und nickte immer noch. Ich hatte absolut keine Ahnung, warum.

Als ich Schwesta Lista verließ, war ich nicht gerade ein Ausbund an Hoffnung und Freude. Und noch weniger angefüllt mit Hoffnung und Freude war ich, als ich neben dem Eingang zum Lehrmittelzentrum am Schwarzen Brett für das zehnte Schuljahr die Bekanntmachungen las.

AUSHANG 1:

WAHL DER NEIGUNGSFÄCHER – Trag dich in die Liste ein, wenn du an einem der folgenden Info-Abende über die Neigungsfächer teilnehmen möchtest.

Großartig. Noch mehr »Diskussionen« mit Mum, auf die ich mich freuen konnte.

Seufz.

AUSHANG 2:

ST BRENDA'S ABSCHLUSSBALL – Namen von Partnern (wenn vorhanden) und Gruppentische (max. 8 Personen) müssen MINDESTENS eine Woche vor dem Termin feststehen, wenn ihr sicher sein wollt, dass ihr mit euren Freunden zusammensitzt.

Partner? Freunde?

Zwei Mal seufz.

AUSHANG 3:

SOZIALSTUNDEN – Liste zum Eintragen.

LETZTER TAG!

Oh Mist! Die Sozialstunden gingen nächsten Donnerstag los und liefen sechs Wochen lang, und ich hatte komplett vergessen, mich irgendwo einzutragen. Obwohl unser Klassenlehrer uns in den letzten zwei Wochen permanent daran erinnert hatte, dass die Plätze wegen der streng begrenzten Teilnehmerzahl nach dem Windhundprinzip vergeben würden.

Ich suchte auf dem Schwarzen Brett nach den Angeboten.

Okay, mal sehen. *Vorlesen in Grundschule und Kindergarten.* Das klang doch nach ziemlich viel Spaß, aber … VOLL.

Na dann eben *Bach-Renaturierung und Bäume pflanzen* –

könnte ein bisschen dreckig werden, aber hallo, ich glaube, das würde ich packen ... VOLL.

Gut. Kein Problem. In diesem Fall könnte ich immer noch beim *Briefe für Amnesty schreiben* mitmachen. Das wäre ein Kinderspiel, und ich würde eine gute Sache unterstützen ... VOLL.

Wie wäre es dann mit all den anderen Angeboten, an denen ich nicht das geringste Interesse habe, aber ... VOLL. VOLL. VOLL. VOLL. VOLL.

Dann blieb also nur noch dieses eine übrig. Die spannende und wahnsinnstolle Aussicht darauf, an einem *Besuch im Seniorenheim* teilzunehmen. Und was sah ich: JEDE MENGE FREIE PLÄTZE!

Ich kramte einen Stift aus der Tasche und fügte meinen Namen zu den drei Namen, die dort schon standen, hinzu.

Maggie Butt. Windhundprinzip. Wer zuletzt kommt, nimmt, was übrig bleibt.

Drei Mal seufz.

Das Gegenteil
einer Totenglocke

Am nächsten Wochenende veranstalteten Mum und die Nervensäge ihr Picknick, während ich zu Hause meinen *Macbeth*-Essay überarbeitete und de-*mad-max*ifizierte. Ich saß tippend an meinem Schreibtisch, achtete peinlich darauf nicht abzuschweifen, vernichtete ein paar Metaphermutanten und fügte ein paar Perlen der Weisheit von Billy Shakespeare höchstpersönlich ein, als die Nervensäge eintraf. Durch die Jalousien hindurch sah ich, wie ein klappriger gelber Kombi vor unserem Haus anhielt. Wow. Hatte ja keine Ahnung, dass man schon im Mittelalter Autos gebaut hat.

Anders als am vergangenen Freitagabend wollte ich mich diesmal in der Sicherheit meines Zimmers verstecken, wenn es an der Tür klingelte. Gebranntes Kind scheut das Feuer, oder wie das heißt. Ein paar Sekunden später hörte ich, wie die Tür geöffnet wurde und Mum und die Nervensäge miteinander sprachen. Und wenig später wurde mein Name gerufen.

»Maggie! Wir gehen gleich. Maggie? Hast du mich gehört? Bist du da, Liebes?«

Das war Mum-Sprech für: »Sei nicht so unhöflich! Komm raus und zeig dich, bevor wir fahren!«

Ich wusste, dass es kein Entrinnen gab, also wagte ich mich

hinaus, um schnell Hallo und Tschüss zu sagen. Leider war ich nicht annähernd schnell genug, um die Nervensäge davon abzuhalten, sich wie eine Nervensäge zu benehmen.

»Hi, Maggie. Wie geht's mit dem neuen Haarschnitt? Ist er dir inzwischen ans Herz *gewachsen*?«

Mum unterdrückte ein Kichern und gab mir einen Abschiedskuss. Dann drehte sie sich um und schob die Nervensäge zur Tür.

»Ach du …«, sagte sie lächelnd.

Ich blieb einfach stehen und dachte an all die großartigen Wörter, mit denen ich Mums Satz beenden könnte.

Dann waren sie weg.

Kaum war ich allein, überlegte ich natürlich, ob ich die Gelegenheit ergreifen und mit meinen verrückten Bitches zur Mall gehen sollte, um dort ein paar heiße Typen abzuschleppen. Damit hätte ich acht Wochen vor dem Abschlussball das Problem Partnersuche glänzend gelöst. Aber nein, für so was war ich *viel zu* vernünftig und verantwortungsbewusst. Außerdem hätte ich dafür (1) tatsächlich ein paar verrückte Bitches in der Hinterhand haben und (2) in der Lage sein müssen, die Aufmerksamkeit der oben erwähnten »heißen Typen« zu erregen.

Also blieb es dabei: *Macbeth* und ich allein zu Haus.

Als ich am späten Nachmittag gerade eine wohlverdiente Internet- und Eiscreme-mit-Schokotopping-Pause im Wohnzimmer einlegte, hörte ich die klapprige gelbe Schrottkarre zurückkehren.

Irgendwie war es ihr gelungen, bis gerade eben nicht auseinanderzubrechen. Ungefähr eine Minute später kam Mum durch die Tür – allein. Ein gutes Zeichen! Ich hoffte, gleich alles darüber zu erfahren, wie der wahrhaft *nervende* Charakter der Nervensäge zum Vorschein gekommen war.

Aber was ich hörte, war ...

»Ach, Maggie, es war *so* schön! So wunderbar erholsam. Wir hatten *so* einen fantastischen Tag. Du hättest wirklich mitkommen sollen, es hätte dir gefallen.« Plus ein permanentes »Danny hat dies« und »Danny hat das«.

Es war offenbar an der Zeit, mehr über die Nervensäge herauszufinden. Man muss den Feind kennen und so weiter. Als Mum sich mit dem Kaffee, den ich ihr gemacht hatte, an den Küchentisch gesetzt hatte, legte ich los.

»Also ... wie habt ihr euch überhaupt kennengelernt?«

Mum stellte ihren Becher zurück auf den Tisch.

»Eigentlich ... haben Danny und ich uns vor sechs Monaten *beruflich* kennengelernt, aber dann bin ich ihm vor ein paar Wochen noch mal *privat* begegnet. Ich war in der Mittagspause einkaufen und er auch. Wir erkannten uns wieder, tranken einen Kaffee zusammen, und am Ende fragte er mich, ob ich vielleicht Lust hätte, mal mit ihm ins Kino zu gehen.«

»Und du hast ja gesagt? Einfach so?«

Das erschien mir eine durchaus vernünftige Frage zu sein, aber angesichts der verdrehten Augen bin ich nicht sicher, dass *alle* Anwesenden diese Ansicht teilten.

»Also, Maggie, spinn dich aus. Zuerst konsultierte ich den Hohepriester und die Wahrsager, danach bat ich den hiesigen Medizinmann, ein Huhn zu schlachten und mir aus seinen Innereien die Zukunft vorherzusagen. Denn *nur* wenn alle Zeichen positiv ausfielen und alle Sterne am Himmel in der richtigen Position stünden, wollte ich meine Zustimmung geben.«

Ich hatte die passende Retourkutsche parat.

»Laut Mrs Warwick ist Sarkasmus die niedrigste Ausdrucksform von Intelligenz.«

Meine Mutter nahm eine alberne Kung-Fu-Karate-Pose ein.

»Außer in den Händen des Meisters!«

»Mum, im Ernst, du solltest nicht versuchen, lustig zu sein. Das ist peinlich. Ich sag dir das in deinem eigenen Interesse.«

»Unsinn. Du bist nur eifersüchtig.«

»*Natürlich* bin ich das. Ich würde mich *liebend gern* so erniedrigen, wie du es tust. Wie auch immer, gut, egal. Aber was hast du damit gemeint, dass ihr euch vor sechs Monaten ... *beruflich* ... kennengelernt habt?«

Mum lehnte sich auf ihrem Stuhl zurück und musterte mich.

»Darf ich mich an diesem Punkt erkundigen, ob man mir etwas vorwirft, Frau Kommissarin? Vielleicht sollte ich meinen Anwalt anrufen?«

Ich schüttelte den Kopf.

»Mum, weißt du noch, was ich dir gerade über deine Versuche, witzig zu sein, gesagt habe?«

»Gut. Wenn du es *unbedingt* wissen willst: Wir haben uns an seinem Arbeitsplatz kennengelernt. Vermutlich könnte man sagen, dass eine meiner *Bekannten* uns zusammengebracht hat.«

Aha, eine *Bekannte* meiner Mutter war also verantwortlich dafür, dass die Nervensäge in mein Leben eingedrungen war. Jetzt kamen wir doch weiter. Nun, diese *Bekannte* würde sich verantworten müssen!

»Eine *Bekannte*? Kenne ich sie?«

»Durchaus.«

»Echt? Wer war es?«

Mum holte Luft. Sie presste die Lippen aufeinander und senkte den Blick, bevor sie lautstark ausatmete.

»*Du* warst es, Maggie.«

Ich? Das war nicht nur total lächerlich, es war auch absolut unmöglich. Ich hatte die Nervensäge noch nie zuvor in meinem Leben gesehen. Ich würde mich definitiv an ihn erinnern, wenn ich ihn gesehen hätte. Sollte das ein makabrer Witz sein?

»Das ist Quatsch«, sagte ich.

»Aber es stimmt, Liebes. Danny arbeitet im St-Vinzenz-Krankenhaus. Er ist Pfleger.«

Sie schaute mich abwartend an.

»Manchmal übernimmt er Schichten in der … Notaufnahme.«

Hochgezogene Augenbrauen.

»Notaufnahme im St Vinzenz-Krankenhaus? Anfang des Jahres? Klingelt da was bei dir?«

Durchaus. *Warnung vor figurativer Sprache!* Eine laute, hässliche Totenglocke erklang dröhnend in meiner Brust. Oder eigentlich war es eher das *Gegenteil* einer Totenglocke. Denn statt den Toten zu läuten, rief sie Dinge ins Leben zurück, von denen ich mir wünschte, sie blieben für immer und ewig begraben.

Mum griff über den Tisch und legte ihre Hand auf meine.

»Danny hatte Dienst in der Notaufnahme … als wir dich an diesem Abend dorthin bringen mussten.«

Mir war schlecht. Zum Kotzen schlecht. Die Nervensäge hatte sich gerade in mein persönliches Leben gedrängelt. Mein sehr *persönliches* Leben.

»*Er* war da? Aber … aber ich kann mich gar nicht an ihn erinnern.«

Mum schenkte mir ein schiefes Lächeln.

»Erinnerst du dich überhaupt an *irgendwas* von diesem Abend, Liebes?«

Ich dachte einen Augenblick über diese Aussage nach.

Hmmmm. Ja. *Sehr guter* Punkt.

Eine verrückte, herzerwärmende, rasante Komödie

Erinnerst du dich an das Schlagloch von der Größe des Grand Canyon, das mein Ziel »eine Freundin finden« mitsamt meinem guten Ruf verschluckt hat? Pass auf, gleich kehrt es für den nächsten Happen zurück.

Ich würde liebend gern erzählen, dass ein exklusiver Vorfall wie ein Blinddarmdurchbruch, eine seltene, ansteckende Tropenkrankheit, der Biss einer Giftschlange oder möglicherweise sogar extremer Durchfall der Grund für meinen ungeplanten Geruch in der Notaufnahme war.

Aber leider kann ich das nicht.

Um zu erklären, was geschehen ist, muss ich dich zum Anfang des Jahres zurückführen. Damals schien sich gerade alles zum Besseren zu wenden. Langsam entdeckte ich die alte Maggie Butt wieder, und es gab, wie gesagt, ein paar vielversprechende Anzeichen dafür, dass *Ziel 1: Finde wenigstens eine gute Freundin* tatsächlich erreichbar wäre. Das vielversprechendste Anzeichen war, dass ich zusammen mit Jazzmin Mellors zu einer Übernachtungsparty bei Courtney Summers eingeladen war!

Es wäre *schön* gewesen, wenn ich Courtney und Jazzmin deshalb Gesellschaft leisten sollte, weil sie langsam mein wahres Ich erkannt und an dem, was sie sahen, Gefallen gefunden hätten. Aber wahrscheinlich hatte es mehr damit zu tun, dass meine Mutter (die absolut erpicht darauf war, meinen Kreis von Freundinnen auf eine Zahl über null zu bringen) an denselben Tagen wie Mrs Summers im Kiosk arbeitete. Ich bin mir sicher, dass Mum bei einem Tablett Salat-Wraps Mrs S ihr Herz ausgeschüttet hat über mich und meinen freundinnenlosen Zustand. Und ich bin mir ebenso ziemlich sicher, dass Mrs Summers einen Weg gefunden hat, Courtney zu bestechen, dass sie mich in ihre kleine, intime Freundschaftsgruppe mit Jazzmin aufnimmt.

Aber egal, wie ich dorthin kam, als ich da war, wollte ich das Beste daraus machen. Wenn wir drei eine ganze Nacht redend, lachend, Filme guckend und Junk food essend miteinander verbracht hätten, so hoffte ich insgeheim, würden wir richtige BFF werden, nicht nur VBFF (Vorgetäuschte Beste Freunde – für den Augenblick).

Aber so sehr ich es hasse, dich zu enttäuschen: Dazu kam es nicht. Denn die Übernachtung brachte ein paar Überraschungen mit sich, auf die ich bedauerlicherweise nicht vorbereitet war.

Die *erste* Überraschung kam mit dem zweiten Film, den Courtney und Jazzmin für uns ausgesucht hatten. Er hieß *Der Typ und ich*. Der Werbetext beschrieb ihn als eine »verrückte, herzerwärmende, rasante Komödie«. Aber deshalb hatten sie ihn nicht ausgewählt. Sie hatten ihn ausgewählt, weil Robby Spears mitspielte. Du kennst ihn vielleicht. Er ist der Typ aus der Boyband *In Your Dreams*, der auch ein bisschen schauspielert.

Seine Rolle in *Der Typ und ich* war ziemlich klein, aber das war Jazzmin und Courtney egal. Sie schrien und stöhnten jedes Mal auf, wenn er auftauchte (vor allem, wenn sein T-Shirt nicht mit ihm zusammen auftauchte). Ich machte mit. Aber, weißt du, eigentlich nur, um nicht unhöflich rüberzukommen.

Allerdings war es nicht Robby Spears, der für die Überraschung sorgte, sondern einer der anderen Schauspieler. Einer, den ich nur zu gut kannte. Oder früher einmal *dachte,* dass ich ihn kennen würde.

Er hieß Jason Davenport.

Du kennst ihn wahrscheinlich auch. Groß. Ganz gut aussehend. Ende dreißig. Ja, genau den. Den recht erfolgreichen, ziemlich bekannten Schauspieler. Und hier kommt eine kleine Überraschung für *dich.* Die Schauspielerei ist nicht der einzige Grund, warum Jason Davenport Ruhm gebührt. Zufälligerweise ist er auch mein biologischer Vater.

Ja, richtig. Als Jason Davenport vor langer Zeit ein zweiundzwanzigjähriger unbekannter kleiner Schauspieler auf dem Set für einen TV-Werbespot war, lernte er in der Maske eine zwanzigjährige Praktikantin namens Jacquie Butt kennen (hast du den Namen schon mal gehört?). Und nach einer stürmischen Romanze heirateten sie innerhalb eines Jahres. Und dann, nur vier kurze Monate später, kam ein pumperlgesundes kleines Mädchen zur Welt. (Nur vier Monate? Ein Wunder!) Sie nannten es Marguerite. Kurz Maggie.

Ja, ich!

Wie du siehst, war ich den größten Teil meines Lebens Maggie Davenport. Doch als meine Eltern sich scheiden ließen, nahm Mum wieder ihren Mädchennamen an, und in einer mutigen Geste von Solidarität umarmte ich (figurativ gesprochen) meinen inneren Butt und tat es ihr gleich.

Und warum hat mein Vater uns nur drei Tage nach meinem elften Geburtstag verlassen? Nun, von mir bekommt er keine Punkte für Originalität, denn er bediente das alte Klischee und brannte mit der Hauptdarstellerin durch. Oder wenn dir die Version meiner Mutter besser gefällt: Er brannte mit einem »affektierten, überbewerteten, hirnlosen Filmsternchen« durch. (Wird dir langsam klar, warum Mum und ich »Diskussionen« darüber haben, dass ich Neigungsfächer aussuche, die etwas mit Schauspielerei und Film zu tun haben?)

Rückblickend kann ich mich eigentlich nicht an große Streits erinnern, bevor mein Vater ging. Ich erinnere mich weder an zornige Worte noch an Tränen oder Geheul, knallende Türen oder herumfliegende Gegenstände. Im Gegenteil. Ich erinnere weniger Gespräche, weniger Gelächter und weniger von meinem Vater, weil er immer mehr Zeit auf irgendwelchen Sets oder bei Theaterproben verbrachte. Vielleicht schirmte Mum mich von den üblen Sachen ab, oder vielleicht war ich auch zu sehr damit beschäftigt, die überwiegend vergnügte Maggie Davenport zu sein, um es zu bemerken.

Jetzt lebt mein Vater in Los Angeles. Ich habe ihn (außer auf der Leinwand) seit fast zwei Jahren nicht gesehen. Aber an jedem Geburtstag bekomme ich eine Karte und ein bisschen Geld, damit ich mir ein Geschenk kaufen kann. Was soll's. Und damit du auf dem Laufenden bist: Jason Davenport hat das *Filmsternchen* bereits hinter sich gelassen. Ein paar Mal sogar, wenn man der Klatschpresse glauben darf.

Ich will dir nichts vormachen. Es war echt schlimm, als mein

Vater ging. Millionen von Gefühlen tobten in mir. Die elementaren Emotionen von Verlust, Verwirrung, Schock, Schuld, Verrat, Trauer, Verzweiflung, Bitterkeit, Wut, Groll, Leere und Angst, in einer Hülle von Schmerz, der sich anfühlte, als wollte jemand meine Innereien mit einer rostigen Schaufel aus mir herauskratzen.

Ich dachte, ich hätte all diese Gefühle und Erinnerungen gut verpackt und wie eine Tüte Müll im hohen Bogen über die Mauern der Burg Butt geschleudert. Und ich hatte keineswegs erwartet, dass eine blöde, verrückte, herzerwärmende, rasante Komödie sie alle wieder zurückbringen würde.

ÜBERRAAAAAAASCHUUUUUUUUNG!

Ich will keineswegs Courtney oder Jazzmin die Schuld daran geben, was passierte. Abgesehen davon, dass sie Maggie Butts »Erste Regel der Filmauswahl« nicht beachtet hatten, die besagt: »Wähle niemals einen Film aus, der mit dem Wort *verrückt* angepriesen wird«, hatten sie nichts falsch gemacht. Sie wussten nicht, dass Jason Davenport mein Vater war. Mum und ich haben das immer für uns behalten. Also ließ ich das ganze verrückte Ding über mich ergehen, ohne auch nur ein einziges Mal durchblicken zu lassen, dass ich mit einem der Typen auf der Leinwand verwandt war. Das wäre vielleicht noch erträglich gewesen, wenn der Film ein blöder Actionstreifen gewesen wäre.

Aber das war er nicht.

Der Typ und ich handelte von diesem eigentlich gar nicht so exzentrischen, alleinstehenden Typen (gespielt von meinem Vater), dessen Leben total auseinanderbricht, als ein exzentrisches sechzehnjähriges Mädchen zusammen mit ihrem verrückten, obdachlosen Freund (Robby Spears *Kreisch!*) vor seiner Tür auftaucht und behauptet, sie sei seine verrückte, längst verloren geglaubte, uneheliche Tochter. Es stellt sich heraus, dass sie es tatsächlich ist. Wie verrückt ist das? Bevor sie das herausfinden, müssen die drei natürlich alle möglichen verrückten Abenteuer bestehen, bis dann durch eine erstaunliche und vollkommen unvorhersehbare, verrückte Wendung in der Geschichte die exzentrische Tochter auf magische Weise das Leben ihres nicht so exzentrischen Vaters zum Besseren wendet (ich weiß!), und so leben sie dann verrückt bis an ihr Lebensende. (ICH WEISS!) Es war von Anfang bis Ende total durchgeknallt.

Hätte ich den Film bewerten müssen, hätte ich wahrscheinlich gesagt, dass er fast die Grenze zur Kategorie »Könnte schlechter sein, aber ich weiß einfach nicht genau, wie« überschritt. Eine Szene ging mir ganz besonders an die Nieren. Sie kam kurz vor Schluss, als mein echter Vater seiner *angeblichen* Tochter sagt, wie sehr er sie liebt und wie »wichtig« sie ihm ist und wie er »immer für sie da sein« würde und dass »keine Macht der Welt« stark genug wäre, sie jemals wieder zu trennen. Schmalziges Zeug, ich weiß, aber Ehre, wem Ehre gebührt, wie man so schön sagt. Mein Vater war erstaunlich überzeugend in dieser Rolle. Er klang *wirklich* wie ein Dad, der jedes einzelne Wort genauso meinte, wie er es zu seiner Tochter sagte.

So hatte er auch geklungen, als er genau solche Sätze zu mir sagte.

Und daran musste ich immer denken, sogar als der blöde Film vorbei war und der Abspann lief. Wahrscheinlich ist das der Grund, warum der Rest des Abends wie eine gigantische Rodelfahrt einen steilen Abhang hinunterging.

Zu meiner Verteidigung würde ich jedoch gerne darauf hinweisen, dass ich ohne diese *erste* Überraschung des Abends ganz sicher sehr viel besser mit der *zweiten* Überraschung fertig geworden wäre.

Obwohl man sich kaum vorstellen kann, wie ich noch schlechter mit ihr hätte fertig werden sollen.

Das Schlagloch,
das Ziel eins
verschlang

Die zweite Überraschung des Abends passierte später in Courtneys Zimmer: Aus Jazzmins Schlafsack tauchte auf magische Weise eine unangebrochene Flasche Wodka auf. Ta daa!

Nach Courtneys erschreckter Miene zu urteilen, war sie wahrscheinlich noch überraschter als ich. Jazzmin meinte, sie hätte die Flasche so raffiniert aus den offenbar großen Beständen ihres Vaters »ausgeliehen«, dass er es »in hundert Jahren« nicht bemerken würde. Courtney solle nicht »so eine Lusche« sein.

Ich glaube immer noch, dass ich den Alkohol unter normalen Umständen so wie Courtney komplett abgelehnt oder, um kein Spielverderber zu sein, einen oder zwei klitzekleine Gläschen getrunken und ein bisschen gekichert hätte, um dann ins Bett zu gehen. Aber *Der Typ und ich* hatte mich in eine Stimmung versetzt, in der es mir guttun würde, meine Sorgen zu ertränken, und deshalb habe ich mir ein kleines bisschen die Kante gegeben.

Und wenn ich sage »ein kleines bisschen«, meine ich natürlich »total«.

Und wenn ich sage, ich hätte »mir die Kante gegeben«, dann

meine ich das sowohl figurativ (Verzeihung, Schwester Evangelista!) *und*, leider, auch wörtlich.

Obwohl sich (hauptsächlich) Courtney und (schließlich auch) Jazzmin redlich bemühten, mich davon abzuhalten, sah meine Getränkeliste in jener Nacht ungefähr so aus *(glaube ich wenigstens):*

Drink 1: Ein winziger Tropfen Wodka ertränkt in einem Ozean von Orangensaft.

Drinks 2 und 3: Zunehmend großzügige Mengen Wodka, die mit mehr oder weniger Orangensaft gepanscht wurden.

Drink 4: Chancengleichheit für Wodka und Orange!

Drink 5: Wodka – RIESENGROSS. (Achtung: kann Spuren von Orangensaft enthalten.)

Drink 6: Der neue WODKA ZERO. 100 % Wodka; 0 % Verstand.

Während ich Drink Nummer sechs wegschlürfte, passierten einige höchst ungewöhnliche und ziemlich surreale Dinge. Zuerst verhielt sich mein Kopf wie ein massives Bleigewicht, das auf einem instabilen Pfosten aus Gummi angebracht ist. Dann verwandelte sich das Zimmer in eine riesige, im Schleudergang steckengebliebene Waschmaschine. Unmittelbar darauf sprang mir der Fußboden ins Gesicht, und jemand schoss mir in die Stirn. Die ganze bizarre Episode endete mit einer simultanen totalen Sonnen- und Mondfinsternis.

Andererseits könnte all das nur ein verwirrender Mix aus unbeholfenen Gleichnissen und übertriebenen Metaphern sein, vor dem ich dich wahrscheinlich hätte warnen sollen, während sich *in Wirklichkeit* vermutlich Folgendes abspielte: Ich war sternhagelblau, desorientiert und schwindlig und fiel mit dem Gesicht voraus von meinem Stuhl. Dabei schlug ich mir die Stirn an der Ecke von Courtneys Schreibtisch an und landete schließlich als verkrumpelter Haufen auf dem Boden. Dort hätte ich vielleicht die Nacht verbracht ... wenn nicht das viele Blut gewesen wäre.

Offenbar war es sehr viel. »Ein großer, roter Tsunami« von Blut. (Das war Courtneys Metapher, nicht meine!) Dann, erzählten sie mir, passierte alles in Lichtgeschwindigkeit. Courtney und Jazzmin schrien. Courtneys Eltern kamen herbeigeeilt. Meine Mutter und ein Krankenwagen wurden gerufen. Und schon wenig später brausten wir zur Notaufnahme des St-Vinzenz-Krankenhauses. Meine Erinnerungen daran reichen von extrem vage und bizarr bis zu komplett nicht-vorhanden.

An eines erinnere ich mich allerdings: Schlauerweise entzog ich mich der unangenehmen Prozedur, den Magen ausgepumpt zu bekommen (eklig!), indem ich sie durch etwas noch Peinlicheres ersetzte. Ich verwandelte mich nämlich in einen menschlichen Brunnen und erbrach explosionsartig eine tödliche Brühe aus Wodka, Orangensaft, Eiscreme, Chips, M&Ms und allerlei Junk food über alles und jeden in meiner Nähe.

Betrachte diesen Magen als restlos ausgepumpt, Baby!

Die einzig gute Nachricht dieser Nacht bestand darin, dass ich mich nicht ernsthaft verletzt hatte. Offenbar blutet die Stirn sehr gern, sodass Kopfverletzungen oft schlimmer aussehen, als sie tatsächlich sind. Meine erforderte drei kleine Stiche und hinterließ nur eine winzige Narbe an meinem Haaransatz.

Dafür hinterließ die Nacht Narben in anderer, sehr viel schmerzlicher Hinsicht.

Jazzmin zum Beispiel hielt es für eine gute Idee, die Höhepunkte der Nacht im Internet zu teilen (dankenswerterweise ohne Fotos), versäumte es aber zu erwähnen, dass *sie* den Wodka überhaupt erst mitgebracht hatte. Natürlich nahm jeder an, dass Alkohol zu einer Übernachtungsparty zu bringen und sich dann die Kante zu geben, genau das Ding war, das die mürrische, verschlossene, reizbare, asoziale, aus einem zerrütteten Elternhaus stammende, sich weg wünschende Neue mit null Bock auf nichts und null Persönlichkeit machen würde

Da hast du es. Das Schlagloch, das Ziel eins verschlang.

Und als ob das nicht schon deprimierend genug wäre, erfuhr ich jetzt, dass die Nervensäge dabei gewesen war und jedes grauenhafte Detail meiner Demütigung hautnah und persönlich miterlebt hatte.

Na toll.

Jeremy-Nerd

Zurück in der Schule hatte ich in der folgenden Woche dringlichere Probleme als das unerwartete und unerwünschte Eindringen der Nervensäge in mein peinliches Privatleben. Zum Beispiel musste ich mich um den zunehmend katastrophalen Zustand meiner DREI SPEZIELLEN UND REALISTISCHEN ZIELE kümmern.

Da *Ziel 1: Finde wenigstens eine gute Freundin* durch die katastrophale Übernachtungs-Kotz-Party jetzt komplett unerreichbar war und *Ziel 3: Krieg eine Eins in Englisch* gerade von dem Schwester-minator torpediert wurde, musste ich all meine Anstrengungen auf *Ziel 2: Finde einen Partner für den Abschlussball am Ende der Zehnten* konzentrieren.

Wie schwer konnte das sein? Ich meine, wer wollte nicht mit dieser mürrischen, verschlossenen, reizbaren, asozialen, aus einem zerrütteten Elternhaus stammenden, sich weit weg wünschenden, Wodka erbrechenden Verrückten Maggie Butt mit null Bock auf nichts und null Persönlichkeit zu einem Ball gehen?

Aus irgendeinem Grund hatten mir bislang keine Horden von begierigen Bewerbern die Bude eingerannt. Und da mir die Zeit davonlief, wusste ich, dass ein eher proaktives Vorgehen angesagt war. Träumte ich nicht davon, Regisseurin zu werden?

Ich musste mich langsam wirklich um meine Geschichte kümmern und meinen Hauptdarsteller im wirklichen Leben casten!

Zum hundertsten Mal überprüfte ich also alle männlichen Wesen in meinem Leben daraufhin, ob sie für die begehrte Rolle des Abschlussballpartners von Maggie Butt infrage kämen. Ich brauchte nicht lange. In Wahrheit hatte ich nämlich außer den Jungs von der St Gregory's, die ich durch unsere gemeinsamen Aktivitäten und durch einige wenige gemischte Unterrichtsstunden in den Naturwissenschaften kannte, eigentlich keine Auswahl. Und von diesen waren alle begehrenswerten (oder auch nur halbwegs akzeptablen) Kandidaten schon weggegangen wie warme Semmeln und spielten die Hauptrolle in den Geschichten anderer Mädels. Und dass ich an jeden, der sich Hoffnungen auf die Rolle machte, SEHR STRENGE KRITERIEN anlegte, machte die Aufgabe nicht leichter.

Um für den Auftritt als Tanzpartner neben mir auch nur *in Betracht zu kommen*, musste ein Kandidat:

1. Männlich sein.
2. Das Stadium des Höhlenmenschen in der menschlichen Evolution deutlich hinter sich gelassen haben.
3. In der Lage sein, die Existenz funktionierender Hirnzellen unter Beweis zu stellen.
4. Mit Wörtern kommunizieren, die aus mehr als einer Silbe bestehen.
5. Grammatik und Rechtschreibung beherrschen.
6. Kein Trottel sein.

Mit weniger als acht Wochen Zeit bis zum Abschlussball und ohne Aussicht auf einen geeigneten Partner blieb nur noch ein schwacher Hoffnungsschimmer. Mein letzter Versuch. Die letzte Chance auf einen engen Kontakt mit der Gattung männliches Wesen.

Die Sozialstunden.

Diese Sozialstunden gehörten zu den gemeinsamen Aktivitäten mit den Jungs von der St Gregory's. Sie eröffneten also zumindest die *Möglichkeit,* jemand Neues kennenzulernen. Doch als ich mich für den *Besuch im Seniorenheim* eintrug, musste ich feststellen, dass die anderen Namen auf der Liste zu drei Mädchen meiner Schule gehörten.

So ein Mist.

Meine einzige Hoffnung war, dass sich seit der letzten Woche, als ich das Schwarze Brett checkte, und dem Vorbereitungstreffen in der Mittagspause am Dienstag in letzter Minute ein paar potenzielle Partner angemeldet hätten. Aber als der Dienstag nahte, sah es so aus, als hätte ich mal wieder kein Glück gehabt.

Während ich in einem Klassenzimmer wartete, dass die zuständige Lehrerin Miss Cheong die Besprechung eröffnete, checkte ich unser geiles Seniorenheim-Besuchsteam ab. Es bestand aus Alison DeGroot (nettester Mensch der Welt), Naheer Nabal (beste Freundin des nettesten Menschen der Welt) und Rayna Dubois. Ich zweifelte nicht daran, dass Alison und Naheer geeignete Freiwillige waren, aber bei Rayna hätte eine nach der Mittagspause in Aussicht gestellte Rattensektion mehr Begeisterung ausgelöst. Wahrscheinlich hatte sie wie ich die Anmeldefrist verpennt.

Als Miss Cheong ein Blatt mit *Verhaltensregeln* und *Gesprächs-*

tipps für unseren ersten Besuch verteilte, hatte ich mich mehr oder weniger damit abgefunden, zu einem reinen Mädchenteam zu gehören. Aber dann erschien eine große Gestalt in einem St Gregory's-Blazer mit unordentlichem dunklen Haarschopf an der Tür, murmelte etwas und schlüpfte mit eingezogenem Kopf in die nächste Bank wie ein Oktopus in eine Felsspalte.

Miss Cheong begrüßte den Spätankömmling und gab ihm ein Handout. Er hielt es dicht vors Gesicht, als enthalte es die Geheimnisse des Universums. Alison und Naheer wechselten einen ausdruckslosen Blick. Rayna schloss die Augen, schüttelte den Kopf und schaffte es irgendwie, noch weniger begeistert auszusehen.

Der Junge war Jeremy Tyler-Roy.

Die meisten Leute kannten Jeremy. Oder vielleicht wäre es zutreffender zu sagen, dass sie von ihm wussten. Er war ein fremder, schlaksiger Besucher von einem anderen Stern, der mit Fähigkeiten zu uns gekommen war, die weitaus größer und nerdiger waren als die der Erdenbürger. Als staatlich geprüfter Computer-Guru war Jeremy der Beste in jedem Fach, das er jemals belegt hatte, und gewann regelmäßig mathematische und naturwissenschaftliche Wettbewerbe. Außerdem war er, so Jazzmin, »so angepasst und geradlinig, dass ein Pfeil neben ihm krumm aussieht«.

Erst vor ein paar Wochen war er mit einem gemischten St Brenda's- und St Gregory's-Wissenschaftsteam (nun ja, fünf von ihnen, zwei von uns), das an einem überregionalen Roboterbau-Wettbewerb teilnahm, auf unserer Schulversammlung aufgetreten. Ich erinnere mich daran, wie er verlegen auf der Bühne stand und aussah, als würde er nur aus Armen, Beinen und grauen Zellen bestehen. Ein paar Mädchen hinter mir kicherten die ganze Zeit und nannten ihn bei seinem Spitznamen: der Nerd.

Ich musterte ihn, während er sein Handout las.

Freiwillig in ein Seniorenheim zu gehen und mit lebenden, älteren, eher fremden Menschen zu interagieren, statt einen Gedankenaustausch mit einem elektronischen Interface zu haben, erschien mir überhaupt nicht Jeremy Tyler-Roys Ding zu sein. Meiner Einschätzung nach war er hier, weil die Erinnerung daran, sich für die Sozialstunden einzutragen, wahrscheinlich zwischen all den Fakten, Zahlen, Gleichungen, Berechnungen und nerdigen Belanglosigkeiten untergegangen war, die sein Gehirn zumüllten.

Die Tatsache, dass Jeremy Tyler-Roy sich wohl eher nicht für die Besuche im Seniorenheim eignete, war ein Ding, aber wie schnitt er als potenzieller Abschlussballpartner ab? Ich konzentrierte mich auf die große Gestalt in der zerknitterten blauen St Gregory's-Uniform, die über den Tisch gebeugt dasaß, und bewertete sie anhand meiner SEHR STRENGEN KRITERIEN. Als ich fertig war, hatte ich zwei klare Ergebnisse.

Erstes Ergebnis: Jeremy Tyler-Roy muss mein Traumdate sein, denn er hatte alle meine SEHR STRENGEN KRITERIEN komplett zunichtegemacht.

Zweites Ergebnis: Ich brauchte offensichtlich mehr Kriterien.

Die restliche Zeit des Vorbereitungstreffens beobachtete ich Jeremy Tyler-Roy sehr genau. Abgesehen davon, dass er ein paar Mal grob in die Richtung von Miss Cheong aufsah, nahm er zu niemandem im Raum Blickkontakt auf. Er sprach auch nicht. Er verbrachte den größten Teil der Vorbereitung damit, sich auf einem Tablet ausführlich Notizen zu machen. Als Miss Cheong uns entließ, faltete er sich aus seiner Bank und schlurfte aus dem Raum, ohne ein Wort zu sagen.

In meinem Kopf fügte ich einen weiteren Punkt zu meinen sechs SEHR STRENGEN KRITERIEN hinzu.

Um für den Auftritt als Tanzpartner neben mir auch nur *in Betracht zu kommen,* musste ein Kandidat:

7. Humanoid sein.

Nur ein bisschen geheimnisvoll

Unser erster Besuch im Seniorenheim fand am Donnerstag nach der Mittagspause statt. Miss Cheong brachte uns in einem Minibus der Schule zum Evensong-Seniorenheim. Die Fahrt dauerte nur zehn Minuten.

Alison und Naheer saßen vergnügt schwatzend zusammen auf dem Vordersitz. Der Rest von uns verteilte sich auf den Bus, als wären wir infektiös. Rayna hatte den Kopf gegen das Fenster gelehnt. Jeremy war in seiner eigenen kleinen Welt versunken und tippte auf einem Laptop herum. Ich selbst verfluchte mich auf der ganzen Fahrt insgeheim dafür, dass ich so spät dran gewesen war und mich deshalb nicht mehr für das Vorlesen in der Grundschule hatte eintragen können.

Es war eine richtig lustige Fahrt.

Im Evensong brachte uns eine Pflegekraft namens Lily in den Aufenthaltsbereich, wo wir warten sollten, bis wir unseren »Partnern« zugeordnet würden. Miss Cheong erklärte, die Bewohner (Rayna bezeichnete sie als »Insassen«) seien gerade mit dem Mittagessen fertig und würden bald kommen.

Ich war nervös, weil ich nicht genau wusste, was mich erwartete. Und dass ich die »Gesprächstipps« vergessen hatte, die Miss Cheong in weiser Voraussicht zusammengestellt hatte, war auch nicht gerade hilfreich. Es wäre schön gewesen, Fotos oder Schulprojekte dabeizuhaben, auf die man zurückgreifen könnte, wenn das Gespräch ins Stocken geraten sollte. Vielleicht hätte ich eine leere Wodkaflasche mitbringen sollen. Dann könnte ich über diese verrückte, herzerwärmende, rasante Komödie *Der Wodka und ich* reden.

Um die Zeit zu überbrücken, ging ich die Fragen durch, die ich meinem Partner stellen würde. Miss Cheong hatte gesagt, wir bräuchten »interessante, offene« Fragen, keine langweiligen, die sich mit einem Wort beantworten ließen, zum Beispiel »Was ist Ihre Lieblingsfarbe?« Als unsere Partner schließlich kamen, hatte ich einen Vorrat an exzellenten Fragen beisammen, die ich in den Ring werfen konnte.

Alison und Naheer bekamen als Erste ihre Partner. Beide Mädchen sahen aus, als ob sie das schon ihr ganzes Leben lang gemacht hätten. Schon auf dem Weg zu einem ruhigen Plätzchen, wo sie sich setzen konnten, plauderten sie vergnügt los. Jeremy kam als Nächster dran. Er wirkte nicht ganz so locker, wie er da wartete und seinen Laptop an sich presste. Lily führte ihn zu einer kleinen alten Dame, die in der Ecke beim Aquarium in einem Rollstuhl saß. Jeremy setzte sich verlegen auf den Stuhl neben ihr. Arme Frau, dachte ich. Wahrscheinlich verbringt sie die nächste Stunde damit, Jeremy zuzuschauen, wie er Computerspiele spielt, oder sie muss sich anhören, wie er ihr die Wunder der Quantenphysik erklärt. Falls er überhaupt daran denkt, mit ihr zu reden.

Mein Gedankenstrom wurde unterbrochen, als Raynas Partnerin ihren großen Auftritt hatte. Sie hatte leuchtend weiße Haare mit einem leichten Pinkstich, tonnenweise Klunker, großzügig Make-up im Gesicht und trug einen langen fließenden Schal. »Komm mit, meine Liebe«, sagte sie, griff nach Raynas Arm und hob ihren Spazierstock mit einem goldenen Knauf ein bisschen vom Teppich hoch. »Auf in den Kampf! Ich muss dir alles über mein Leben erzählen. Keine Sorge, das wird weder langweilig noch öde. Ich werde mich bemühen und mich hauptsächlich an die prickelnden Erlebnisse halten. Und ich glaube, ich hab auch eine hübsche Kette oder ein Paar Ohrringe für dich, die deine tollen Haselnussaugen richtig gut zur Geltung bringen!«

Raynas Miene veränderte sich in Weltrekordzeit von düster zu strahlend.

Schließlich war ich an der Reihe. Lily schaute auf ihre Liste.

»Das Beste zum Schluss. Maggie Butt?«

Ich nickte.

»Nun, Maggie, dein Partner ist Bert Duggan. Reizender Mann, unser Bertie. Aber pass auf, dass er dir nicht das Ohr abkaut!«

Sie fand diese Vorstellung höchst amüsant.

Mir das Ohr abkauen? War ich einer Art geriatrischem Kannibalen zugeordnet?

»Entschuldigung, Liebes, kleiner Scherz. Bertie ist harmlos. Nur ein bisschen geheimnisvoll, sonst nichts. Du wirst schon sehen. Und falls du irgendwelche Probleme hast, dann ruf mich einfach, ich bin in der Nähe, okay?«

Geheimnisvoll? Was sollte das bedeuten? War er ein Exspion? Ein Mörder im Ruhestand? Ein untergetauchter ehemaliger Drogenkönig? Und was sollte das, dass ich sie *rufen* sollte? Wenn Bertie so »harmlos« war, warum sollte ich sie rufen müssen?

Und warum hatte sie überhaupt erwähnt, dass er »harmlos« war, wenn er tatsächlich *harmlos* war?

»Egal, lass uns zu ihm gehen, okay?«

Hatte ich eine Wahl?

»Hier entlang.«

Offenbar nicht.

Ich wurde in die Leseecke geführt. Mein Partner saß alleine bei einem Bücherregal. Er trug eine zerschlissene, grüne Jacke über einem langen weißen Hemd und eine graue Hose. Alle Kleidungsstücke schienen ihm einen Tick zu groß zu sein. Was er noch an Haaren hatte, war schneeweiß und ordentlich gekämmt. Er sah zumindest harmlos aus. Und irgendwie nett. Er blätterte durch eine Frauenzeitschrift. Ein Stapel mit noch mehr Zeitschriften lag auf dem kleinen Tisch neben ihm. Ich notierte mir im Kopf, sie in unser Gespräch einzubeziehen.

Als Lily uns bekannt machte, lächelte er kurz und nickte nervös. Ich begrüßte ihn und sagte ihm, dass ich mich freue, ihn kennenzulernen, und setzte mich. Dann überließ Lily uns »uns selbst«.

Ich lächelte Bert Duggan an. Er erwiderte meinen Blick, als wäre ich ein jähzorniger Polizist bei der Vernehmung und er ein Krimineller, der etwas zu verbergen hat. Richtig. Zeit, eine interessante und anregende Unterhaltung in Gang zu bringen!

»Also, Mr Duggan, wie lange sind Sie denn schon hier im Evensong?«

Er schien erstaunt, dass ich mit den schwierigen Fragen zuerst angefangen hatte, und rieb sich die Stirn.

»Oh … inzwischen … schon eine *Weile*.«

Großartig. Geht's vielleicht noch ein bisschen ungenauer?

»Aha. Ähm. Gut. So lange schon? Das ist interessant. Und …
äh … dann gefällt es Ihnen hier? Im Evensong, meine ich?«

»Es ist … nett.«

»Das ist … nett. Ääääääähhhhhmmm, und wo sind Sie aufgewachsen, Mr Duggan?«

Er zeigte nervös aus dem Fenster.

»Da drüben?«

»Was? Dann sind Sie hier in der Gegend aufgewachsen? In
diesem Viertel?«

Er nickte.

»Sind Sie dann viel gereist?«

»Nein. Eigentlich nicht. Nein.«

Es wurde mir langsam klar, dass Bert Duggan nicht gerade
eine menschliche Suchmaschine war, wenn es darum ging, Informationen preiszugeben.

»Gut, dann verbrachten Sie also den größten Teil Ihres Lebens hier in der Gegend … und jetzt … sind Sie hier! Das ist
ähm … ahhh … und … ähm … Was *machen* Sie dann so den
ganzen Tag? Ich meine, wie verbringen Sie Ihre Zeit hier, im
Evensong?«

Seine Augen wanderten durch den Aufenthaltsbereich, als ob
er auf eine Eingebung wartete.

»Nun, ich … lese«, tat er kund.

Das war der Zeitpunkt, meine überragende Beobachtungsga-
be unter Beweis zu stellen!

»Zeitschriften?«

»Entschuldigung.«

»Sie lesen gern Zeitschriften?« Ich zeigte auf den Stapel Zeitschriften neben ihm.

»Oh nein.«

Jetzt war ich völlig durcheinander, aber beschloss, das Thema nicht weiterzuverfolgen. Wollte nicht, dass es wie ein Kreuzverhör rüberkommt. Wahrscheinlich ging ich am besten zur nächsten Frage über.

»Okay ... also, was ich Sie noch fragen wollte ... wie steht es denn mit Ihren Hobbys und Interessen? Sie wissen schon, was Sie gern in Ihrer ... Freizeit ... machen.«

Bert Duggan dachte eine Weile nach.

»Lesen ... hauptsächlich«, sagte er schließlich.

So viel zum Thema nächste Frage.

»Lesen. Cool. Sagten Sie ja vorhin schon einmal. Aber *nicht* Zeitschriften«, fügte ich rasch hinzu, um zu zeigen, dass ich sehr aufmerksam gewesen war.

»Nein ...«

Zeit, sich aus dem Fenster zu lehnen und alle Bedenken in den Wind zu schlagen.

»*Bücher* vielleicht?«

»Bücher?«, wiederholte er.

Bert Duggans wässrige Augen richteten sich ein paar Sekunden auf mich. Die Spannung war fast unerträglich.

»Ja«, sagte er.

Juhu! Geschafft!

»Bücher, das ist großartig. Sie lesen gerne Bücher. Ich auch. Ich lese auch gern Bücher. Ich glaube, das haben wir gemeinsam. Und ich schreibe auch gern. Manchmal schreibe ich Geschichten ... überwiegend für die Schule ... nicht dass ich jemals wieder eine Eins dafür kriegen würde. Jetzt nicht mehr, dank ... aber egal ... ähmmmmm ... Was haben Sie eigentlich gemacht, bevor Sie sich zur Ruhe gesetzt haben, Mr Duggan? Welcher Tätigkeit sind Sie nachgegangen? Ich wette, Sie hatten viele tolle Jobs in Ihrem Leben.«

»Ich war Büroangestellter. Mein Leben lang.«

»Büroangestellter? Wow. Dann haben Sie also … diese ganze Büroarbeit gemacht? Die ganze Zeit. Echt? Das klingt so … yeah. Ähmmm … Da haben Sie bestimmt unglaubliche Erfahrungen gemacht, was ich mich sonst noch gefragt habe … wenn Sie nichts dagegen haben, dass ich frage … Mussten Sie jemals … wissen Sie … in einem Krieg kämpfen oder so?«

Bert senkte den Blick.

»Nein.«

»Nein?«

»Nein.«

»Okay. Das ist … das ist gut! Das ist sehr gut, oder? Es ist großartig. Ich fände es schrecklich, in einem Krieg kämpfen zu müssen. Ich wäre total verloren bei so was. Wenn ich zum Beispiel bei den ›Hunger Games‹ mitgemacht hätte, wäre ich in den ersten fünf Sekunden getötet worden. Wirklich. Kennen Sie die Bücher? Haben Sie sie gelesen? Die Trilogie *Die Tribute von Panem*?«

Ich hörte mich vor mich hinplappern. Es war kein schönes Geräusch. Ich meine, ein plapperndes Bächlein, von mir aus, aber eine plappernde Butt sollte unter allen Umständen vermieden werden.

Bert Duggan lächelte verlegen und schüttelte den Kopf.

»Tut mir leid. Nein.«

Zeit für noch mehr Geplapper. Aber wir wollen einen Zahn zulegen, ja?

»Oh, ich dachte, Sie hätten sie vielleicht gelesen … Sie wissen schon, weil Sie doch … *lesen* … abgesehen von Zeitschriften natürlich. Sie sind ziemlich gut. Nicht die Zeitschriften. Sondern die Bücher. Die *Tribute von Panem*. Ein bisschen viel Gewalt. Es gibt drei Bücher. Es ist eine Art Trilogie. Vielleicht könnten Sie das erste Buch mal lesen und schauen, wie es Ihnen gefällt. Ich könnte Ihnen sogar einen Band leihen. Oder Sie könnten sich die Filme anschauen … die auf den Büchern basieren. Jennifer Lawrence spielt die Hauptrolle. Sie ist toll. Ich mag sie. Kennen Sie sie? Jennifer Lawrence? Sie spielt in vielen Filmen mit. Jennifer Lawrence? Die Schauspielerin?«

Er schüttelte immer noch den Kopf.

Sani! Hilfe! Hilfe! Notfall! Der Gesprächsfluss trocknete nicht einfach aus, sondern starb vor Durst!

»Okay … gut … das ist in Ordnung … gut so … äh … vielleicht sehen Sie die Filme irgendwann mal in der Zukunft … Oder Sie lesen sogar die Bücher … wenn Sie wollen … oder auch *nicht*. Das liegt natürlich ganz bei Ihnen. So … ahhhh … also … yeah … Das ist alles gut … Aber es gibt natürlich immer noch viele andere Dinge, nach denen ich Sie gerne fragen würde … wie … ähhhmmm …. ahhhh … zum Beispiel … eine Sache … ähhhm … auf die ich *wirklich* neugierig wäre … ist … ähhhmmmmmm …«

Bert Duggan wartete stumm vor Schreck ab.

»Was ist Ihre Lieblingsfarbe?«

Game over.

Danach faselte ich einfach weiter von der Schule und Filmen und Fernsehshows und was immer mir einfiel, um die Zeit zu füllen und die schreiende Stille zu überdecken. Bert Duggan saß mit einem verwirrten Ausdruck auf dem Gesicht nickend da und dachte vermutlich darüber nach, welches Verbrechen er in einem vergangenen Leben begangen haben könnte, für das er eine solche Strafe verdiente.

Als der Besuch vorüber war und unser Minibus uns aufgesammelt hatte, war ich ziemlich niedergeschlagen. Am Boden zerstört fühlte ich mich, als Miss Cheong uns auf der Heimfahrt alle darum bat zu berichten, wie unser Besuch verlaufen war.

Alison, Naheer und Rayna hatten viel zu erzählen.

Sie wollten gar nicht aufhören, über ihre Partner und all die erstaunlichen und interessanten Dinge zu reden, die sie erfahren hatten. (Einige der erstaunlichen und interessanten Dinge, die Rayna erfahren hatte, musste Miss Cheong allerdings zensieren.) Jeremy dagegen war mit Informationen ungefähr so freigebig wie Bert Duggan. Zuerst sagte er nur: »Es lief okay.« Aber dann sprang Miss Cheong ein und informierte uns, dass es »mehr als okay« gelaufen war. Jeremy sei der Knüller gewesen, denn er hätte mit seinem Laptop auf Google Earth die Heimatstadt seiner Partnerin gefunden und die Straße und das Haus rangezoomt, wo sie aufgewachsen war und gewohnt hatte. Fünfzig Jahre lang hatte sie es nicht gesehen. Sie hatte Tränen in den Augen, sehr glückliche Tränen, versicherte uns Miss Cheong.

Dann war ich an der Reihe.

»Und welche spannenden Dinge hast du über Mr Duggan rausgefunden, Maggie?«

Ich durchsuchte rasch mein Gedächtnis.

»Ähhh … er war Büroangestellter … ähm … und er liest gern. Allerdings keine Zeitschriften. Ach ja, er kennt die *Die Tribute von Panem* nicht.«

»Okay. Sonst noch was?«

»Er hat keine Lieblingsfarbe.«

»Nun, ja, manchmal brauchen solche Dinge ihre Zeit.«

KA-WUMM! WIR HABEN EINEN LOSER! Danke, dass du mitgekommen bist. Das war wohl ein größerer Seniorenheim-besuch-Reinfall für dich, Maggie Butt. Leider gehst du mit leeren Händen, denn, hey, DU BIST TOTAL SCHLECHT IN DIESEN ZWISCHENMENSCHLICHEN DINGEN!

Kein Wunder, dass ich keine Freunde hatte und keine Aussicht darauf, einen Partner für den Abschlussball zu finden. Was hier vorlag, war eine totale Unfähigkeit zu kommunizieren. Sogar der Nerd schlug sich weitaus besser als ich. Jetzt war ich nicht nur ohne Freundin, ohne Partner und ohne Eins, sondern wahrscheinlich auch bald ohne Seniorenheim-Gegenüber, sobald nämlich Bert Duggan eine offizielle Beschwerde über meine mangelhafte soziale Kompetenz eingereicht hätte.

Als ich an diesem Nachmittag nach Hause gekommen und durch die Eingangstür gelatscht war, hatte ich wirklich nur einen Gedanken: Konnte mein Leben überhaupt noch schlechter laufen?

Die Antwort kam praktisch sofort. Von meiner Mutter.

»Ach, Maggie, du bist schon da? Das ist gut. Bevor ich es vergesse: Am Samstagmorgen kommt Danny. Er repariert was an meinem Auto und bleibt dann zum Mittagessen. Es wäre wirklich nett, wenn du uns Gesellschaft leisten würdest.«

Erschieß mich! Sofort!

Bitte!

Das unsichtbare
Mädchen

D ie Nervensäge hatte die Verteidigungsanlagen der BURG
BUTT durchbrochen!

Was war hier los? Hatte jemand vergessen, die Zugbrücke hochzuziehen? Hatte die Außenmauer einen Riss? Hatte jemand das
kochende Öl auf dem Herd vergessen? War der Burggraben aus-
getrocknet, oder ernährten sich die fleischfressenden Monster
im Burggraben auf einmal vegan? Stand ich als Einzige noch ge-
panzert und mit meinem Schwert bewaffnet auf meinem Posten, um die Burg Butt bis zum letzten Blutstropfen zu verteidi-
gen?

Egal, wie sich das erklären ließ – eines wusste ich sicher: Wenn
meine ersten beiden kurzen Zusammentreffen mit der Nervensäge schon so unangenehm verlaufen waren, würde ein längeres
Beisammensein ganz sicher unerträglich werden. Deshalb musste ich mich gut vorbereiten. Als der Samstagmorgen anbrach,
stand meine detaillierte Nervensäge-Überlebensstrategie:

1. Begrüße die Nervensäge bei seiner Ankunft mit einem
   »Hallo«, auf das sofort ein »Tschüss!« folgt
2. Ziehe dich auf der Stelle in dein Zimmer zurück
3. Bleibe dort, bis er geht

Genial!

Am entscheidenden Tag schaffte ich die Punkte »hallo/tschüss«
und »zieh dich auf der Stelle in dein Zimmer zurück« völlig
problemlos. Aber Punkt drei erwies sich leider als nicht *ganz* so
einfach. Wie ich bald bemerkte, hatte ich ein paar Details meiner detaillierten Nervensäge-Überlebensstrategie vielleicht
nicht sorgfältig genug durchdacht.

Zum Beispiel den Umstand, dass es in meinem Zimmer keine
Toilette gab. Außerdem war das Thema Nahrung ein wenig
problematisch. (Oder besser gesagt, ging es in meinem Fall um
das VIELschichtige Problem von zu WENIG Nahrung.) Wenn
ich nämlich zu lange nichts Essbares in meinen Mund schaufle,
neige ich dazu, ein bisschen auszuflippen. Und das ist kein schöner Anblick. Das Problem »Mittagessen« löste ich zum Glück
ohne große Schwierigkeiten.

Nachdem ich mein Begrüßungs- und Rückzugsmanöver erfolgreich durchgezogen hatte, verbrachte die Nervensäge den
restlichen Vormittag mit Mum in der Garage. Dort reparierte er
unser Auto und führte eine Art privaten Kundendienst durch.
Offenbar war er Automechaniker oder so was gewesen, bevor er
Pfleger wurde. Jedenfalls waren beide kurz vor Mittag noch in
der Garage. Also ergriff ich die Gelegenheit, schlich mich aus
meinem Zimmer und ging zur Toilette.

Fast zu einfach!

Und es kam noch besser. Auf dem Rückweg plünderte ich er-
folgreich die Küche, schnappte mir einen Apfel, einen großen
Becher Joghurt, eine Handvoll Nüsse, ein paar Rippen dunkle
Schokolade, zwei Müsliriegel, eine große Portion kalte Lasagne

von gestern und eine Flasche Wasser. Ein bisschen gesundes Essen, ein bisschen Junk food. Eine ausgewogene Ernährung! Ich schmuggelte meine Beute in mein Zimmer. Mission accomplished!

Als meine Mutter ungefähr eine Stunde später den Kopf in mein Zimmer streckte und fragte, ob ich zum Essen kommen würde, reichte ich ihr nur meinen Teller (auf dem sich der Apfelbutzen, der leere Joghurtbecher, die Alufolie von der Lasagne und das zerknüllte Einwickelpapier der Müsliriegel und der Schokolade stapelten) und sagte: »Oh, tut mir leid, Mum. Ich hab schon gegessen. Konnte nicht warten. Ich war am Verhungern!«

Ich glaube nicht, dass meine Mutter sehr begeistert war. Vielmehr fürchte ich, dass sie auf einer Skala von zehn »ausgesprochen begeistert« bis eins »total angefressen« ungefähr bei minus fünf lag. Und ich gebe zu, dass ich schon ein schlechtes Gewissen hatte, aber hallo, die Burg Butt war angegriffen worden, und den Angreifer zurückzudrängen erforderte drastische Maßnahmen. Immerhin hatte ich ihn nicht mit kochendem Öl übergossen!

So weit war der Tag genau nach Plan verlaufen. Ich hatte meine murrenden Gedärme ruhig gestellt und auf sehr listige Weise eine möglicherweise peinliche und qualvoll lange Mittagessensbegegnung mit der Nervensäge vermieden.

Maggi 2. Die Nervensäge 0.

Aber am späten Nachmittag wurde die Lage wieder verzweifelt.

Die Wasserflasche war komplett leer, und ich hatte schon wieder ein bisschen Hunger (das heißt, ich schob totalen Kohldampf). Außerdem spürte ich den Ruf (das heißt, den Schrei) der Natur, weil all das Wasser, das ich getrunken hatte, beunruhigend heftig wieder nach draußen drängte. Deshalb dachte ich, als ich aus dem Fenster schaute und die Nervensäge zu seinem Auto gehen sah: »Juhu, er verschwindet!« und stürzte auf dem direkten Weg zur Toilette.

Durch die Küche hindurch.

Wo ich Mum begegnete.

Sie schnitt Käse in mundgerechte Stücke. Neben ihr auf der Anrichte erspähte ich zwei Weingläser und eine noch nicht geöffnete Flasche Rotwein. Offenbar hatte ich alles falsch verstanden. Die Nervensäge war gar nicht gegangen, sondern wollte »nur schnell eine Jacke aus dem Auto holen«.

Mum fragte mich, ob ich etwas zu essen wollte.

Und wie ich wollte. *Unbedingt.* Aber noch mehr wollte ich der Nervensäge aus dem Weg gehen.

»Nein, alles gut«, log ich, während ich mir ein Stück Käse schnappte, es in den Mund steckte und schnurstracks Richtung Toilette marschierte.

Nachdem ich ganz knapp einem ernsthaften Blasen-Crash entgangen war, verließ ich die Toilette in Richtung der nervensägenfreien Sicherheit meines Zimmers. Allerdings nicht ohne zuvor in die Küche zu spähen. Nur Mum war dort. Eine gute Gelegenheit für einen weiteren kurzen Umweg! Ich schlüpfte in die Küche und grapschte mir auf dem Weg noch eine Handvoll Käse.

Aber da explodierte Mum. Als ob ich die Kronjuwelen geklaut hätte!

»Zum Kuckuck, Maggie! Hör einfach auf. Ich werde hier nie

fertig, wenn du dauernd vorbeigehst und dich bedienst, wann immer du Lust hast.«

Warum war *sie* so angepisst? (Tschuldigung.)

Dann machte ich noch einen meiner berühmten, dummen Fehler. Ich blieb stehen und vergeudete blöderweise meine Zeit damit, mit meiner Mutter die Ruchlosigkeit meines Tuns zu diskutieren. Und ehe ich mich versah, war die Nervensäge zurückgekehrt.

»Was ist los?«, fragte er.

Mum zeigte mit dem Daumen in meine Richtung. (Ungehörig!)

»Die da. Ich biete ihr etwas zu essen an. Das mach ich gerne, aber sie lehnt ab. Keinen Hunger. Aber wenn ich dann für uns einen Teller herrichte, nimmt sie jedes Mal, wenn sie hier durchkommt, eine Handvoll Käse mit.«

Jedes Mal? Eine Handvoll? Du würdest nie im Leben übertreiben, oder, Mum? Ich bin nur *zwei Mal* hier durchgekommen. Und nicht ein einziges Mal waren meine Hände voll. Niemals! Ich hätte *problemlos* noch ein Stück Käse untergebracht. Möglicherweise auch zwei.

Mit Mums Übertreibungen konnte ich umgehen. Nicht umgehen konnte ich damit, was die Nervensäge als Nächstes tat.

»Das klingt für mich wie dieses alte Lied von Paul Young.«

Jetzt starrten Mum und ich die Nervensäge an, wie ich damals, am ersten Abend an der Eingangstür, und Mum sagte: »Lied von Paul Young? Was für ein Lied von Paul Young? Was redest du da?«

Und noch *bevor* ich diesen hinterlistigen Ausdruck auf seinem Gesicht wahrnahm, wusste ich aus vergangenen Erfahrungen, dass es ziemlich sicher ein GIGANTISCHER FEHLER war, der Nervensäge eine solche Frage zu stellen, insbesondere eine, die ein Lied von anno dazumal betrifft.

»Dieses Lied von Paul Young«, wiederholte die Nervensäge, als wäre es offensichtlich, wovon er redet. »Du kennst es. Es geht so.« Und damit griff er sich einen Bratenwender und einen Holzkochlöffel von unserer Kochinsel und begann auf der Spüle einen langsamen, wummernden Rhythmus zu trommeln.

Bumm! Klirr. Bumm! Klirr. Bumm! Klirr. Bumm! Klirr.

Und dann ereignete sich eine Art wiederkehrender musikalischer Albtraum, denn die Nervensäge begann zu *singen* und machte zugleich merkwürdige Verrenkungen mit seinem Gesicht. Aber diesmal kamen, während er die Augen schloss und sich beim Singen im Rhythmus vor und zurück wiegte, Worte aus seinem Mund:

EV-RY-TIME-YOU-GO ... A-WAY

Bumm! Klirr. Bumm!

YOU-TAKE-A-PIECE-OF-*KÄSE* ... WITH YOU!

Merkst du es? Er setzte statt »me« /»mir« das Wort »Käse« ein. Genial! ☹

Die Nervensäge zeigte direkt auf mein Gesicht, als er diese Worte sang. Und Mum warf den Kopf in den Nacken und lachte. Ich nicht. Aber das stoppte die Nervensäge nicht. Nicht im Geringsten. Noch einmal sang er die beiden Zeilen und zog wieder dieselbe verstörende Grimasse dazu. Er war nicht nur eine Nervensäge, sondern offenbar auch völlig durchgeknallt.

Aber es sollte noch schlimmer kommen.

Nachdem er die beiden Zeilen ein zweites Mal gesungen hatte, warf er den Bratenwender und den Kochlöffel ins Spülbecken, schnappte die Hand meiner Mutter und wirbelte sie herum. Jetzt tanzten beide grinsend und einander ins Gesicht lachend durch die Küche. Und dann sangen sie BEIDE.

EV-RY-TIME-YOU-GO ... A-WAY
Dum! Dum! Dum! (Ja, sie sangen tatsächlich *Dum! Dum! Dum!*)
YOU-TAKE-A-PIECE-OF-*KÄSE* ... WITH YOU!

Die Nervensäge riss die Arme hoch. »Los! Alle! Und diesmal mit *Gefühl!* Ich will euch hören!« Und sie sangen es noch einmal.

Und ich?

Während meine Mutter und die Nervensäge immer noch voll aufdrehten, drückte ich mich an der Kochinsel vorbei und trat langsam den Rückzug aus der Küche an. Und während ich wegging (Dum! Dum! Dum!), nahm ich ein Stück Käse mit.

Warte. Mach eine ganze Handvoll daraus!

Aber es spielte eigentlich keine Rolle. Denn weder meine Mutter noch die Nervensäge bemerkten es.

Oder schienen sich dafür zu interessieren.

Ein paar
ernste Fragen

Zum Glück hatte die Nervensäge Frühschicht im Krankenhaus, sodass er an diesem Abend nicht noch bis zum Abendessen bei uns blieb. Stattdessen bestellte Mum Pizza, und wir luden uns ein paar Gruselfilme herunter. Ich hatte vielleicht ein bisschen traurig ausgesehen, und das war wohl Mums Art, mich aufzuheitern und zum Reden zu bringen.

Meine Mutter kann tatsächlich so listig sein.

Und es funktionierte.

Es machte Spaß, Pizza zu mampfen und sich zusammen unter einer Decke zu verkriechen. Eine Weile war es wieder wie immer – nur wir beide. Als ob die gute alte Burg Butt vollständig repariert und so wiederaufgebaut worden wäre, wie sie früher einmal war. Die Nervensäge hat nie existiert. Aber die Wahrheit war, dass sie existierte und dass es Zeit war, mich mit meiner Mutter hinzusetzen und ein ernstes Wörtchen mit ihr darüber zu reden, welchen Umgang sie pflegte. Nachdem der erste Film zu Ende war, machte ich uns heiße Schokolade und brachte sie ins Wohnzimmer. Mein »ernstes« Gespräch begann mit ein paar »ernsten« Fragen.

Ernste Frage Nummer 1:

»Also, Mum … ähhh, du und … dieser Typ … *Danny*. Ihr seht euch ganz schön oft. Das wird jetzt nicht ein bisschen … du weißt schon … *ernst* … oder?«

Ich beobachtete sie scharf über den Rand meiner dampfenden Tasse Kakao hinweg.

Sag nein. Los, zieh eine Grimasse und lache über mein albernes Gesülze, und dann sag etwas wie »Im Ernst? Ich und *er*? Herrjemine, Maggie. Bestimmt nicht! Wie in aller Welt kommst du darauf? Du kennst mich doch. Gebranntes Kind scheut das Feuer.«

Aber das sagte sie nicht. Genau genommen brauchte sie viel zu lang, bis sie überhaupt etwas sagte.

»Mum!«

Das kam vielleicht ein bisschen lauter heraus, als ich es wollte.

»Hast du damit ein *Problem*, Maggie?«

Und bevor ich es verhindern konnte, brach alles aus mir heraus.

»Ein Problem? Nun, *ja*. Erinnerst du dich noch an Dad? Du und Dad? Weißt du noch, wie gut das für dich funktionierte? Für uns? Du willst das nicht noch einmal durchmachen, oder? Diesen ganzen schrecklichen … Scheiß. Ist *ein Mal* nicht genug?«

Mum stellte ihren Becher auf den Tisch.

»Der Teil am Schluss war beschissen, das muss ich zugeben. Und ja, ein Mal reicht – ganz bestimmt. Aber wir hatten unsere schönen Zeiten. Es war nicht alles schlecht, weißt du. Wie auch? Immerhin bist du dabei herausgekommen, oder?«

Sie legte die Hand auf mein Knie.

»Schau mal, Maggie, ich mache gewiss keine langfristigen Pläne. Aber ich habe auch keine Lust mehr, mein Herz mit einer Mauer zu umgeben und mich daran zu hindern, glücklich zu sein, nur weil in der Vergangenheit passiert ist, was passiert ist. Ich habe das lang genug getan. Ich genieße Dannys Gesellschaft. Und er ist ein guter Kerl. Er ist, wie er ist. Keine Überraschungen. Allenfalls gute. Und er bringt mich zum Lachen.«

»Und warum ist er dann nicht längst verheiratet, wenn er so großartig ist? Warum hat ihn sich noch niemand geschnappt?«

»Er war verheiratet.«

AHA!

»Dann hat *er* also *auch* seine Familie verlassen?«

Meine Mutter sah nicht so aus, als wäre sie sehr beeindruckt von meiner Schlussfolgerung.

»Er war nur ein paar Jahre verheiratet. Er hat keine Kinder. Und seine Frau starb an Leukämie. Er hat sie gepflegt. Aus diesem Grund ist er Krankenpfleger geworden.«

Super. Vielen Dank, Mum. So fühlt man sich doch gleich wie ein richtig unsensibler Widerling.

Ernste Frage Nummer 2:

»Okay, gut, aber er will nicht … bei uns … bei dir … einziehen … oder?«

Mum schaute mich mit hochgezogenen Augenbrauen an.

»Danny?«

Jetzt reichte es.

»Nein, Mum. Ryan Gosling. Weißt du, ich habe im *Hollywood Hype* alles über euch beide gelesen. Angeblich sind du und der *Gos* eine ganz heiße Nummer.«

Mum verzog den Mund, legte die Stirn heftig in Falten und strich sich über das Kinn wie ein echt schlechter Schauspieler, der so tut, als würde er nachdenken.

»Sorry, ich versuche nur, mich an etwas zu erinnern, das mir jemand über *Sarkasmus* und *Intelligenz* gesagt hat, aber irgendwie komm ich nicht drauf. Egal, zurück zu deiner Frage. Ich kann dir versichern, Maggie, dass Mr Gosling und ich trotz all der hässlichen, vollkommen gegenstandslosen Gerüchte nur gute Freunde sind.«

Ich verschränkte die Arme und drehte mich weg.

»Also wenn man sich nicht ernsthaft mit dir unterhalten kann …«

Eine Hand auf meiner Schulter drehte mich wieder zurück.

»*Aber* … Wenn du *Danny* gemeint hast, dann nein. Er wird nicht bei uns einziehen.«

»Übernachten?«

»Nein! Können wir jetzt bitte weitergucken?«

Sehr gut!

Die Nervensäge hatte vielleicht vor den Mauern der Burg Butt sein Lager aufgeschlagen und das Recht auf gelegentliche Besuche erhalten, aber die Zugbrücke funktionierte immer noch gut und erfüllte ihren Zweck.

Mum nahm einen Schluck von ihrer Schokolade und rutschte dann auf der Couch herum, bis sie mich direkt anschaute.

»Pass auf, Maggie. Danny gehört zu den schönsten Dingen, die mir seit langem passiert sind. Und ich meine es insofern ernst, als ich ihn niemals verletzen oder ihm etwas vormachen würde. Aber ich bin ganz gewiss nicht im Begriff, irgendwas zu überstürzen, wenn dir das Sorgen bereiten sollte.«

Mum legte die Arme um mich und zog mich in einer dicken Umarmung an sich.

»Komm schon. Kopf hoch, Maggie-Paddy (!!!!!!!!!!!!!!!!). Wie es aussieht, wirst du mich für den Rest deines Lebens an der Backe haben. Wenn es je eine gute Entschuldigung für ein Wodka-Besäufnis gab, dann das!«

Aber dann wurde sie ernst.

»Maggie, ich weiß, dass das, was dein Vater getan hat, dich verletzt hat. Dich *immer noch* verletzt. Aber was ich gerade gesagt habe, gilt für dich genauso wie für mich. Sogar noch mehr. Ich möchte nicht, dass du versteckst, was für ein wunderbares großes Herz du hast, vor lauter Angst, dieser Schmerz könnte wiederkommen. Es gibt dir vielleicht ein Gefühl von Sicherheit, aber leben kannst du so nicht. Du musst mutig sein. Dein Herz ist so wertvoll und schön, dass du es mit der Welt teilen musst. Manchmal darfst du nicht über die Folgen deines Handelns nachdenken, sondern musst einfach ins kalte Wasser springen.«

Ich brachte ein Lächeln zustande, aber die Erwähnung des Wodka-Besäufnisses rief mir etwas in Erinnerung, das mir durch den Kopf ging, seit ich wusste, dass die Nervensäge an diesem Abend im St-Vinzenz Dienst gehabt hatte.

Zusätzliche ernste Frage:

»Apropos … Mum … an diesem Abend in der Notaufnahme … Du hast eigentlich nie viel erzählt … Ich meine Einzelheiten. War es sehr *schlimm*? Ich meine … habe *ich* mich schlimm benommen?«

Meine Mutter legte mir die Hand an die Wange, sah mir in die Augen und schüttelte langsam den Kopf.

»Allerdings, meine Liebe. Ich würde sagen, *es* und *du* waren ziemlich gleich schlimm.«

»Mum! Ich meine, *abgesehen* von dem Blut und dass ich alles vollgekotzt habe … lag ich doch die meiste Zeit irgendwie wie ein Zombie rum, oder? Ich hab doch nicht irgendwas total Peinliches gemacht?«

Sie schüttelte wieder den Kopf. Allerdings nicht *ganz* so überzeugend, wie ich es mir gewünscht hätte.

»Oder irgendwas total Peinliches gesagt?«

Das Kopfschütteln kam zum Stillstand.

Oh-oh. Gar nicht gut.

»Mum?«

»Also, Liebes … das hängt doch sehr davon ab, was du als ›total peinlich‹ empfinden würdest, oder? Verschiedenen Menschen sind verschiedene Dinge peinlich. Was ich schrecklich peinlich finde, scheint dich nicht im Geringsten zu stören. Ich persönlich würde sagen, dass das meiste, was du an diesem Abend von dir gegeben hast, bestenfalls *ein bisschen* peinlich war.«

Guuuut. Okay. So weit, so nicht allzu desaströs.

»Und was zum Beispiel würdest du als *ein bisschen* peinlich einstufen?«

Mum fasste sich an den Kopf.

»Ach, um Himmels willen, Maggie! Keine Ahnung. Was spielt das jetzt für eine Rolle? Die Sache ist gegessen. Vergiss es einfach.«

»*Erzähl* es mir doch, Mum, bitte.«

Sie stieß einen Seufzer aus und schloss die Augen.

»Na ja, vielleicht die Geschichte mit Robby Spears.«

Ich fürchte, »gar nicht gut« deckte diese Sache nicht ganz ab.

»Robby Spears aus *Sommer deines Lebens*? Von welchem Robby Spears redest du? Mum? Was habe ich gesagt?«

Sie schnitt eine Grimasse.

»Dass du und Robby ›Seelenverwandte‹ seien und dass er total falsch verstanden würde und dass du die Einzige auf der ganzen Welt wärst, die den echten Robby kennt, und dass du ihn liebst und seine Babys zur Welt bringen möchtest. Offenbar alle acht. Du warst sehr sicher und konkret mit der Zahl.«

Ich beobachtete den Mund meiner Mutter ganz genau und betete, er würde sich am Rand kräuseln und sich zu diesem Lächeln verziehen, mit dem Menschen anzeigen, dass die Worte, die ihren Mund gerade verlassen hatten, ein müder Versuch waren, witzig zu sein.

Kein Kräuseln in Sicht.

»Oh Gott, Mum, nein. Das kann nicht sein. Ich mag Robby Spears nicht einmal. Na ja, vielleicht früher mal. Ein bisschen. Aber *acht* Kinder mit ihm … wie pein …«

Ich wollte gerade mein Gesicht in den Händen vergraben, als mir etwas einfiel.

»Moment mal. Du hast gesagt, die *meisten* Dinge, die ich gesagt habe, wären ein *bisschen* peinlich gewesen? Die meisten? Willst du damit sagen, dass ich auch was gesagt habe, das *mehr* als nur ein bisschen peinlich war? Mehr als ein *bisschen* ›achtfache-Mum-für-Robby-Spears'-Babys‹-peinlich?

Mum lächelte nur schwach und zuckte die Achseln.

»Mum?«

»Vielleicht. Ich weiß nicht, Maggie. Wie ich schon sagte, es hängt davon ab …«

»War *er* da, als ich es gesagt habe?«

»Ryan Gosling?«

»MUM!«

Sie seufzte.

»Ja.«

Ich hielt mir mit der Hand den Mund zu und redete durch meine Finger hindurch.

»Und das, was ich noch gesagt habe, war schlimmer als die Sache mit Robby Spears? Oh Gott, was war es? Sag es mir. Sag es mir auf der Stelle. Warte! Nein. Ich will es nicht wissen. Niemals. Oder doch? Ja, doch, ganz sicher. Los, sag es mir. Ich muss es wissen. Ich *denke* …«

Mum trank den letzten Schluck ihrer Schokolade und griff nach der Fernbedienung.

»Schluss jetzt. Ich sage nichts mehr«, sagte sie. »Und wir werden nicht mehr darüber reden. Niemals. Es ist vorbei. Vergangenheit. Es spielt keine Rolle. Lass es und schau nach vorn. Wir Butt-Frauen sind gut darin. Es wird Zeit für unser nächstes Horror-Movie.«

Ich leistete keinen Widerstand. Vielleicht war es wirklich das Beste, es nicht zu wissen. Selig sind die Armen im Geiste. Sagt man das nicht so? Wir machten es uns wieder gemütlich und schauten *It Came From The Basement*.

Der Titel log nicht. *Es* machte genau das: Es kam aus dem Keller. Und *es* war ziemlich gruselig.

Fast so gruselig, wie sich vorzustellen, welche schrecklichen Dinge an diesem Abend in der Notaufnahme aus meinem Mund gekommen sein könnten.

In Gegenwart der Nervensäge.

Sir Tiffy

Am Montag startete ich in eine weitere typische Spaß-woche.

Wieder eine Woche, in der ich keine Freundschaften schloss. Wieder eine Woche, in der kein Partner für den Abschlussball (der jetzt in weniger als sieben Wochen stattfinden würde) vom Himmel fiel. Wieder eine Woche, in der die Möglichkeit einer glatten Eins in Englisch in weiter Ferne blieb. Wieder eine Woche, in der ich mich zu einem weiteren deprimierenden Besuch ins Evensong-Seniorenheim aufmachte.

Deprimierend zumindest für mich. Deprimierend *und* erschreckend gruselig für den armen alten Bert Duggan.

Verglichen mit uns schienen alle anderen Paarungen in unserer kleinen Truppe ausgesprochen erfolgreich zu sein! Bei Alison und Naheer bestand die gute Chance, dass ihre Partner sie letztendlich adoptieren würden. Rayna hatte in ihrer Partnerin definitiv einen verwandten Geist und eine Freundin fürs Leben gefunden. Und Jeremy Tyler-Roy hat jetzt seinen eigenen Fanclub!

Kein Scherz. Am Ende des zweiten Besuchs hatte der Nerd einen Kreis von runzeligen Bewohnern um sich geschart, die all die erstaunlichen Dinge, die er auf seinem supermodernen Computer tun oder für sie finden konnte, mit begeisterten Ohhh- und Ahhh-Rufen quittierten.

Und dann gab es da noch mich und Bert Duggan – das dynamische Duo, das das Verstreichen der Zeit auf die Geschwindigkeit einer stark sedierten Schnecke drücken konnte.

Das ist die Wahrheit. Wir verwandelten einen einstündigen Besuch problemlos in lebenslänglich. Wenn überhaupt, dann lief unsere zweite Sitzung nicht ganz so gut wie unsere erste. Ich weiß. Kaum zu glauben, oder? An einem Punkt dachte ich, es wäre vielleicht besser, wenn ich mich einfach zurücklehnte und eine von Berts Zeitschriften las, statt mühsam ein sinnvolles Gespräch in Gang zu halten. Es lag eigentlich nicht an Bert. Er war reizend. Wie Lily gesagt hatte. Aber er redete einfach nicht viel. Aber wie auch? Nach allem, was ich aus ihm rausquetschen konnte, war er in seinem ganzen Leben eigentlich *nirgendwo* gewesen oder hatte eigentlich auch *nicht viel* gemacht. Worüber sollte er also reden?

Wie bei unserer ersten Begegnung quasselte ich beim zweiten Besuch die ganze Zeit vor mich hin, erzählte von mir und der Schule und allem, was mir gerade so in den Sinn kam. Als mir schließlich die Ideen ausgingen, las ich Bert aus lauter Verzweiflung die ersten paar Kapitel aus *Die Tribute von Panem* vor. Er fand es merkwürdig. Echt großes Lob! Ich weiß nicht, wer von uns erleichterter war, als die Zeit endlich um war und wir unsere Strafe abgesessen hatten.

Aber auch wenn das schon ziemlich schlimm war, kam meine typische Spaßwoche erst am Donnerstagabend an ihrem Tiefpunkt an. Und wärst du überrascht, wenn ich dir sagte, dass die Ursache dafür die Nervensäge war? Nein. Ich glaube nicht.

Ich will es erklären.

Mum und ich waren gerade mit dem Abendessen fertig und

spülten ab, als zwei Scheinwerfer vor dem Küchenfenster auf-
leuchteten und ein Auto in unsere Einfahrt bog.

Ein prähistorisches knallgelbes Auto.

Als Mum es sah, warf sie mir ihr Handtuch zu und sagte:
»Lass ihn rein, Mags (!) und halte die Stellung, bis ich mich ein
bisschen aufgehübscht habe, ja?« Und damit verschwand sie in
ihrem Schlafzimmer. Super. Ein paar Sekunden später klingelte
es. Ich machte auf, und wer stand vor mir …?

Die Nervensäge.

Eine Woge schrecklicher Erinnerungen überrollte mich. Aber
der Anblick, der sich mir dieses zweite Mal bot, war ein bisschen
anders. Diesmal hielt die Nervensäge in der einen Hand eine
grüne Einkaufstasche und eine Art Plastikkorb mit Gittertür in
der anderen.

Zwei Dinge an diesem Szenarium fand ich sehr verstörend.

Die erste verstörende Tatsache war, dass es sich um einen
Abend mitten in der Woche handelte. Ich hatte angenommen
(gehofft), dass ich mich, wenn überhaupt, nur *gelegentlich* und
am Wochenende mit der Nervensäge abfinden müsste. Eine Begegnung am Donnerstagabend war eine beunruhigende Entwicklung.

Die zweite verstörende Tatsache war der Inhalt des Korbs in
seiner Hand. Es schien sich um ein überfahrenes Tier zu handeln. Die Nervensäge bemerkte offenbar meine Verunsicherung
und hob den Korb an.

»Kater«, sagte er.

Ich schaute mir den angeblichen »Kater« ein bisschen näher
an. Sein Gesicht war so platt, als würde er am liebsten mit ho-
hem Tempo Kopf voraus gegen Steinmauern rennen. Ein Auge

tränte und war ganz trüb. Das andere nicht; es fehlte komplett. Außerdem ragte ein langer Mutanten-Zahn in einem merkwürdigen Winkel aus seinem Unterkiefer, obwohl er den Mund geschlossen hatte, und sein »Fell« bestand aus wuchernden grauen Haarbüscheln, die zwischen großen Stellen mit kahlrasierter Haut sprossen. (Hatte Taarsheebah einen Tierpflegesalon aufgemacht?)

Während ich noch versuchte mir einen Reim auf alles zu machen, trat Mum zu uns und schob uns in die Küche, wo die Nervensäge uns die ganze Geschichte erzählte.

Der »Kater« hieß Sir Tiffy (!). Er gehörte einer einundneunzigjährigen Frau namens Mrs Monteith, die vor ein paar Tagen in die Notaufnahme des St-Vinzenz-Krankenhauses eingeliefert worden war, als die Nervensäge Dienst hatte. Mrs Monteith war sehr aufgeregt und beunruhigt, weil niemand nach ihrem Kater – ein Geschenk ihres verstorbenen Ehemanns – schaute. Um sie zu beruhigen, versprach die Nervensäge ihr, ihre Tochter zu kontaktieren, damit diese den Kater versorgte.

Mum kam mir mit der folgenden Frage zuvor.

»Aber warum ist der Kater dann bei *dir*? Was ist mit der Tochter?«

»Sie wohnt weit weg, außerdem hat sich herausgestellt, dass sie kein großer Fan von Sir Tiffy ist.«

Ich betrachtete den Frankenstein-Kater in dem Tragekorb. Donnerwetter, warum wohl nicht?

»Egal. Als ich mit ihr telefonierte, sagte sie, ihre Mutter hätte sich schon längst von ihm trennen sollen, weil sie ihn sowieso nicht mehr richtig versorgen könnte.«

Die Nervensäge schüttelte den Kopf.

»Dann sagte sie, sie würde ihn wahrscheinlich einfach einschläfern lassen.«

Ich warf Sir Tiffy daraufhin noch einen kurzen, abschätzenden Blick zu.

»Und hat sie es gemacht?«

»Maggie!« (Natürlich meine Mutter.)

»Schau ihn dir doch an, Mum. Falls es nicht einen Pokal für die gruseligste Halloween-Katze des Jahres gibt, wird er bei keiner Katzenschau auch nur einen Blumentopf gewinnen, oder?«

»Maggie!« (Jap, wieder Mum.)

Die Nervensäge steckte einen Finger in den Korb und kraulte Sir Tiffy unter dem Kinn. Eine Reaktion darauf war praktisch nicht erkennbar.

»Er ist eigentlich eine reinrassige Perserkatze mit einem langen Stammbaum und offiziellen Papieren, die das beweisen«, sagte er. »Das hat zumindest die Tochter mir gesagt.«

»Das soll wohl ein *Scherz* sein. Weiß man eigentlich, wer den Aufsitzmäher gefahren hat?«

»Maggie!« (Nummer drei! Aus irgendeinem Grund verspürte meine Mutter den Drang, in regelmäßigen Abständen meinen Namen laut hinauszuschreien.)

Die Nervensäge hob die Hand, als würde er sich selbst beschuldigen.

»Die Frisur ist mein Werk, fürchte ich.«

Was? Ich wusste, dass er verrückt war und sang und mit Beleidigungen um sich warf, aber jetzt konnte ich offenbar noch das Attribut »Katzenquäler« zu seinem beeindruckenden Steckbrief hinzufügen.

»Die Tochter hatte recht damit, dass Mrs M nicht in der Lage ist, ihn richtig zu versorgen. Sie ist offenbar ein bisschen verwirrt und vergesslich geworden und hat seit Jahren eine schlimme Arthritis in den Händen. Deshalb konnte sie ihn nicht mehr wie früher bürsten. Das Fell des armen Burschen war voller verfilzter Haarbüschel, die man unmöglich herauskämmen konnte. Deshalb musste ich sie, so gut es ging, herausschneiden. Wahrscheinlich fühlt er sich jetzt viel wohler, aber Maggie hat recht damit, dass seine Tage als schönste Katze wahrscheinlich hinter ihm liegen.«

Die Nervensäge lächelte hinterlistig in meine Richtung.

»Obwohl es heißt, dass der Unterschied zwischen einem schlechten Haarschnitt und einem guten Haarschnitt zwei Wochen beträgt. In *ganz* extremen Fällen vielleicht auch ein bisschen länger.«

Ich reagierte darauf genauso wenig wie Sir Tiffy. Stattdessen stellte ich die Frage, die ich stellen wollte, seit die Nervensäge die ganze Mrs Monteith/Sir Tiffy/Böse Tochter-Geschichte erzählt hatte.

»Und warum hast du ihn dann hierher gebracht?«

»Maggie!« (Da ist sie wieder!)

Die Nervensäge trommelte mit den Fingern auf die Kochinsel.

»Na ja, ich habe Mrs M versprochen, dass ihre Katze versorgt würde, und als klar war, dass ihre Tochter nicht freiwillig die Hand dafür heben würde, blieb nur noch ich. Ich verabredete mich also mit der Tochter in der Wohnung von Mrs Monteith, und sie war überglücklich, dass ich Sir Tiffy und all seine Sachen – Futter, Katzenklo, Katzenbaum und den ganzen Krempel – mitnahm.«

Die Nervensäge holte tief Luft, bevor er fortfuhr.

»Ich hatte ihn bis heute in meiner Wohnung. Aber mein Vermieter hat es spitzgekriegt. Er ist ein kleiner Möchtegern-Diktator mit einer strikten »Keine Haustiere«-Politik. Als ich heute Abend heimkam, hat er mir aufgelauert und gleich gedroht, meinen Vertrag zu kündigen. Die Wohnung ist nichts Besonderes, aber ich kann es mir nicht leisten, sie zu verlieren. Ich habe eine halbe Ewigkeit gebraucht, bis ich etwas gefunden hatte, das so kostengünstig ist und so nah an meiner Arbeitsstelle liegt. Sir Tiffy musste also schnell verschwinden. Wusste nicht, was ich sonst hätte tun sollte. Also kam ich hierher. Tschuldigung. Wahrscheinlich hätte ich euch telefonisch vorwarnen sollen.«

Ja. Dann hätten wir vielleicht Zeit gehabt, die Zugbrücke hochzuziehen und das Öl zum Sieden zu bringen!

Dann schaute die Nervensäge Mum an, als wäre er ein kleines Kind, das um ein Eis oder so bettelt. »Meinst du, du könntest ein bisschen auf ihn aufpassen? Nicht lang, das verspreche ich. Nur bis ich jemand anderen finde.«

Meine Mutter lächelte ihn an, als wäre er ein kleines Kind, das um ein Eis oder so bettelt. »Na klar. Wie könnte ich diesem Blick etwas abschlagen?«

Eine ganz *hervorragende* Methode wäre, einfach deinen Mund zu öffnen und möglichst laut die Worte »AUF KEINEN FALL!« zu rufen.

Leider passierte das nicht. Und bevor ich mich versah, griff die Nervensäge in den Korb und zog Sir Tiffy heraus auf den Küchenfußboden. Endlich konnten wir ihn in seiner ganzen Pracht betrachten. Obwohl nach einem ersten Blick »in allen schmutzigen Details« eigentlich der bessere Ausdruck gewesen wäre.

Weißt du noch, wie ich sagte, Sir Tiffy würde wie ein überfahrenes Tier aussehen?

Ich würde mich jetzt gern offiziell bei allen überfahrenen Tieren entschuldigen, die ich unabsichtlich beleidigt habe.

Der Dæmon
der Nervensäge

*S*ir Tiffy saß zusammengekrümmt auf dem Küchenfußboden und spähte mit seinem einen »guten«, trüben Auge verschlafen herum. Er schien auf dem letzten Loch zu pfeifen – einem sehr kleinen Loch. Dann gab er ein Geräusch von sich, das eher nach Todesröcheln klang als nach »miau«.

»*Määääääääääääaaaaaaaaauuuuuuuuu!*«

»Ja, auch dir einen guten Abend, Sir Tiffy«, sagte Mum. »Wir freuen uns sehr, dich in unserem Haus zu haben.«

Ich nicht!

»Sir Tiffy? Was für ein blöder Angebername ist das überhaupt?«

»Maggie!« (Jetzt geht das schon wieder los.)

»Ja, diese Frage habe ich mir auch gestellt«, sagte die Nervensäge. »Ich habe Mrs Monteith gefragt, aber ihre Antwort ergab nicht viel Sinn. Sie sagte irgendwas davon, dass er ›auf dem Formular‹ gestanden hätte, also vermutete ich, dass Sir Tiffy sein offizieller Stammbaumname aus seinen Papieren ist oder so. Obwohl Mrs Monteith so schwach war, schien sie diese ganze Namenssache aus irgendeinem Grund sehr lustig zu finden und sprach dauernd von ihrem ›Späßchen‹. Keine Ahnung, was sie meinte. Auch ihre Tochter konnte sich das nicht erklären.«

Ich schüttelte den Kopf.

»Was für eine *tolle* Geschichte.«

Dann hob ich rasch eine Hand hoch wie ein Verkehrspolizist, bevor meine Mutter noch ein »Maggie!« auf mich abfeuern konnte. Zum Glück funktionierte es. Sir Tiffy machte ein paar wackelige Schritte, fiel dann auf die Seite und blieb liegen.

»Er ist im Moment ein bisschen schwach«, führte die Nervensäge hilfreich aus. »Aber ich war mit ihm bei der Tierärztin, und sie sagte, er sei nicht ernsthaft krank. Nur ein bisschen unterernährt und vernachlässigt, ein paar Infektionen und hie und da ein angeschwollenes Gelenk.«

»Abgesehen davon ist er topfit und könnte noch tagelang leben!«

Mum sah mich an und kniff empört die Augen zusammen, widerstand aber dem Drang, meinen Namen zu rufen.

Die Nervensäge redete weiter.

»Hoffentlich noch viel länger. Er hat schon ein paar Spritzen bekommen, und ich habe eine ganze Menge Vitamine und Tabletten, die er nehmen soll, sowie Tropfen für seine Ohren und Augen. Apropos Augen. Schon in der kurzen Zeit, die er bei mir war, habe ich eine Verbesserung festgestellt.«

»Verbesserung? Willst du damit sagen, dass er *noch schlechter* aussah?«

Mum wollte den Mund öffnen, aber sie wurde von etwas anderem übertönt.

»*Mäau! Mäau! MääääAAAAAAAAAAUUUUUUUUU! MÄÄÄÄÄÄÄÄÄAAAAAAAAAUUUUUUUUU!*«

Sollte ich die Nervensäge fragen, ob er Sir Tiffy Gesangsunterricht gegeben hatte? Aber da das *definitiv* ein weiteres »Maggie!«

zur Folge gehabt hätte, behielt ich es für mich. Wie Schwesta Lista gesagt hatte, blieben manche Dinge besser sicher in meinem Köpfchen verwahrt.

»Klingt, als hätte der arme Kerl schrecklichen Hunger«, sagte Mum.

»Oder als würde er sterben«, murmelte ich.

Die Nervensäge griff in die Einkaufstasche und zog ein paar Büchsen Katzenfutter heraus. Mum lächelte mich gekünstelt an.

»Los, Maggie, warum machst du dich nicht nützlich. Gieß ein bisschen Milch in eine Untertasse und füll eine Dose in ein Schälchen, während Danny und ich die restlichen Sachen von Sir Tiffy aus dem Auto holen?«

Ich wollte gerade rufen »WARUM ICH?«, aber Mum hatte die Küche schon verlassen. Bevor die Nervensäge ihr folgte, hatte er noch eine weitere erfreuliche Information für mich.

»Er sieht offenbar nicht mehr besonders gut, obwohl die Tropfen schon wirken, und alles ist ein bisschen verstopft. Das heißt, sein Geruchssinn ist gerade auch nicht mehr der allerbeste, deshalb nimmst du ihn beim Füttern am besten hoch und stellst ihn direkt vor seinen Napf.«

»Ihn hochnehmen? Kann ich nicht einfach an den Napf klopfen oder ihn rufen oder so?«

»Tjaaaaaa«, sagte die Nervensäge und hob einen Finger. »Da gibt's ein *winziges* Problem.« Dann beugte er sich hinunter und schnalzte über Sir Tiffys Kopf mit den Fingern.

Keine Reaktion.

»Ohrenentzündung.«

»Super. Gibt es *irgendwas* an ihm, das noch funktioniert?«, fragte ich ohne große Hoffnung.

»Absolut!«, antwortete die Nervensäge vergnügt. »Wegen einer anderen vorübergehenden Entzündung funktioniert seine Blase ganz wunderbar. Normalerweise genau dann, wenn du es am wenigsten erwartest. Und durch meine kurzen engen persönlichen Begegnungen mit Sir Tiffy muss ich dir sagen, dass das nicht immer *gut* ist.«

Dann lächelte er und ging. Was mich nicht im Geringsten störte. Ich meine, die Sache mit dem Gehen, das Lächeln dagegen war wie immer überaus irritierend.

Sobald wir allein waren, fing Sir Tiffy wieder in voller Lautstärke an zu *mäauen*. Um ihn zum Schweigen zu bringen, goss ich ein bisschen Milch in eine Untertasse, wie Mum es gesagt hatte, und öffnete dann eine der Dosen. Mit einem schlürfenden Geräusch klatschte eine große, Brechreiz verursachende Portion Katzenfutter in eine Schüssel. Ich stellte Untertasse und Schüssel möglichst weit weg in eine Ecke des Raums. Dann holte ich tief Luft und hob Sir Tiffy hoch. Er fühlte sich an wie ein Sack voller Stöcke.

Als ich ihn neben das Fressen stellte, blieb er schwankend und zitternd stehen. Also tauchte ich den Finger in die Milch und schmierte sie auf seine Lippen, wobei ich sorgsam darauf achtete, diesen merkwürdigen hervorstehenden Vampirzahn nicht zu berühren. (Igitt!) Er leckte sie ab. Dann wiederholte ich die Prozedur mit dem Katzenfutter. (Mega-IGITT!) Auch das leckte er weg. Auch von meinem Finger. Seine rosafarbene Zunge fühlte sich rau an. Es kitzelte. (Nicht ganz so eklig, wie ich dachte.) Als nichts mehr übrig war, senkte Sir Tiffy den Kopf, fand die Schüssel und die Untertasse und begann, ohne meine Hilfe zu fressen.

Geschafft! Vielleicht hätte ich jetzt gelächelt.

Wenn nicht diese Stimme hinter mir gewesen wäre.

»Gut gemacht.«

Es war die Nervensäge. Er und Mum kamen beladen mit Katzenausrüstung zurück in die Küche.

»Ehrlich. Echt beeindruckend. Er ist nicht daran gewöhnt, dass ihn jemand anders als Mrs Monteith füttert. Ich habe ewig gebraucht, bis ich überhaupt etwas in ihn hineinbekommen habe. Und solange ich zuschaute, hat er das Fressen nicht angerührt. Er scheint dich wirklich zu mögen, Maggie.«

Super. Toll! Ich schaffe es nicht, menschliche Freunde bei der Stange zu halten, mein Leben ist eine komplett jungsfreie Zone, und wahrscheinlich gelingt es mir nicht einmal mit Erpressung, einen Partner für den Abschlussball zu finden – aber die Katze der lebenden Toten findet mich total nett!

»Okay, tut mir leid, aber ich muss los«, sagte die Nervensäge. »Schon wieder Frühschicht morgen. Ganz herzlichen Dank, dass ihr das übernehmt. Ihr seid klasse. Ich hoffe sehr, dass es nicht für lange sein wird. Nur bis ich jemanden finde, der sich auf Dauer um ihn kümmert.«

»Auf Dauer?«, wollte Mum wissen.

Das hinterlistige Lächeln auf dem Gesicht der Nervensäge erlosch.

»Mrs Monteith wird nicht mehr nach Hause gehen. Es ist nicht zu erwarten, dass sie diese Woche überlebt.«

Mum betrachtete Sir Tiffy beim Fressen, und ihr Gesicht sah ein bisschen zerknautscht aus.

»Ach je, der Arme. Er wird sie bestimmt schrecklich vermissen.«

»Ich glaube, er vermisst sie jetzt schon. Solange er hier ist, kann ich euch helfen, ihn zu versorgen. Vielleicht überrascht es euch, dass ich allseits bekannt bin für meine hervorragenden Fähigkeiten beim Katzenklo-Leeren! Egal, am Samstag bringe ich noch mehr Katzenfutter vorbei und schaue, ob ihr sonst noch was braucht. Ach ja, ich geh dann auch seine Tabletten und Tropfen mit euch durch. Wenn ihr irgendwelche Probleme mit irgendwas habt – ich bin nur einen Anruf weit entfernt.«

Und da traf mich die schreckliche Erkenntnis, was hier gespielt wurde: Ich wurde nicht nur zu dem Vergnügen gezwungen, mein Haus mit Sir Tiffy, dem Halbvampir-Kater-Mutanten, zu teilen, sondern die Nervensäge hatte sich heimtückisch eine wohlfeile Entschuldigung verschafft, wann immer er Lust hatte, bei uns einzufallen. Er hatte eine Vorhut organisiert, um einen Fuß in die Tür der Burg Butt zu bekommen, und wir waren darauf reingefallen!

Nachdem die Nervensäge weg war, nahm Mum Sir Tiffys Sachen und brachte sie in den Hobbyraum, während ich ins Bad ging, um mir den ekligen Katzenfuttergeruch von den Händen zu schrubben. Als ich zurück in die Küche kam, stand Sir Tiffy immer noch dort, wo ich ihn verlassen hatte, und kaute langsam an den letzten Bissen seiner Mahlzeit. Nur dass sein eines gutes Auge jetzt auch geschlossen war und sein nasser Hintern auf den Rand der umgekippten Untertasse gesunken war.

Eine dicke weiße Linie aus Milch schlängelte sich über den Küchenboden. Ich folgte Schwester Evangelistas hilfreichem Rat und fasste meine Gefühle kurz und knapp zusammen, ohne mein Argumentationsziel aus den Augen zu verlieren oder unnötig abzuschweifen.

»SCHEIIIIIIIIISSSSSSSSEEEEEEEE!«

Sir Tiffy öffnete ein Auge und schaute schläfrig zu mir herauf wie ein Junkie.

»*Määääääääaaaaaaaauuuuu*«, sagte er.

Und dann fing er an zu pinkeln.

Hier ist eine Frage an dich. Hast du den Film *Der Goldene Kompass* gesehen? Mit Nicole Kidman? Nun, abgesehen davon, dass mein abwesender biologischer Vater eine winzige Minirolle darin gespielt hat, ist der Film deshalb interessant, weil jede Figur in der Geschichte ihren eigenen Dæmon hat, ein merkwürdiges Geisteswesen, das nur ihr zugeordnet ist und ihr wahres Wesen in Tiergestalt darstellt.

Während ich zusah, wie sich Sir Tiffys Pipi mit der verschütteten Milch auf unserem Küchenboden mischte, wurde mir klar, dass der Dæmon der Nervensäge sich gerade in der Burg Butt häuslich niedergelassen hatte.

Freundlich und vernünftig

Nachdem Mum und ich Sir Tiffys Sauerei vom Fußboden weggeputzt hatten (okay, das Putzen erledigte hauptsächlich Mum, aber ich habe den Eimer gefüllt und ihr den Wischmop gereicht), brachten wir unseren unwillkommenen Gast ins Bett und hörten dankenswerterweise bis zum Morgen kein einziges *MÄÄÄÄÄÄÄÄAAAAAAUUUUU!* von ihm.

»Der arme Kerl muss geschlafen haben wie ein Toter«, sagte Mum am nächsten Tag.

Ich klärte sie darüber auf, das sei bei jemandem, der aussah wie ein Zombie, ja wohl nicht verwunderlich.

Mum schlug vor, es gut sein zu lassen.

Am Samstag kurz vor Mittag machte die Nervensäge sein Versprechen (seine Drohung) wahr und tauchte mit einem Haufen Katzenfutter und anderem Kram bei uns auf. Wir mussten seine spannenden Ausführungen über uns ergehen lassen, wann wir Sir Tiffy wie viele Tabletten, Säfte, Vitamine und Augentropfen verabreichen mussten. Mum stieß mich dauernd an und sagte mir, ich solle aufpassen, sonst würden wir den armen Kerl womöglich »unabsichtlich vergiften«. (Hmmmmmm.) Eine halbe Stunde später saß ich zusammen mit meiner Mutter und der Nervensäge hinterm Haus beim Mittagessen.

Ja, du hast richtig gehört. Ich, Mum und die Nervensäge. Zusammen beim Mittagessen.

Keine Sorge, ich war nicht im Fieberwahn oder so. Aber meine Mutter hatte mir seit dem Tag des Großen Käseklaus, als ich das gemeinsame Mittagsmahl geschickt umgangen hatte, ein megaschlechtes Gewissen gemacht. Außerdem hatte sie mir versprochen, mit mir zusammen Klamotten zu kaufen, wenn ich mich in Gegenwart der Nervensäge »freundlich und vernünftig« benähme. Was sagte Macbeth über den falschen Schein, der des falschen Herzens Kunde birgt? Es war an der Zeit, meine schauspielerischen Fähigkeiten auf die Probe zu stellen.

Ich schlug mich wacker, und das gemeinsame Mittagessen war gerade noch erträglich, als das Gespräch eine verstörende Wendung nahm. Meine Mutter schaute hinaus auf unseren Garten, biss in ihren Avocado-Tomaten-Cracker, kaute eine Weile darauf herum und sagte: »Unser Garten ist eine echte Schande. Wirklich. Er sah schon schlimm aus, als wir eingezogen sind, aber jetzt ist er ein absoluter *Dschungel*.«

Das war das Stichwort für die Nervensäge, und er begann zu singen: »A-wimoweh! A-wimoweh! A-wimoweh! A-wimoweh!«

Ich betete lautlos mein neues Mantra. Freundlich und vernünftig! Freundlich und vernünftig! Freundlich und vernünftig!

Wenigstens bedeutete »freundlich und vernünftig« sein *nicht*, dass ich mich über den jämmerlichen Versuch der Nervensäge, witzig zu sein, kaputtlachen musste. Also machte ich es auch nicht. Stattdessen gelang mir eine mikroskopisch kleine Bewegung der Lippen, die als die vage Möglichkeit eines halbherzigen Pseudolächelns interpretiert werden könnte. Außerdem schickte ich ein stummes Gebet gen Himmel, dass die Nervensäge nicht das ganze Lied darbieten würde. Zum Glück rettete meine Mutter den Tag, indem sie ihm stöhnend den Mund zuhielt.

»Schluss mit den ›A-wims‹«, sagte sie. (Eigentlich gar nicht schlecht für meine Mutter.) »Ich meine es *ernst*. Schau dir diesen Garten an. Er ist eine Schande. Man könnte eine ganze David-Attenborough-Sondersendung über wild lebende Tiere dort filmen.«

Unsinn! Mal wieder eine von Mums lächerlichen Übertreibungen. Nie im Leben wären die mit ihrer Filmausrüstung durch dieses Dickicht gekommen. *(Das* ist Humor!)

Aber meine Mutter hatte nicht ganz Unrecht. Der Garten hinter unserem Haus war in der Tat kein schöner Anblick. Im Wesentlichen sah man von ihm nur verwilderte Bäume und Büsche, eine Menge Unkraut und eine wuchernde Kletterpflanze, die alles in der Umgebung bedeckte und sehr gut in diesen alten Film *Jumanji* passen würde. Irgendwo unter all dem Wildwuchs befand sich ein Stück Rasen.

Mum atmete hörbar aus, als ob sie schon vom bloßen Anblick erschöpft wäre.

»Ich fürchte, ich muss einfach jemanden dafür bezahlen, dass er hier aufräumt.«

Und dann wurde es wirklich verstörend.

»Quatsch«, sagte die Nervensäge. »Das kostet ein Vermögen. Mach es doch selbst. Ich helfe dir. Wenn wir alle drei anpacken, haben wir das Gröbste in einem halben Tag weggeräumt, und alles sieht wieder viel ordentlicher aus.«

Die Alarmglocken in meinem Kopf schrillten. »Alle *drei*«! Hoffentlich schimmerten Panik und Schrecken nicht durch meine »freundliche und vernünftige« Miene hindurch.

»Meinst du? Echt?«, sagte Mum. »Nein. Nein, das kann ich nicht von dir verlangen.«

Genau, richtig, Mum. Guter Punkt. Das kannst du nicht. Auf *keinen Fall*.

»Du musst es nicht von mir verlangen, ich mache es einfach so.«

Was?

Die Nervensäge schlug mit beiden Händen auf den Tisch. »Ganz einfach. Wann geht's los? Morgen habe ich ein Treffen mit dem Autoclub, aber nächstes Wochenende ist ganz frei bei mir. Was meinst du?«

Und meine Mutter sagte einfach nur ganz laut JA. Sie konnte ihre Begeisterung für die ganze Idee kaum zügeln. Mir dagegen gelang das fast mühelos.

Dann wandte sich die Nervensäge an mich.

»Und was ist mit dir, Maggie? Wir könnten schon alle Mann an Deck gebrauchen. Bist du dabei?«

Ich schaute auf den Tisch und spürte, wie sich die Blicke aus zwei Augenpaaren in mich bohrten, während sie auf eine Antwort warteten. Drei grundlegende Überlegungen führten zu meiner Antwort:

Erstens legte mein außerordentlich wildes und hektisches Sozialleben, das gepfropft voll war mit Freundinnen und gutaussehenden Typen, durch eine merkwürdige Fügung des Schicksals *zufällig* gerade eine Pause ein, sodass ich keine Entschuldigung parat hatte, warum ich am nächsten Wochenende nicht zu Hause sein sollte. Zu blöd!

Zweitens hatte ich Mum versprochen, dass ich mich der Nervensäge gegenüber »freundlich und vernünftig« verhalte, bis sie ihm schließlich den Laufpass geben würde. Und das hieß, dass ich meine Shoppingtour vergessen konnte und mich stattdessen auf eine ausgedehnte Tour-de-»schlechtes Gewissen« einstellen müsste, wenn ich *nicht* half.

Drittens (und ganz besonders wichtig) ging es um *meinen* Garten, meinen und Mums, nicht um den der Nervensäge! Wollte ich mich einfach zurücklehnen und ihm die Burg Butt überlassen, damit er alles nach seinem Gutdünken veränderte, als ob er sein Territorium markieren würde oder so? (Pfui! Igitt!)

Ich schaute vom Tisch auf und traf den Blick der Nervensäge.
Ich lächelte.
»Klar«, sagte ich freundlich und vernünftig.
Und so wurde die gigantische Rodungsaktion alias die Große Garten-Maßnahme geboren. Ich versuchte mir einzureden, dass es nicht so schlimm werden würde.
Aber ich hatte natürlich keine Ahnung, was mich unter all dem Wildwuchs erwartete.

Eine kuriose
Katzenliebe

Im Laufe der folgenden Woche befand sich die Burg Butt im Belagerungszustand. Wenn der große Birnamswald zum Dunsinan feindlich emporsteigt, wie es bei Shakespeare so schön heißt. Ich kann deinen Schmerz sehr gut nachempfinden, Macbeth!

Ich musste es nicht nur ertragen, dass die Nervensäge alle zwei oder drei Tage bei uns auftauchte, um entweder »nach dem Tiffster zu sehen« oder irgendwas im Zusammenhang mit der Großen Garten-Maßnahme zu organisieren, sondern ich hatte zusätzlich noch das Problem, dass mir sein dementer »Dæmon« überallhin folgte wie ein schlechter Geruch (und das traf oft genug buchstäblich genau zu).

Warum ich? Das würde ich zu gern wissen. Warum hatte Sir Tiffy eine kuriose Katzenliebe zu mir entwickelt? Nur weil ich ihn bei seiner Ankunft gefüttert hatte? Oder war es eine Art Rache des kosmischen Karmas dafür, dass ich in der achten Klasse ein Referat über »Die Probleme mit verwilderten Hauskatzen« gehalten hatte? Oder hatte meine frappierende Ähnlichkeit mit einer neunzigjährigen Frau dazu geführt, dass Sir Tiffy mich mit Mrs Monteith verwechselte?

Was immer der Grund war – jedes Mal, wenn ich mich umdrehte, war er da. Wenn ich zum Klo ging, wartete er vor der Tür. Wenn ich die Tür zu meinem Zimmer nicht schnell genug schloss, trat er ungebeten ein. Wenn ich einfach nur im Wohnzimmer chillen und fernsehen wollte, fand er mich. Egal, wo ich war und was ich machte, er fand mich, zog sich auf meinen Schoß, scharrte mit seinen Krallen, bis ich mich wie ein menschliches Nadelkissen fühlte, dann ließ er sich hinplumpsen und schlief ein – inklusive lautem Schnarchen und unvermeidlichem Sabbern.

Ich würde wirklich gern wissen, wie es überhaupt möglich war, jemanden so effektiv zu verfolgen, wenn man kaum etwas sah, roch oder hörte. Katzenradar? Voodoo-Katzen-ASW? Und damit das klar ist: Falls du dich fragst, warum ich ihn nicht einfach daran hinderte, auf meinen Schoß zu klettern, oder ihn einfach hochnahm und anderswo absetzte, wenn er es doch tat, dann lautet die einfache Antwort: »BIST DU DES WAHNSINNS?« Hast du Sir Tiffy von Nahem gesehen? Habe ich ihn nicht genau genug beschrieben? Wir reden hier über die Ausgeburt einer satanischen Monsterkatze!

Das eine Mal, als ich versuchte, ihn von mir fernzuhalten, knurrte er und funkelte mich mit seinem einen Auge böse an und presste seinen Kiefer so fest zusammen, dass sein Mutantenzahn wie ein Dolch hervorragte. Es war FURCHTERREGEND! Ich blieb also einfach sitzen und ließ mich kratzen und vollsabbern. Weißt du, wie schwierig es ist, bei einem beunruhigenden, röchelnden Schnurren fernzusehen oder Hausaufgaben zu machen und zugleich positive telepathische Schwingungen zu einem dementen Kater auszusenden, die die Kontrolle seiner Blase betreffen? Nein? Dann sei froh!

Falls du mich einfach für hysterisch hältst oder denkst, ich würde die Schrecken des Zusammenlebens mit Sir Tiffy, dem Flüchtling vom Tierfriedhof, maßlos übertreiben, gib mir eine Minute, um dir zu berichten, auf welche kreative Art und Weise der »Tiffster« es schaffte, sich gleich in der ersten Woche seines Aufenthalts bei mir total beliebt zu machen.

- Am Abend nach meinem Mittagessen mit Mum und der Nervensäge verfolgte Sir Tiffy mit seinem eingeschränkten Sehvermögen, seinem defizitären Gehör und Geruchssinn höchst gekonnt einen schon toten und halb verwesten Spatz, packte ihn und hielt ihn fest. Um mir seine Liebe und Ergebenheit zu zeigen, legte er mir beim Abendessen seine glitzernde Beute zu Füßen, gerade als ich den Mund voller Hühnchen hatte. Unnötig zu sagen, dass mein Mund nicht mehr lange voll war. Und mein Magen auch nicht.

- Am folgenden Morgen erwachte ich aus einem wunderbaren Traum, in dem ich von einem heißen Vampirtypen leiden-schaftlich umarmt und lustvoll »gebissen« wurde, nur um festzustellen, dass Sir Tiffy tief und fest auf meiner Brust schlief und auf meinen Hals sabberte. KREIIIIIIIISCH! IIIIIIIGITTTTTTTT!

- Weil ich eine so liebenswerte und großzügige Seele bin (und um sicherzustellen, dass Sir Tiffy in seinem eigenen Bett schlief), ermunterte ich Mum an diesem Tag, als Ersatz für seinen schäbigen alten einen neuen, weich gepolsterten Katzenkorb zu kaufen. Als ich am nächsten Morgen nach

Sir Tiffy sah, schlief er in seinem Katzenklo, während von seinem brandneuen, weich gepolsterten Katzenkorb ein unangenehmer, strenger Geruch herüberwehte. (Rate, wer mit Putzen dran war.)

- Am Dienstagabend ließ ich meinen Computer zehn Minuten lang unbeaufsichtigt. Als ich zurückkam, hatte Sir Tiffy die Tastatur als Lager benutzt und dreiundzwanzig Seiten Unsinn zu meiner *Macbeth*-Hausarbeit hinzugefügt. (Das Löschen war nicht das Problem, aber den genauen Punkt zu finden, wo mein Unsinn endete und Sir Tiffys begann, dauerte ewig!)

- Am nächsten Morgen war ich spät dran und hatte Angst, dass ich meinen Bus zur Schule verpassen würde. Ich rannte in die Küche, um einen Müsliriegel zum Frühstück zu holen. Aber Sir Tiffy hatte mal wieder seinen Unter-tassentrick vorgeführt, sodass sich ein Milchrinnsal über die Fliesen schlängelte. Leider entdeckte ich die erwähnte Milch erst, als ich hineingetreten war, einen höchst beeindruckenden Spagat auf dem Küchenboden hingelegt hatte und dann mit *meinem* Hinterteil graziös auf den eingeweichten Resten einer Schüssel Katzen-Fisch-Brekkies gelandet war. Toll!

- Und am Donnerstagnachmittag schließlich kehrte ich nach einem weiteren unerträglich langweiligen und demoralisie-renden Besuch bei Bert Duggan endlich in die Zuflucht meines Zimmers zurück, ließ meine Tasche auf den Boden fallen und warf mich mit dem Gesicht voraus auf mein Bett. Allerdings hatte Sir Tiffy, der inkontinente Kater-Kadaver, auf mein Kissen gepinkelt.

Das Universum hatte es offensichtlich auf mich abgesehen. Als es Freitag wurde, erwartete ich das Schlimmste.

Stell dir vor, wie geschockt ich war, dass das Gegenteil eintrat.

Eine tatsächlich existierende, männliche Lebensform

ICH WURDE EINGELADEN! Von einem Jungen! Zu einem Date! Ins Kino! Ziel 2, ich komme!

Nein, ich mache *keine* Witze.

Nein, es war *kein* Traum.

Nein, ich habe *keine* bewusstseinsverändernden Substanzen genommen!

NEIN, ICH MUSSTE IHN *NICHT* DAFÜR BEZAHLEN!

Ich sage die Wahrheit. Am Freitag in der Schule zog eine tatsächlich existierende, männliche Lebensform (und du errätst niemals, wer!) ernsthafte Erkundigungen über die Möglichkeit ein, ob eine gewisse Marguerite Simone Butt besagte männliche Lebensform zu einem lokalen Vergnügungsort begleiten könnte, zu dem Zweck eine zeitgenössische Filmproduktion anzuschauen.

Deutlicher kann ich es nicht sagen, oder?

YEAH! ICH ROCKE! ICH BIN DIE GRANATE, VON DER ALLE REDEN!

Okay, jetzt willst du wahrscheinlich, dass ich dir minutiös bis ins allerletzte Detail berichte, wie es dazu gekommen ist. Na gut. Wenn du *darauf bestehst.*

Also, es war schon fast am Ende der Mittagspause. Ich stand drüben im Lehrmittelzentrum vor dem Schwarzen Brett der Zehntklässler und wartete darauf, dass ich mich in die Liste für den anstehenden Fächerwahlabend »Film und Fernsehen« eintragen konnte. Mum hatte endlich eingelenkt, obwohl sie immer noch behauptete, die Schauspiel- und Kinobranche sei voll von Leuten »mit *überdimensionierten* Egos, Libidos und Brüsten und *unterdimensionierter* Moral, Prinzipientreue und Intelligenz«. Das ist, wie ich meine, tatsächlich eine *leichte* Verbesserung gegenüber ihrer früheren Beschreibung der Branche als »verpestet mit oberflächlichen, nach Aufmerksamkeit gierenden, skrupellosen, sexbesessenen, egomanischen, bodenbewohnenden Mistkerlen, die sich gegenseitig massakrieren, um nach oben zu kommen«. Wie ich schon sagte, sind ihre Ansichten zu diesem speziellen Thema vielleicht auch *ein kleines bisschen* durch persönliche Erfahrung gefärbt.

Egal, zurück zu meiner Geschichte. Der Grund, warum ich darauf wartete, mich in die Liste eintragen zu können, und mich nicht tatsächlich eintrug, bestand darin, dass jemand anderes vor mir stand, der gerade (sehr langsam) dabei war, *seinen* Namen auf eine andere Liste zu setzen.

Dieser Jemand war Jeremy Tyler-Roy.

Beim Warten überlegte ich, in welchen Beruf Jeremy wohl enden würde. Erbauer von Robotern? Leitender Wissenschaftler auf dem Mars? Quizchampion? Techniker in einem Altenheim?

Das war kein Witz. Während ich bei unserem dritten Besuch

eine weitere nervtötende Unterhaltung mit Bert Duggan führte, die so zäh dahinfloss wie das Blut eines anämischen Steins, erklärte Jeremy allen interessierten Bewohnern (und es waren viele), wie sie mit den drei alten, bislang praktisch unbenutzten Computern des Seniorenheims ins Internet kamen. Im Handumdrehen waren sie im Stande, nach alten Freunden und Verwandten zu suchen und die verschiedensten Dinge zu recherchieren, erstaunliche und, nach allem, was ich hörte, ausgesprochen lustige Videos anzuschauen und sogar ihre eigenen E-Mail- und Facebook-Accounts einzurichten, sodass ihre technisch begabten Enkel und Urenkel sie kontaktieren konnten.

Der Nerd zeigte definitiv Anzeichen von unerwartet humanoiden Eigenschaften.

Während ich dort stand und wartete, bis Jeremy fertig war, bekam ich tatsächlich ein bisschen ein schlechtes Gewissen. Wir waren schon drei Mal zusammen zum Evensong gefahren, aber ich hatte immer noch kein einziges Wort mit ihm gesprochen. Auf der Stelle beschloss ich, das zu ändern. Schließlich konnte es nicht schwieriger sein, mit Jeremy Tyler-Roy zu reden als mit Bert Duggan, oder? Es war an der Zeit, das Eis zu brechen und die Kommunikationskanäle zum Nerd zu aktivieren.

Ich trat ein bisschen näher heran.

Ich räusperte mich.

Und dann ertönte hinter meiner linken Schulter eine Stimme. »Wofür trägst du dich ein?«

Ich drehte mich um. Das war Jason Price. Ich kannte Jason entfernt aus ein paar Physikstunden, die wir zusammen gehabt hatten. Und wie jeder andere wusste auch ich ein bisschen was über die anderen Mitglieder seiner Familie. Aber Jason selbst hatte noch nie in seinem ganzen Leben eine Frage an mich gerichtet. Niemals. Warum jetzt? Merkwürdig.

»Wie bitte?«

»Für welche Veranstaltung meldest du dich an?«

Ich schaute wieder zum Schwarzen Brett. Jeremy Tyler-Roy zog gerade ab.

»Ach, Film und Fernsehen.«

»Dann magst du Filme, was?«

»Filme? Ich? Ähm, ja. Klar. Ja, mag ich.«

»Ja, ich auch.«

Nun, das wäre also geklärt. Wie die meisten Menschen auf dem Planeten mochten Jason Price und ich Filme. Gut zu wissen. Ich verstaute diese wichtige Information in meinem Gedächtnis. Da Jeremy Tyler-Roy sich inzwischen schon ziemlich weit entfernt hatte, trat ich an das Schwarze Brett und schrieb meinen Namen auf die Liste.

Aus irgendeinem Grund stand Jason immer noch da, als ich damit fertig war. Und er redete weiter.

»Dann willst du nächstes Jahr ›Film und Fernsehen‹ belegen?«

»Oh, ja, wahrscheinlich. Wenn ich meine Mutter überzeugen kann. Ich möchte später mal Schauspielerin werden oder Regisseurin. Das wäre dann vielleicht eine gute Vorbereitung.«

»Ja, nehm ich auch. Dachte mir, das ist ein leichter Kurs.«

»Genau. Cool. Du hast dir also echt Gedanken darüber gemacht.«

Ich wollte weggehen, aber Jason war noch nicht fertig.

»Also … dann … vielleicht könnten wir … irgendwann mal zusammen einen Film schauen.«

Ich war verwirrt. »Zusammen einen Film schauen?« Wie merkwürdig, so etwas zu sagen. Im Ernst: Wie standen die Chancen, dass Jason Price und ich zufällig am selben Ort waren, wenn ein Film gezeigt wurde?

Dann machte es Klick.

Moment mal. Will er? Wollte er? Hat er? Wurde ich … gerade eingeladen?

Mach was. SAG was. REDE!

»Einen Film? Wie? Du meinst … du … und ich? Wir?«

»Ja. Wenn du magst. Dieses Wochenende ist's ungünstig, weil ich ein Football-Spiel habe und meinem Bruder helfen muss. Aber nächsten Sonntag wäre gut. Wenn du nicht schon was anderes vorhast.«

Ob ich was anderes vorhabe? Lass mich nachdenken. Zählen Milch-Spagat-Übungen in der Küche oder das Desinfizieren meines Zimmers wegen Katzenpisse als Vorhaben?

»Oh. Äh … ja … ich … ich *glaube*, ich habe Zeit. Yeah. Okay. Ich glaube, wir könnten … ja … wir könnten das machen.«

»Cool.«

Fast so romantisch wie die Szene, in der Romeo Julia beim Maskenball begegnet, oder? Egal, bevor ich mich versah, war die Sache beschlossen und die Details waren geklärt.

Maggies & Jasons geile Date-Details!
Zeit: Nächsten Sonntag um 13 Uhr
Ort: Kristallpalast-Kino
Film: *Destroyers of the Realm IV – Revenge or Death*

Okay, dieser Film wäre eigentlich nicht gerade meine erste Wahl gewesen. Wahrscheinlich nicht einmal unter den ersten zwanzig auf meiner Wunschliste. Jason Price allerdings auch nicht, um ehrlich zu sein. Nicht, dass ich verzweifelt gewesen wäre oder so, aber da es bis zum Abschlussball nur noch fünf Wochen waren, hatte diese Einladung meine kaum existierende Chance, an diesem Abend eine männliche Begleitung zu haben, deutlich verbessert. Und überhaupt – eine Begleitung zu haben, würde auch meinem Einzelgänger-Loser-Image sehr guttun. Kurz gesagt: Es war nicht der Augenblick, super wählerisch zu sein.

Außerdem war Jason schon in Ordnung. Er war einfach wie alle anderen. Er hatte seine PROs und seine CONTRAs.

Jason Prices CONTRAs:

- Er hatte sich erst vor zwei Wochen von seiner langjährigen Freundin Brodie Fox getrennt. (Der Brodie Fox, die im Geschichtsunterricht einmal gefragt, ob die Vereinten Nationen eine Football-Mannschaft seien. Kein Kommentar.) Aber das war hoffentlich kein Problem, denn ich hatte mehr als einmal gehört, dass Brodie (vielleicht nicht vollkommen überzeugend) gesagt hatte, es gehe ihr »gut« und diese ganze »Trennungsgeschichte« sei »keine große Sache«.
- Er konnte manchmal ein bisschen hitzköpfig sein.
- Außerdem war er manchmal ein bisschen von sich eingenommen.
- Er kam mit einigen Lehrern nicht gut aus (okay, den meisten).
- Er war *ein* Mal von der Schule ausgeschlossen worden, weil er eine unangemessene Seite gepostet hatte.

127

- Zwei seiner Freunde waren echte Idioten. Der Rest nur angehende Idioten.
- Sein großer Bruder Carmine, der im vergangenen Jahr die Schule beendet hatte, hatte den Ruf, ein wandelndes Pulverfass zu sein.
- Sein noch größerer Bruder Bodene, der sich gerade in der edlen und vornehmen Kunst des Bare-Knuckle-Boxens (und bei der Polizei) einen Namen machte, war eher ein wandelnder Nuklearsprengkopf.

Jason Prices PROs:
- Er war männlich.
- Er sah nicht schlecht aus.
- Er hatte mich zu einem Date eingeladen.
- Soweit ich wusste, war er humanoid.

Okay. Ja, du hast recht. Jason erfüllte offensichtlich nicht *komplett* meine SEHR STRENGEN KRITERIEN, also war ich vielleicht doch ein *bisschen* verzweifelt. Okay, ich geb's zu.

Aber was, wenn Jason und ich tatsächlich »füreinander bestimmt waren«? Ich meine, was, wenn wir tatsächlich zusammen zum Abschlussball gingen und dann in der ganzen Oberstufe zusammen blieben und ein so heißes Paar würden, dass wir einen coolen Paar-Spitznamen wie J-Mag bekämen und alle mit uns tauschen wollten? Und was, wenn wir die Schule beendeten, heirateten und er ein berühmter Kinostar und ich eine berühmte Regisseurin werden würde und wir den Rest unseres Lebens damit verbrächten, zusammen Filme zu machen, die Welt zu bereisen, über rote Teppiche zu schreiten und eine

Schar von Kindern aus verschiedenen armen Ländern zu adoptieren?

Nun, manche Leute könnten sagen, das sei alles ein dummer, armseliger, kindischer verrückter Traum, der *niemals* wahr werden würde. Und sie hätten natürlich absolut recht. Aber in diesem Augenblick war es eine RIESIGE Verbesserung meiner Situation, überhaupt etwas Dummes, Armseliges und Kindisches zum Träumen zu haben.

Zum ersten Mal seit einer Ewigkeit war ich … Wie war das Wort dafür noch einmal? … Ähm … ach ja, jetzt fällt es mir ein … GLÜCKLICH!

Positive glückliche Schwingungen

D as merkwürdige Glücksgefühl dauerte die ganze folgende Woche an und schien gewisse positive Nebeneffekte zu haben.

Es begann, als ich am Freitag von der Schule nach Hause kam. Die übliche Verfolgung durch Sir Tiffy und sein Gejammer machten mir nicht mehr so viel aus wie bisher. Sir Tiffy sah in meinen Augen sogar ein bisschen anders aus. Irgendwie ein bisschen *besser*. Nicht mehr wie ein Opfer des Texas Chainsaw Massacre, eher wie ein *Überlebender*. Sogar als er an diesem Abend meinen Schoß mit Beschlag belegte, während ich fernsah, fühlte sich das gar nicht so schlimm an. Tatsächlich streichelte ich ihn sogar zum ersten Mal, und er antwortete mit einem röchelnden Schnurren. Ohne in der Gegend herumzupinkeln.

Wir machten winzige Kätzchen-Fortschritte!

Als Mum dann von der Arbeit nach Hause kam und ich ihr von Jason erzählte, hatte sie kein Problem damit. Ich glaube, es machte sie glücklich, mich glücklich und froh zu sehen. Sie sagte, das läge am Karma. Ich werde kosmisch für mein »freundliches und vernünftiges Benehmen« in letzter Zeit und für meine freiwillige Mithilfe bei der Großen Garten-Maßnahme zusammen mit ihr und der Nervensäge belohnt.

Apropos Nervensäge – auch das war ein Nebeneffekt meiner glücklichen Stimmung. Ich hörte auf, mir so viele Gedanken über ihn zu machen. Da mein Kopf mit den Gedanken an nächste Woche Sonntag vollständig ausgefüllt war, blieb wohl nicht mehr viel Platz für die alte Nervensäge übrig. Wenn ich über meine Kinoverabredung oder die Möglichkeit nachdachte, dass Jason und ich vielleicht sogar zusammen zum Abschlussball gehen würden, lösten sich ärgerliche oder sorgenvolle Gedanken über die Nervensäge einfach in Luft auf. Jason Price war einfach (Augen zu, Schwesta Lista!) das ANTIDOT gegen die Nervensäge! Wann immer die Nervensäge zurückkehren wollte, genügte eine Dosis Jason Price und *ta daaaa!* – sofort wurde alles besser.

Die positiven glücklichen Schwingungen schienen auch im Seniorenheim Wunder zu wirken, denn bei meinem Besuch in dieser Woche führten Bert Duggan und ich unser erstes richtiges Gespräch. Und was meinst du, welches Thema wohl alles in Gang brachte?

Sir Tiffy!

Genau. Zunächst hatte sich in der Killerzone der Kommunikation alles hingezogen wie sonst auch. Es wurde so schlimm, dass ich insgeheim denjenigen verfluchte, der den Minutenzeiger der großen Wohnzimmeruhr festgeklebt hatte. Als letzten Ausweg zog ich die antiquarische Ausgabe von *Tribute von Panem* heraus, die ich am Wochenende für Bert gekauft hatte. Das veränderte alles.

Nicht direkt das Buch.

Sondern etwas, das ich sagte, als ich es ihm gab.

»Tut mir leid wegen des Umschlags«, sagte ich. »Er ist ein

bisschen angeknabbert. Das war Sir Tiffy. Aber wenigstens hat er nicht draufgepinkelt. *Hoffentlich.*«

Bert drehte das Buch um.

»Sir Tiffy?«, fragte er.

Und *das* brachte den Stein ins Rollen. Ich musste die ganze Sir-Tiffy-Geschichte erklären und wie er bei uns gelandet war – und als ich das getan hatte, geschah ein Wunder: Bert Duggan begann zu sprechen. In ganzen Sätzen!

Zuerst erzählte er mir von der großen grauen Katze, die seine Familie besessen hatte, als er klein war. Sie hieß Smokey, und Bert meinte, er hätte schreckliche Angst vor ihr gehabt. Er hätte immer gedacht, sie sei eine »Teufelskatze«. Wem sagte er das! Also tauschten wir einfach Geschichten über Horror-Katzen aus und dank Sir Tiffy hatte ich *reichlich* Stoff, um etwas zur Unterhaltung beizutragen. Bevor wir uns versahen, war die Zeit um. Unglaublich. Der letzte Besuch war so langsam vergangen, dass ich das Gefühl gehabt hatte, mindestens zwei Jahreszeiten wären verstrichen.

Als ich an diesem Nachmittag nach Hause kam, hatte sich Sir Tiffy höchstpersönlich auf meinem Bett breitgemacht. Normalerweise wäre ich verärgert gewesen und hätte versucht, ihn zu verscheuchen, diesmal aber nicht. Diesmal schuldete ich ihm was. Nachdem ich nach unwillkommenen Pinkellachen Ausschau gehalten hatte, kraulte ich kurz seinen knochigen Kopf und sagte: »Jetzt reicht's aber, Kater. Jetzt reicht's!«

Später büßte ich das natürlich, denn Sir Tiffy lag die ganze Zeit, während ich Hausaufgaben machte, auf meinem Schoß und schnurrte wie eine kaputte Klimaanlage vor sich hin. Was dann aber tatsächlich gar nicht so schlimm war. Und als ich am

Freitagnachmittag zur Haustür hereinkam, wartete Sir Tiffy schon auf mich und hieß mich mit einem Mäaaaaaaauuuuuuu! willkommen. Und weißt du, was? Es klang irgendwie freundlich.

Damit endete eine der besten Schulwochen, die ich seit einer Ewigkeit hatte, und das Großartige daran war, dass ich immer noch den Sonntagnachmittag mit Jason vor mir hatte, auf den ich mich freuen konnte. Natürlich musste ich erst noch die Große Garten-Maßnahme mit der Nervensäge überstehen. Aber was das betraf, war ich zuversichtlich. Ich wollte jetzt nicht alles verhexen, indem ich es laut aussprach, aber das waren meine Gedanken.

Hey, *vielleicht* ist mein Leben ja doch nicht so schlecht, wie ich dachte, und *vielleicht* ist sogar die Anwesenheit der Nervensäge gar nicht sooo schlimm.

Die Baumstumpf-Sache

MEIN LEBEN IST TOTAL SCHLECHT, UND SCHULD DARAN IST NUR DIE NERVENSÄGE!

Das war die unausweichliche Schlussfolgerung, zu der ich am Sonntagnachmittag gelangte, als ich über die Ereignisse des Katastrophen-Wochenendes nachdachte, wie ich es jetzt nannte.

Zeit für eine kurze Zusammenfassung. Lass uns mit der Großen Garten-Maßnahme anfangen, okay?

Da die Nervensäge Spätschicht hatte, ging die Große Garten-Maßnahme erst kurz vor ein Uhr am Samstagmittag los. Sie dauerte allerdings, bis es gegen sechs anfing zu dämmern.

Obwohl die Aktion durchaus das Potenzial zu einer bedenklich langen Begegnung mit der Nervensäge hatte, blieben unsere tatsächlichen Interaktionen auf ein Minimum beschränkt. Das lag daran, dass es viel zu tun gab und wir alle mit unseren jeweiligen Spezialaufgaben so ziemlich beschäftigt waren. Die Nervensäge zum Beispiel war überwiegend für die schweren Arbeiten zuständig. Er rodete das besonders dichte Gestrüpp, sägte, grub um und leerte die Abfälle in den Container, den wir gemietet hatten. Mum konzentrierte sich mehr darauf, Unkraut zu jäten und Büsche zurückzustutzen, und gab den allgemeinen Bauleiter. Ich deckte die komplexen, hochqualifizierten Aufgaben ab, fegte, rechte und füllte unsere Wasservorräte auf, damit niemand dehydrierte.

Es war harte, schweißtreibende Arbeit, aber merkwürdigerweise fühlte es sich wirklich gut an, langsam aber sicher unseren Garten wieder zurückzuerobern und ihn halbwegs in Ordnung zu bringen. Am späten Nachmittag waren die Rodungs- und Aufräumarbeiten überwiegend erledigt. Als die Sonne kurz darauf hinter dem Horizont verschwand, brachte Mum ein Tablett voller Schokolade-Pfefferminz-Kekse und mit Creme gefüllter süßer Teilchen sowie kalte Getränke, in denen Eiswürfel klirrten, und forderte uns offiziell auf, die Arbeit ruhen zu lassen. Ich sage dir, das Beste an einem Tag mit harter körperlicher Arbeit ist, dass man sich danach ohne Gewissensbisse vollfressen kann!

Bis zu diesem Punkt war der Tag viel besser gelaufen, als ich es erwartet hatte.

Was *danach* passierte, war eine ganz andere Geschichte.

Nämlich *diese*.

Wie die meisten Katastrophen begann es ganz harmlos. Die Nervensäge und ich saßen mit Mum zwischen uns am Rand des Gartens, betrachteten unser Werk und vernichteten rasant das Essen und die Getränke. Mum kaute an einem Bissen Minzkeks, zeigte mit dem Kinn auf einen großen Haufen Laub und Mulch, den ich zusammengerecht hatte, und tätschelte mein Knie.

»Gute Arbeit mit den Blättern, Mags (!). *Echt* gute Arbeit.«

Ja, Blätter mit einem komplizierten, rechenartigen Arbeitsgerät herumzuschieben, bis sie alle auf einem kleinen Stück Erde versammelt sind, ist eine hoch komplexe und heikle Aufgabe, die enorme geistige Fähigkeiten erfordert. Zum Glück war ich eine Meisterin der fortgeschrittenen Blätter-Akkumulation!

»*So* schwierig ist es auch wieder nicht«, ließ ich sie wissen.

Dann klinkte sich auch die Nervensäge in das Gespräch ein. Zu diesem Zeitpunkt störte er allerdings nur auf seinem normalen Niveau. Das hatte nichts mit der chronischen Nervensäge zu tun, in die er sich bald verwandeln sollte.

»Eigentlich bräuchtet ihr den Leaf Lord 3000.«

Mum und ich sahen ihn stirnrunzelnd an. Mum platzte als erste raus:

»Den *was?*«

»Den Leaf Lord 3000. Hast du noch nie die Fernsehwerbung gesehen?«

Mum schüttelte den Kopf. »Hab ich wohl verpasst. Klingt nach einem super schicken Laubbläser?«

»Nicht einfach ein schicker Laubbläser. Sondern DER KÖNIG unter den Laubbläsern! Da kannst du alle anderen vergessen!«

Mum und die Nervensäge lachten.

Ich brachte nur eine Grimasse zustande. Aber da ich immer noch freundlich und vernünftig war, stöhnte ich nicht laut auf. Innerlich schon.

Dann schnippte die Nervensäge mit den Fingern.

»Hey, Maggie. Vielleicht könnte ich dir zum nächsten Geburtstag einen Leaf Lord 3000 kaufen. Dann würdest du wirklich zu den coolen Kids in der Schule gehören.«

»Ach, muss nicht sein«, entgegnete ich schrecklich freundlich und vernünftig und ohne jegliches Aufstöhnen.

»Echt?« Die Nervensäge sah beleidigt aus. »Ich dachte, diese Idee würde dich *umblasen.*«

Zum Glück stöhnte Mum laut genug für uns beide und versetzte der Nervensäge einen heftigen Stoß.

Dann wurde es eine Weile still, bis die Nervensäge das Thema wechselte.

»Wisst ihr, was? Ich habe über diesen *Baumstumpf* nachgedacht ...«

Besagter Baumstumpf war durch unsere Rodungsaktion zutage gefördert worden. Er stand mitten in dem ehemaligen kleinen Stück Rasen, das von Beeten begrenzt wurde.

»Was ist damit?«, wollte Mum wissen.

Die Nervensäge kratzte sich an ihrem kurzen Bart.

»Na ja, nachdem wir alles ein bisschen aufgeräumt haben, wirkt er ein bisschen fehl am Platz, oder? Ich habe mir überlegt, dass wir ihn wegschaffen könnten. Dann könntest du auf dem ganzen Stück einen komplett neuen Rasen anlegen.«

»Wegschaffen? Wie?« Noch einmal Mum.

Die Nervensäge dachte ein paar Sekunden über die Frage nach.

»Ich glaube, wir könnten ihn einfach ... weg*schieben*.«

Mum und ich drehten uns gleichzeitig zu dem Baumstumpf um wie zwei gestrandete Synchronschwimmer.

Der fragliche Baumstumpf war ungefähr einen Meter hoch und hatte wahrscheinlich dreißig Zentimeter Durchmesser; unten, wo sich eine Wurzel herauswölbte, sogar eher noch mehr. Weg*schieben?* Von allem dummen und lächerlichen Dingen, die die Nervensäge jemals gesagt (oder gesungen) hatte, seit ich an jenem ersten Abend die Tür geöffnet und ihn dort stehen gesehen hatte – und es waren *viele* gewesen –, war dies das Dümmste und Lächerlichste.

Wenn er gesagt hätte: »Ich glaube, wir könnten einfach husten und prusten und das Ding zusammenpusten«, wäre es nicht weniger dumm und lächerlich gewesen, denn was er vorschlug, war tatsächlich unmöglich.

Mum konnte nicht anders:

»Ihn weg*schieben*?«

»Jap. Ich weiß, er sieht ziemlich massiv aus, aber er steht ja schon eine Weile dort, sodass viele Wurzeln wahrscheinlich inzwischen abgestorben oder verrottet sind. Ich glaube, wenn wir – wir alle drei – uns zusammentun und gemeinsam schieben, dann würden wir ihn besiegen. Und ich vermute mal, dass wir genau das Team sind, das das schafft.«

Team? An diesem Punkt wandte ich den Blick von dem Baumstumpf ab und schaute stattdessen die Nervensäge an. Nicht weil das, was er sagte, verrückt war – was es natürlich war –, sondern weil ich langsam begriff, worum es hier ging.

Und das gefiel mir nicht. Ganz und gar nicht.

Achtung! Figurative Sprache: Annäherung nur mit höchster Vorsicht!

Verstehst du es? Verstehst du, worauf er rauswollte? Hier ging es überhaupt nicht darum, einen blöden Baumstumpf zu entfernen. Hier ging es um Mum und mich – und ihn. Um Mum und mich und ihn, die sich in ein »wir« verwandelten und eine gemeinsame Herausforderung annahmen, als ein Team agierten und in dieselbe Richtung *schoben* ... genau wie eine *Familie!* Kapiert? Die ganze Sache war EINE GROSSE METAPHER für »Wir sind ein Team«, und er wollte mich dafür vereinnahmen, damit ich Teil davon werde! Vergiss es! NIMM DEINE METAPHORISCHEN PFOTEN VON MIR WEG!

Mum dachte natürlich *immer noch,* dass es nur um einen blöden Baumstumpf ging.

»Danny, ich glaube wirklich nicht, dass man den Stumpf bewegen kann.«

»Doch. Ich denke schon, dass wir es schaffen könnten, kein Problem. Pass auf.«

Damit sprang die Nervensäge auf und lief mit großen Schritten hinüber zu dem Baumstumpf. Er ging neben ihm in die Hocke, legte seine Hände an beide Seiten des Stamms und drückte mit der Schulter dagegen.

»Ich war zu meiner Zeit als Rugby-Spieler bei mehr als einem Gedränge dabei.« Mit diesen Worten rückte er seine Schultern in eine bequeme Position. Dann atmete er ein, nahm seine Kräfte zusammen und drückte drei Mal kräftig gegen den Baumstumpf. *Hauruck! Hauruck! Hauruck!* Dann ruhte er sich aus und blieb in der Hocke sitzen. Er schaute zu Mum und mir herüber.

»Habt ihr das gehört? Habt ihr gehört, wie er langsam nachgab? Habt ihr gehört, wie er sich bewegt hat?«

Ähhhh, die Antwort ist ein Nein ... und noch ein NEIN ... und, lass mich überlegen ... nun, nicht zu fassen, aber ... noch einmal NEIN!

Mum und ich bewegten unsere Köpfe von einer Seite zur anderen wie zwei mechanische Clownsfiguren.

»Ich habe definitiv etwas *gespürt.* Ja, hier hat *definitiv* etwas langsam nachgegeben, ganz bestimmt.«

Wahrscheinlich dein Hirn, wollte ich sagen. Aber wegen Mum (und um meine Chancen auf ein paar neue Klamotten nicht zu verspielen) behielt ich diesen Gedanken für mich.

»Braucht nur noch ein paar Muckis. Kommt, ihr beiden. Ich brauche euch. Allein schaff ich es nicht.«

Mum sah skeptisch aus – und besorgt.

»Danny, ehrlich, ich glaube wirklich nicht, dass das funktioniert.«

»Nun, das wissen wir erst dann sicher, wenn wir es probiert haben, oder? Kommt. Seid kein Spielverderber. Zeigt ein bisschen Vertrauen. Wir drei gegen einen einzigen mickrigen Baumstumpf. Was hat der für eine Chance?«

Und da war es wieder, dieses »wir«. Mum schüttelte den Kopf, stand aber dennoch auf und ging zur Nervensäge. Sie fand eine Stelle, wo sie sich gegen den Baumstumpf stemmen konnte. Dann schaute sie zu mir.

»Maggie?«

Äh-äh. Tut mir leid. Nie im Leben würde ich mich dem NERVENSÄGE-TEAM anschließen und bei seiner »Wir sind alle eine große glückliche Familie«- Metapher mitspielen.

»Das ist doch lächerlich, Mum. Warum probierst du es überhaupt? Es funktioniert doch sowieso nicht, und das weißt du auch.«

»Komm schon. Das wird dich schon nicht umbringen«, sagte sie. »Danny bittet dich nur, es zu versuchen. Das klingt doch *vernünftig,* meinst du nicht auch?«

Und dann traf mich ein Blick, der sagte: »Dieser Einkaufsbummel hängt an einem seidenen Faden, Fräulein.«

Wartet auf mich!

Ich ging hinüber und kniete mich neben sie. Dann legte ich einen Finger an den Baumstumpf. Weniger konnte ich nicht tun.

»Fertig«, informierte ich die beiden fröhlich.

Der Blick aus Mums Augen brannte sich jetzt förmlich in mich. Wütend. Ich kam mir vor wie eine Ameise unter einem Vergrößerungsglas, die gleich zusammenschrumpelt. Zusammen mit meinen neuen Klamotten. Aber da war noch was in Mums Blick. Frustration? Enttäuschung? Trauer? Alles zusammen?

Richtig. Gut.

Ich quetschte mich neben sie und packte den Baumstumpf. Die Nervensäge hockte auf der anderen Seite ein bisschen erhöht mit der Schulter in Position. Wir waren uns alle ziemlich nahe. Es war unangenehm und unbequem und peinlich.

»Okay, auf drei gebt ihr alles, was ihr habt, okay?«

Ich beabsichtigte durchaus, *ein wenig* von dem zu geben, was ich hatte. Warum sollte ich mich verausgaben? Der Baumstumpf würde sich nicht bewegen. Und weißt du auch, warum? Weil nicht einmal ein Bulldozer ihn bewegen könnte, und deshalb konnten wir es auch nicht, denn wir waren kein Superteam, dem alles gelang, wenn wir nur unsere einzelnen mickrigen Kräfte vereinten und zusammenarbeiteten. Wir waren kein »wir«. Und wir waren definitiv *keine* Familie. Wir waren einfach Mum und ich und ein Eindringling in die Burg Butt.

»Fertig? Eins. Zwei. Drei. LOS!«

Wir alle schoben. Die Nervensäge knurrte. Auch sonst war eine Menge Schnauben und Grunzen zu hören. Von mir allerdings nicht besonders viel. Nach wenigen Sekunden gaben wir auf.

Der Baumstumpf hatte sich nicht bewegt. Nicht ein Zittern. Nicht der Bruchteil eines Millimeters. Ich übertreibe nicht, wenn ich sage, dass kein einziges Atom seinen Ort verändert hatte. Großartig. Hat Spaß gemacht. Danke fürs Kommen. Können wir jetzt heimgehen?

»*Fast* hätten wir ihn gehabt«, sagte die Nervensäge.

Mum und ich wechselten einen Blick, der sagte: »Das ist doch wohl nicht dein Ernst.«

»Ja, ich bin sicher, dass ich gespürt habe, wie da unten was gebrochen und gerissen ist. Das war schon eine *ziemlich* gute Leistung, aber meiner Schätzung nach nur ungefähr siebzig Prozent von dem, was wir tatsächlich bringen können. Lasst es uns noch ein einziges Mal versuchen. Das allerletzte Mal, versprochen. Aber wir müssen wirklich alles geben. Und ich meine *alles*. Mobilisiert alles, was ihr habt, okay? Los, Leute, ich glaube an uns!«

Echt? Und an die Zahnfee und den Osterhasen auch?

Wir gingen zurück auf unsere Positionen. Mum sah noch besorgter aus. Fast ängstlich. Und ich wusste auch, warum. Weil die Nervensäge im Begriff war, sich total zum Narren zu machen. Wir waren, metaphorisch gesprochen, dabei, den ganzen »wir sind ein Team und gemeinsam können wir Wunder bewirken«- Unsinn zu torpedieren, den er vom Stapel lassen wollte. Er würde zwischen den Wellen versinken und spurlos verschwinden. Und hoffentlich die Nervensäge mit sich nehmen.

»Letztes Mal. Alle bereit? Okay. Eins. Zwei. Drei. LOS!«

Wir schoben ein zweites Mal.

Und wieder knurrte die Nervensäge. Aber lauter jetzt. Lauter, länger und wilder.

So, dass Mum und ich unsere Köpfe zu dem Geräusch hin drehten. Und wir sahen, wie das Gesicht der Nervensäge ganz rot und verzerrt war vor Anstrengung und die große Vene an seinem Hals hervortrat wie ein Schlauch, der gleich platzen würde. Er machte genau das, was er von uns verlangt hatte. Er gab alles, was er hatte. Vielleicht mehr. Vielleicht zu viel.

Als Mum ihn sah, drückte sie sich noch enger und fester gegen den Baumstumpf und stieß auch einen Schrei aus. Ihr Gesicht verwandelte sich in eine kleinere Version von seinem. Es sah aus, als würde sie gefoltert. Ich hielt es nicht mehr aus. Ich wollte, dass beide aufhörten, bevor jemand sich verletzte. Aber sie sahen nicht aus, als würden sie aufhören. Nicht bevor sich der Baumstumpf bewegt hätte oder sie beide explodiert wären.

Und bevor ich mich versah, merkte ich, wie ich selbst immer stärker drückte, bis ich so intensiv versuchte, diesen Baumstumpf wegzuschieben, wie ich nie zuvor in meinem Leben etwas versucht hatte. Intensiver, als ich es jemals für möglich gehalten hätte. Auch ich gab Geräusche von mir, ein Kreischen, mit dem ich nicht aufhören konnte. Und dann hörte ich die Stimme der Nervensäge, der durch seine zusammengepressten Zähne hindurch knurrte:

»Genau-so-Leute. Wir-schaffen-das. Ein-letztes-Mal. LOS! AAAAAAAAAAARRRRRRRRGGGGGGGHHHHHHHH!«

Und obwohl meine Arme und meine Brust schon brannten, fand ich etwas. Tief in meinem Innern. Etwas, das mächtiger war als der Schmerz, den ich spürte. Etwas, von dem ich nicht dachte, dass ich es hätte. Eine letzte verzweifelte Unze von Anstrengung. Und ich fand sie, denn aus einem lächerlichen Grund, den ich nicht erklären konnte, wollte ich jetzt tatsächlich, dass der Baumstumpf sich bewegte. Ich wollte, dass wir es schafften. Und ich wusste, dass Mum dasselbe tief in ihrem Innern gefunden hatte, denn ihr Schrei wurde ohrenbetäubend schrill.

Und dann, ganz am Ende, als es schien, es würde nichts mehr gehen und wir müssten uns dem Baumstumpf geschlagen geben, nahmen wir noch einmal all unsere Kräfte für einen letzten verzweifelten, muskelzerreißenden WIR SIND DAS TEAM-Vorstoß zusammen …

und es geschah … *nichts*. Außer dass wir uns dem Baumstumpf geschlagen geben mussten.

Total.

Vollständig.

Vollkommen.

Absolut.

Endgültig.

Für immer und ewig.

Die Nervensäge fiel nach hinten auf den Boden. Seine Brust hob und senkte sich. Sein Gesicht glühte, und der Schweiß floss in Strömen. Sein T-Shirt war an der Schulter eingerissen und sein Hals rot und zerkratzt. Meine Mutter rollte sich neben ihn. Sie massierte sich stöhnend die Arme. Die Haare klebten ihr an der Stirn. Auf ihren Wangen leuchteten blasse Flecken und unter einem Auge Sprenkel von geplatzten Blutgefäßen.

Ich stemmte mich gegen den Baumstumpf. Nur er hielt mich noch aufrecht. Mir war schwindlig, und mein Herz bekam einen Tobsuchtsanfall. Ich betrachtete meine Hände. Sie waren fleckig weiß, verkrampft, und sie zitterten.

Wütend schaute ich die Nervensäge an. Zorn und Enttäuschung kochten in mir. Ich fasste es nicht, dass ich mich von seinem blöden »Wir sind ein Team«-Mist hatte einlullen lassen. Ich *wusste*, dass es nicht funktionieren würde. Ich wollte, dass er sich entschuldigte. JETZT! Ich wollte hören, wie er sagte, dass es ihm leidtut. Ich wollte hören, dass er zugab, wie GEWALTIG UND VOLLKOMMEN er sich GEIRRT hatte.

Ich wartete innerlich brodelnd und schwitzend, während die Ursache meines Zorns heftig ein- und ausatmete. Als sich das Heben und Senken seiner Brust so verlangsamt hatte, dass kein Herzinfarkt mehr zu befürchten war, lag er einfach da und starrte in den Himmel. Komm schon, Nervensäge! Wo ist meine Entschuldigung? Gib zu, dass du dich geirrt hast. Ich will es hören!

Endlich räusperte er sich und schluckte. Dann rollte er sich auf die Seite und stützte den Kopf auf einen Ellbogen. Er schaute auf Mum hinunter, die neben ihm immer noch versuchte, sich zu erholen, und strich ihr eine schweißfeuchte Haarsträhne aus der Stirn, bevor er redete.

»Ich glaube, ich hab's«, sagte er. »Ich glaube, ich weiß, warum wir dieses Ding nicht bewegen konnten.«

JA, ICH AUCH! Weil deine Metapher von der »geilen Familie« kompletter Mist war!

Mum war kaum im Stande zu reden und stieß mit Mühe zwei Wörter aus: »Warum ... nicht?«

»Weil es dem Baumstumpf so geht wie mir«, erklärte die Nervensäge. »Er bewegt sich nirgendwohin. Er ist viel zu gern hier bei dieser Familie.«

Was?

WAS?

WAS!

NEIN! AUF KEINEN FALL!

Hast du das gehört? Merkst du, was er gemacht hat? Er hat einfach die METAPHER VERÄNDERT. Er hat sich *gewaltig* und *vollkommen* GEIRRT, und jetzt VEÄNDERT ER DIE ME-

TAPHER, um sich aus der Affäre zu ziehen! Das tut man nicht! Man darf nicht mittendrin die metaphorischen Pferde wechseln, nur weil die Räder sich lockern! Der Schwester-minator würde ihn dafür für immer in die Wüste schicken!

Ich checkte Mums Reaktion. Sie sah zur Nervensäge hinauf, als hätte er gerade die Bergpredigt gehalten oder die *I have a dream*-Rede. Jetzt hob sie die Hand und berührte seine Wange. Ein krankes Lächeln lag auf ihrem Gesicht. Meine Mutter grinste mit dümmlichem, ergebenem Blick einen METAPHER-SCHÄNDER an!

Ich hielt es nicht mehr aus. Ich musste weg. Also stieß ich mich von dem Baumstumpf ab und wollte gehen, aber mein Schuh verfing sich in der großen Wurzel, die sich unten aus dem Stamm wölbte. Ich stolperte und fiel auf die Knie wie eine betrunkene Giraffe. In letzter Sekunde riss ich die Hände nach vorn und verhinderte knapp, dass ich volle Kanne aufs Gesicht fiel.

»Oooooh, Maggie. Pass auf, Liebes! Alles in Ordnung?«

Ich antwortete meiner Mutter nicht, sondern rappelte mich so schnell wie möglich auf und setzte meinen Abgang fort. Aber ich hatte auch etwas zu sagen, bevor ich mich aus dem Staub machte. Vermutlich ging es weder als freundlich noch als vernünftig durch, und ich schrie es im Gehen über die Schulter:

»Ich *hasse* diesen dämlichen Baumstumpf! Ich wünschte, wir könnten ihn loswerden. Er gehört nicht hierher.«

(Tipp: Ich habe hier vielleicht nicht nur von dem Baumstumpf geredet.)

Die schnackselnden
Schweine

O bwohl ich wegen der ganzen Baumstumpf-Sache immer noch sauer war auf die Nervensäge, war ich entschlossen, mir weder von ihm noch von dem Baumstumpf das Date mit Jason am folgenden Tag verderben zu lassen. Schließlich war Jason Price das Antidot zur Nervensäge, nicht wahr?

Das war der Plan: Weil Jason nicht allzu weit weg von mir wohnte, wollte er zu Fuß zu mir kommen. Gemeinsam wollten wir dann mit dem Bus in die Stadt fahren, wo der Film gezeigt wurde. Alles gut, bis auf eines: Am Samstagabend ereilte mich die schlechte Nachricht, dass Mum und die Nervensäge da sein würden, wenn Jason kam! *Eigentlich* wollten sie einen Ausflug machen, aber Mum meinte, sie hätten es sich anders überlegt und würden lieber noch ein bisschen im Garten arbeiten. Na klar! Mit anderen Worten, sie wollten ein Auge auf Jason und mich haben.

Kaum hatte ich von ihrer Planänderung erfahren, ging ich in den Schadensbegrenzungsmodus und stellte Mum gegenüber fünf klare, strenge Regeln für den Tag auf.

Fünf klare, strenge Regeln für Mum:
1. Jason würde um halb eins kommen, deshalb durfte nach zwölf nur ICH die Tür öffnen.

2. Wenn Mum zufällig da wäre, wenn Jason kam, durfte sie kurz Hallo und Tschüss sagen, Jason aber auf keinen Fall irgendwelche peinlichen Fragen stellen, wie zum Beispiel … ÜBERHAUPT KEINE FRAGEN!
3. Die Nervensäge durfte unter keinen Umständen irgendwelchen Kontakt (weder physisch noch verbal oder visuell) mit Jason haben.
4. Siehe Regel 3
5. Siehe Regel 4

Gegen 12:15 Uhr wartete ich in meinem Zimmer auf Jason. Er müsste jede Minute kommen. Ich war mehr als nur ein bisschen angespannt. Ziel zwei hing davon ab, dass das hier gut lief.

Um mich abzulenken, begann ich, ein paar unwichtige Nebensächlichkeiten noch einmal zu überprüfen: meine Frisur (dein Werk ist immer noch sichtbar, Taarsheebah!), mein Gesicht, das von meiner Mutter überwachte und überwiegend aufgetragene Minimal-Make-up, meine Zähne, meine Haut, meine Sommersprossen, meine Poren, mein Lächeln, meine Ohren, meine Augen, meine Wimpern, meine Augenbrauen, meine Lippen, meinen Mund, meine Zunge, meine Mimik, meinen Atem, mein Profil (von links und von rechts), meinen Hintern, meine Schuhe, meine Knöchel, meine Beine, meinen Hintern, mein dezentes (wenn du schielst, wirst du es entdecken) Dekolletee, meinen Hintern, meine Kleider, meinen Hintern und meine Fing …

Ihhhhhhhh! Der Nagellack an einem Nagel war verschmiert.

PAAAAAAAAAAAAA-N-IIIIIIIIIIIIIIIIIIK!

Ich schnappte mir das Nagellackfläschchen vom Schminktisch und setzte mich auf mein Bett, um rasch eine Reparatur-schicht aufzutragen. Nachdem ich den Deckel abgeschraubt hatte, balancierte ich das offene Fläschchen vorsichtig auf dem Oberschenkel meines übergeschlagenen Beins und tupfte ein bisschen zusätzliche Farbe auf den Nagel.

Da klingelte das Telefon in der Küche.

Ich zuckte zusammen. Das Nagellackfläschchen wackelte und kippte … Aber ich fing es gerade noch auf.

PUHHH!

Katastrophe abgewendet. Fast hätte ich knallroten Nagellack auf meine weiße Jeans gekleckert. Ich dachte, es hätte an der Tür geklingelt. Langsam setzte ich mich zurück aufs Bett und atme-te tief ein, um mich zu beruhigen.

Im selben Augenblick klingelte es an der Tür.

Ich zuckte zusammen. Das Nagellackfläschchen rutschte mir aus der Hand. Es fiel auf meinen Oberschenkel und kullerte dann mein Bein hinunter. Eine Linie klebriger knallroter Tröpf-chen zog sich über meine beste Jeans!

Ich sprang auf, riss ein »ultra-super-saugstarkes« Kleenex aus der Box und verschmierte mit einem einfachen Wisch die roten Tröpfchen zum fünffachen ihrer ursprünglichen Größe! Wa-rum funktionieren die Dinge niemals so wie im Fernsehen? Ich starrte auf die Schmiererei. Hatte Lady Macbeth sich so gefühlt, als sie schrie »Fort, verdammter Fleck!«? Ich schlug die Hand vor den Mund. Egal, ob ich mich damit vom Fluchen abhalten oder verhindern wollte, dass mir meine Eingeweide hochka-men. Wahrscheinlich beides. In der Zwischenzeit hoffte ich, dass sich der Fleck auf magische Weise auflösen würde, wenn ich den Horror auf meinem Bein nur lang genug anstarrte.

Und du hältst es nicht für möglich – aber er verschwand nicht.

Ich führte eine überzeugende Pantomime von jemandem auf, der total ausflippt und lautlos Obszönitäten an die Decke schreit. Als das erledigt war, trat ich in Aktion. Ich schleuderte die Schuhe von meinen Füßen, riss mir die Jeans vom Leib und stürzte zum Schrank, um mich rasch umzuziehen.

Dieses rasche Umziehen wäre natürlich sehr viel schneller gegangen, wenn ich nicht auf einen meiner Schuhe getreten und dabei mit dem Fuß umgeknickt wäre, das Gleichgewicht verloren und mich mit dem anderen Fuß in meiner halb runtergezogenen Jeans verheddert hätte, um dann so graziös wie ein stark sediertes Gnu auf den Boden zu sacken.

Genau in dem Moment klingelte es zum zweiten Mal an der Tür. Das Stichwort für eine Wiederholung meiner Ausflipp-Pantomime. Ergänzt um ein paar sorgsam ausgewählte Worte. Oder um genauer zu sein, *ein* sorgsam ausgewähltes Wort, das drei Mal wiederholt wurde:

»Scheiße! Scheiße! Scheiiiiiiiiiiiiiiiiiiiiiiiiiiiiiiiße!«

Ich befreite mich strampelnd von meiner Jeans, krabbelte zur Tür, öffnete sie und streckte den Kopf ins Wohnzimmer. Dann rief ich flüsternd nach Mum.

»*Mum? Mum?* Bist du da? *Mum?* Kannst du für mich gehen? *Muuuuuuuum!*«

Aus der Küche hörte ich ein Geräusch.

JA! DANKE!

Dann trat die Nervensäge ins Wohnzimmer.

NEIN! VERDAMMT!

»Ich brauche *Mum.* Wo ist Mum? Wo ist sie? Ich brauche sie. Jetzt!«

Die Nervensäge zeigte nach hinten über die Schulter.

»Sie arbeitet im Garten. Ich wollte uns nur kaltes Wasser holen. Was ist los? Kann ich helfen?«

Es klingelte zum dritten Mal. Die Nervensäge deutete auf die Haustür.

»Soll ich gehen?«

Ich saß in der Falle. Die Nervensäge oder keiner. Ich musste das Risiko eingehen. Ich musste ihm trauen. Ich hatte keine andere Wahl.

»Könntest du … bitte? Es ist Jason. Du weißt schon, der Typ, mit dem ich ins Kino gehe? Kannst du ihm einfach sagen, dass ich gleich da bin? Ich muss kurz noch was Wichtiges erledigen.«

Die Nervensäge sog Luft durch die Zähne ein und nickte.

»Du meinst, deine Hose anziehen?«

»Hä?« Ich schaute an mir hinunter. MIST! Rasch verschwand ich hinter der Tür. »Kannst du ihn einfach bitten, draußen zu warten? Ich brauche nicht lang. Er kann einfach da warten. Du weißt schon. Draußen. Das ist okay für ihn. Du musst ihn nicht hereinbitten oder ihm Gesellschaft leisten oder mit ihm reden oder so.«

Mit anderen Worten: DU MUSS NICHT NERVEN!

»Verstanden, Chef. Alles unter Kontrolle. Ich übernehme!«

Aber statt dann einfach wie ein *normaler* Mensch zur Tür zu gehen, machte die Nervensäge seinem Namen alle Ehre. Er tat so, als würde er die Hand in seine *imaginäre* Jacke stecken, eine *imaginäre* Pistole ziehen und ein *imaginäres* Magazin hineinschieben. Dann hüpfte er mit drei großen Schritten zur Tür, drückte sich mit dem Rücken dagegen und hielt die *imaginäre* Faustfeuerwaffe neben sein Gesicht. (Obwohl es eigentlich eine *echte* Faustfeuerwaffe war, weil sie *tatsächlich* aus seiner Faust bestand.)

Ich war inzwischen total in Panik, und mein Herz war irgendwo in die Nähe meiner Gedärme gerutscht. Aber gerade als die Nervensäge die Hand nach dem Türknopf ausstreckte, hielt er inne, blinzelte mir zu und formte mit den Lippen ein paar Worte: »Nur Spaß.« Dann benahm er sich wieder »normal« (oder so normal sich ein Irrer eben benehmen kann). Sein nerviges Lächeln lag breit auf seinem ganzen Gesicht.

Ich schickte einen Laserstrahlblick in seine Richtung und schlug die Tür zu meinem Zimmer zu.

Jetzt musste ich in Lichtgeschwindigkeit eine andere Jeans anziehen, um Jason vor einer möglicherweise fatalen Begegnung mit der Nervensäge zu bewahren! Andererseits würde vielleicht alles gut werden. Schließlich war Jason Price das Antidot zur Nervensäge, oder? Also wäre er vielleicht in der Lage, die Nervensäge unter Kontrolle zu halten. Ich wünschte mir mehr, dass es wahr wäre, als ich tatsächlich daran glaubte.

Während ich wie verrückt an meinen frischen Klamotten zog und zerrte, drangen gedämpfte Stimmen von draußen zu mir herein. Ich versuchte, mich so schnell wie möglich anzuziehen, aber meine Finger kämpften gegeneinander, und die Fragen, die mein Gehirn überfluteten, machten mich noch langsamer. Was sagten sie? Wie nervig benahm sich die Nervensäge? Was, wenn er anfing zu singen? OMG! Gibt es irgendwelche Liedtexte, in denen »Jason« vorkommt?

Dann bemerkte ich, dass eine der Stimmen draußen lauter wurde.

Es war definitiv Jasons. Ich verstand kaum etwas von dem,

was er sagte, aber ich hörte das Wort »ernst« in fragendem Ton. Dann hörte ich ein kurzes Lachen. Es war kein fröhliches Lachen. Ich wollte mehr hören, aber je genauer ich hinhörte, desto langsamer zog ich mich an. Dann drangen andere gedämpfte Worte zu mir durch. Eine tiefere Stimme. Das war die Nervensäge. Darauf folgte Jasons Stimme, laut und deutlich.

»AUF KEINEN FALL! WARUM SOLLTE ICH?«

Das war nicht gut. Das war gar nicht gut! Ich hatte früher schon gehört, wie Jason diesen Ton angeschlagen hatte. In der Schule. Lehrern gegenüber. Was zum Teufel war da draußen los?

Eilig zog ich mich vollends an, fuhr mir mit der Bürste durch die Haare und warf einen prüfenden Blick in den Spiegel. Wie schade! Mit einem erfahrenen und engagierten Team von Foto-Shoppern, die fleißig die Nacht durchgearbeitet haben, hätte ich umwerfend passabel aussehen können. Ich war gerade auf dem Weg, Jason zu retten, als seine Stimme wieder zu mir durchdrang, aber noch viel lauter als zuvor. Ich verstand nur das letzte bisschen von dem, was er sagte. Und das letzte bisschen klang so:

»…MMTER WITZ!«

Das nächste Geräusch war eine Tür, die ins Schloss fiel.

Hä?

Ich stürmte ins Wohnzimmer hinaus. Jason war nirgends zu sehen. Nur die Nervensäge. Er stand vor der geschlossenen Tür. Und lehnte die Stirn dagegen. Dann drehte er sich um und schaute mich an. Auf seinem Gesicht lag kein hinterlistiges Lächeln.

»Maggie … lass mich …«

Aber ich hatte keine Zeit zu hören, was er zu sagen hatte. Ich musste Jason finden. Ich rannte hinüber zum Fenster und schaute hinaus. Er ging gerade durch unser Gartentor. Und er war nicht gut drauf. Das sah ich daran, wie er mit dem Rücken der geballten Faust gegen unseren Briefkasten schlug, wie er eine Blüte von Mums Lieblingsrosen abriss und die Blütenblätter dem kläffenden Nachbarhund ins Gesicht warf.

»Was hast du gemacht?«, schrie ich die Nervensäge an.

Ich schubste ihn zur Seite und stürmte durch die Eingangstür.

Bis ich den Gehweg erreicht hatte, war Jason schon ein paar Häuser weiter die Straße hinuntergegangen. Die Bäume und Sträucher in der Nachbarschaft wurden ebenso behandelt wie Mums Rosen. Ich rief ihm zu, er solle stehen bleiben. Aber er schaute nur kurz über die Schulter, senkte den Kopf, verschränkte die Arme und ging weiter – zum Glück ein bisschen langsamer.

Ich nahm die Verfolgung auf. Als ich ihn endlich eingeholt hatte, waren mir zwei Dinge klar. Erstens, dass ich noch weniger fit war, als ich gedacht hatte, und zweitens, dass sich meine Schuhe für Sprints nicht eigneten. Jason blieb zum Glück stehen, als ich die Hand auf seine Schulter legte, sodass ich schließlich keuchend ein paar Fragen ausstoßen konnte.

»W-Was ist passiert? W-W-Wo ist das Pro-Pro-Problem?«

Jason machte eine kurze ruckartige Kopfbewegung in Richtung unseres Hauses.

»Problem? Dein verrückter Vater, der ist das Problem!«

Ich war verwirrt. Wovon sprach er? Ich habe keinen Verrückten zum Vater, sondern einen *Mistkerl*. Nicht zu verwechseln. Dann kapierte ich.

»Oh, *das* ist nicht mein Vater. Zum Glück nicht. Das ist ein verrückter Freund meiner Mutter. Aber was ist passiert? Was hat er gemacht?«

»Meinte, es wäre eine gute Idee, wenn ich nach Hause gehen und mich umziehen würde. Wichser!«

»Was? Warum ... sollte er ...«

Aber ich kannte die Antwort zu der Frage schon, die ich stellen wollte. Ich hatte sie gerade gesehen. Sie befand sich unübersehbar direkt vor mir. Auf Jasons Brust, auf seinem T-Shirt. Es war ein rotes T-Shirt mit schwarzen Comicfiguren. Die Comicfiguren waren Schweine. (Ich könnte darauf hinweisen, dass die Schweine nackt waren, aber andererseits sind Schweine meistens nackt.) Die Schweine waren zu Paaren angeordnet. Sechzehn Paare. Vier Reihen mit vier Paaren, um genau zu sein. Insgesamt zweiunddreißig einzelne Schweine. Und sie alle »trieben es« miteinander (oder »trieben Schweinkram miteinander«, wie Jazzmin Mellors gerne sagte). Zweiunddreißig Schweine, die »Schweinkram miteinander trieben« in sechzehn verschiedenen »Schweinkram«-Stellungen. Und unter den schnackselnden Schweinen stand eine Frage. Und diese Frage lautete: *Wie magst Du deinen Schinken?*

Ich dachte gerade über die Schwierigkeiten und Herausforderungen der Stellungen neun und dreizehn nach, als Jason begann, auf meine halb gestellte Frage zu antworten.

»Deswegen.« Er zog an seinem T-Shirt. »Fand es *unpassend* oder so. So eine Scheiße! Hat mir gesagt, ich soll es ausziehen. Ich habe ihm gesagt, er soll sich verpissen.«

Langsam beschlich mich das Gefühl, dass die Nervensäge und Jason keineswegs gut miteinander ausgekommen waren.

»Hat gesagt, ich solle ein anderes T-Shirt holen. Ich könnte auch *seines* anziehen, wenn ich wollte. Als ob! Nie im Leben würde ich das T-Shirt von so einem alten Deppen anziehen. Meinte, ich solle mich umziehen, sonst könnte ich es vergessen, mit dir irgendwohin zu gehen. Also sagte ich, dann vergessen wir es eben. Kein Arsch schreibt mir vor, was ich anhabe!«

Das war's also? Unser Date war abgesagt? Ziemlich deprimierende Vorstellung, dass ich, wenn es hart auf hart ging, gegen ein beschissenes T-Shirt verlor. Ich schob diesen Gedanken beiseite und bemühte mich, die Kuh noch irgendwie vom Eis zu kriegen. Aber Jason war immer noch ziemlich angespannt. Seine Lippen waren zusammengekniffen, und er kickte beim Auf- und Abgehen mit dem Fuß in den Boden.

»Pass auf, ich weiß, dass du sauer bist«, sagte ich, »aber warum versuchst du nicht, dich zu beruhigen, und dann können wir vielleicht …«

Aber er hörte mir gar nicht zu, sondern schaute an mir vorbei die Straße hinunter. Ich drehte mich um und sah, warum. Die Nervensäge stand vor unserem Gartentor.

»WICHSER!«, schrie Jason und zeigte ihm den Finger. Bevor ich ihn aufhalten konnte, stürmte er davon und metzelte jede unbeteiligte Pflanze nieder, die dumm genug war, in seiner Reichweite zu stehen. Ich rief seinen Namen, aber diesmal verlangsamte er nicht einmal seine Schritte. Zuerst wollte ich ihm wieder hinterherrennen, aber dann ließ ich es sein. Diese Entscheidung hatte nichts mit meinem fragwürdigen Trainingszustand oder meinem untauglichen Schuhwerk zu tun.

Sondern damit, dass ich der Nervensäge etwas zu sagen hatte. Und das konnte wirklich nicht warten.

Extremer
Todesblick

Was ich der Nervensäge sagen wollte, schrie ich ihm entgegen, sobald ich das Gartentor erreicht hatte.

»DU BIST NICHT MEIN *VATER!* DU BIST ÜBERHAUPT NICHTS FÜR MICH, UND DU WIRST AUCH NIEMALS ETWAS SEIN! ALSO VERSCHWINDE AUS MEINEM LEBEN!«

Klar, knapp und auf den Punkt ohne unnötige Abschweifungen oder übermäßig figurative Sprache. Gefällt Ihnen das besser, Schwesta Lista?

Nachdem ich alles hinausgeschrien hatte, drückte ich mich an der Nervensäge vorbei und stürmte ins Haus. Im Wohnzimmer holte er mich ein.

»Warte, Maggie. Gib mir die Chance, alles zu erklären. Bitte. Maggie!«

Ich blieb direkt im Rahmen der Tür zu meinem Zimmer stehen, drehte mich aber nicht um.

»Hör mal, ich wollte ihn nicht vertreiben, okay? Ich wollte überhaupt nicht, dass so was passiert. Aber als ich dieses T-Shirt gesehen habe ... war ich angefressen ... klar, ich habe ein bisschen die Nerven verloren … aber ich fand es einfach … unpassend. Geschmacklos. Respektlos dir gegenüber. Ich dachte, wenn ich nur …«

Mir reichte es.

»*Du* dachtest! *Du* dachtest! Durchsage: Ich habe es *nicht nötig*, dass du für mich denkst, okay? Ich *will* nicht, dass du für mich denkst. Ich bin durchaus in der Lage, für mich selbst zu *denken*. Oder *denkst* du, ich bin zu blöd, um zu entscheiden, ob ich ›respektvoll‹ behandelt werde oder nicht?«

Um ehrlich zu sein, hatte ich keine Ahnung, was ich getan hätte, wenn ich zur Tür gegangen wäre und Jasons T-Shirt als Erste gesehen hätte. Ich weiß es immer noch nicht. Aber in diesem Augenblick spielte das auch keine Rolle. Mir war es wichtiger, dass meine Botschaft laut und deutlich bei der Nervensäge ankam.

»Und falls es dir beim ersten Mal entgangen sein sollte, wiederhole ich es: DU BIST NICHT MEIN *VATER!* ALSO VERSCHWINDE AUS MEINEM LEBEN UND HÖR AUF, ES MIR ZU VERDERBEN!«

Was Schimpftiraden angeht, war das eine meiner besten. Wenn ich sonst so wütend werde und gleichzeitig spreche, verheddere ich mich, und es kommt irgendein Blödsinn aus meinem Mund. Zum Beispiel: »Ich habe mich nicht nötig, um meine Entscheidungen für dich zu treffen!« HÄ? Das macht mich dann nur noch wütender, sodass ich am Ende nur noch fluche und alles lasse, wie es ist. Aber diesmal schienen die Worte genau richtig herauszukommen. Nachdem ich sie gesagt hatte, stürzte ich in mein Zimmer und schloss (besser gesagt *knallte)* die Tür hinter mir zu.

Ich blieb nicht lange allein.

Bald hörte ich, wie sich draußen mehrere Stimmen näherten. Eine war die von Mum. Die Nervensäge versuchte offenbar jämmerliche Entschuldigungen dafür zu finden, was gerade passiert war. Versuchte zu rechtfertigen, dass er eine TOTALE NERVENSÄGE war! Wahrscheinlich würde ich gleich Besuch von meiner Mutter bekommen, deshalb nahm ich meine *Macbeth*-Ausgabe vom Nachttisch und stellte sie wie eine Barrikade auf meinen Bauch. Die gedruckten Buchstaben verschwammen vor meinen Augen, als das unvermeidliche Klopfen ertönte.

Mum streckte den Kopf herein.

»Maggie? Danny hat mir erzählt, was passiert ist. Alles okay?«

Ich sagte ihr, dass ich nicht darüber reden wolle. Dass ich über gar nichts reden wolle. Es gebe nichts, wobei sie mir helfen könne. Ich wolle einfach in Ruhe gelassen werden. Für den Rest meines Lebens.

Sie trat ein und setzte sich ans Fußende meines Bettes.

Offenbar war meine Mutter taub.

»Hör zu, Liebes, ich weiß, dass du sauer bist auf Danny. Das habe ich verstanden. Wirklich. Aber er wollte dich ganz bestimmt nicht ärgern. Er war nur … Er wollte nur auf dich aufpassen. So ist er eben. Vielleicht hat er sich dabei nicht so gut angestellt, wie er es hätte tun können. Aber er hat das Herz am rechten Fleck.«

»Echt? Vielleicht wäre es dann mal an der Zeit, nach seinem Gehirn zu schauen.«

»Maggie, komm schon. Sei nicht unfair. Danny ist wegen der ganzen Sache wirklich total fertig.«

Das war zu viel.

»*Er* ist fertig? Entschuldigung, aber habe ich hier was verpasst? Ist er derjenige, dessen Sozialleben vor seinen Augen zerstört wurde? Ist er derjenige, dessen letzte Chance darauf, einen
Partner für den Abschlussball zu finden, von einem Verrückten
die Straße hinuntergejagt wurde? Ist er derjenige, über den
wahrscheinlich überall im Internet gesprochen wird, weil seine
Mutter einen Irren zum Freund hat? Ist *er* derjenige, der in der
Schule die Lachnummer ist und behandelt wird, als hätte er eine
ansteckende Krankheit?«

Inzwischen sah meine Mutter schon nicht mehr so mitleidig
aus.

»Ich glaube, du dramatisierst ein bisschen. Und um ehrlich zu
sein – wenn ich an die Tür gegangen wäre, wäre ich vielleicht ein
bisschen diplomatischer gewesen, aber es gibt keine Garantie
dafür, dass das etwas am Ergebnis geändert hätte. Nach allem,
was ich gehört habe, *war* dieses T-Shirt unpassend. Ende der
Diskussion.«

Mum biss sich auf die Unterlippe, als würde sie sich davon abhalten, noch mehr zu sagen.

»Sieh mal, ich weiß, dass du sauer bist, und aus gutem Grund.
Aber kannst du ihn kurz reinlassen? Nur für eine Sekunde. Mehr
verlange ich nicht. Du musst kein Wort sagen, wenn du nicht
möchtest. Aber gibt Danny die Chance, sich zu entschuldigen,
bevor er heimgeht. Tu es für mich, okay? Mehr verlange ich
nicht. Bitte, Maggie.«

Wenn Mums Augen nicht so traurig gewesen wären, hätte ich
niemals zugestimmt. Es war nicht fair. Ich stellte mein Buch wieder auf.

»Gut. Okay. Von mir aus. Aber ich spreche nicht mit ihm.

Und er kann sagen, was er will, aber ich verzeihe ihm nicht. Niemals.«

Mum sah nicht aus, als wäre sie begeistert von meiner Antwort, aber ich denke, sie merkte, dass sie keine bessere bekommen würde. Sie ging hinaus, und ein paar Sekunden später klopfte es wieder an der Tür. Die Nervensäge streckte den Kopf herein. Und redete. Die Worte, die aus seinem Mund kamen, waren mir vertraut. Nur dass er sie diesmal nicht sang.

»Wach auf, Maggie«, sagte er. »Ich *weiß*, dass ich dir etwas sagen muss.«

Obwohl ich Mum erklärt hatte, dass ich nicht mit ihm reden würde, konnte ich nicht anders. Ich ließ mein Buch zurück auf meinen Bauch fallen.

»Es ist ein Uhr Mittag. Ich liege auf meinem Bett und lese Shakespeare, obwohl ich eigentlich auf dem Weg ins Kino sein sollte. Meine Augen sind weit offen. Gerade eben wurde mein Leben zerstört. Ich glaube, für jeden, der auch nur ein bisschen Hirn im Kopf hat, ist es ziemlich offensichtlich, dass ich schon wach bin.«

Die Nervensäge nickte.

»Eins zu null für dich. Obwohl man fairerweise sagen könnte, dass du auch nur so getan haben könntest, als wärst du wach.«

Ich schleuderte ihm meinen extremsten Todesblick zu. Dieser Blick sagte: »Diese Worte, die da gerade aus deinem Mund kamen, waren so atemberaubend dämlich und idiotisch, dass sie tatsächlich alles Leben aus mir herausgesaugt haben.«

»Okay, ich rede einfach mal weiter«, sagte die Nervensäge. »Ich wollte dir nur sagen, dass du recht hattest. Mit dem, was du da draußen gesagt hast, hattest du recht. Du hättest die Chance haben müssen, für dich selbst zu sprechen. Ich habe das verhindert. Das tut mir leid. Ich habe einen Fehler gemacht, jeder macht mal Fehler.« Die Nervensäge hob eine Hand. »Nein, bitte, ich werde nicht mit dir darüber diskutieren. Es stimmt.«

Noch einmal derselbe Blick.

»*Und* … Ich weiß, dass ich wegen des T-Shirts wahrscheinlich überreagiert habe. Außerdem hätte ich mich mit meinen Kommentaren ein bisschen mehr … *zurückhalten* … können. Wenn ich die Zeit zurückdrehen könnte, würde ich gerne glauben, dass ich alles anders gemacht hätte, aber so wie ich mich kenne, könnte ich es nicht garantieren.«

Die Nervensäge wartete ab. Er hoffte wohl, ich würde etwas sagen. Aber den Gefallen tat ich ihm nicht. Er schien ein bisschen frustriert.

»Wenigstens habe ich ihm das T-Shirt nicht vom Leib gerissen und in den Hals gestopft. Vielleicht sollten wir also dankbar sein, dass nicht mehr passiert ist, was?«

Die Nervensäge grinste. Ich nicht. Er dann auch nicht mehr.

»Aber egal. Sieh mal, was geschehen ist, tut mir leid. Echt. Ich wollte dir nicht das Date vermasseln und dich ärgern. Glaub mir, das ist wirklich das Letzte, was ich beabsichtigt habe. Und du hast recht. Ich bin nicht dein Vater. Er hätte die ganze Sache vielleicht viel besser auf die Reihe gekriegt, wenn er hier gewesen wäre. Aber er ist nicht hier. Ich dagegen schon. Und der Grund, warum ich hier bin, ist, dass ich deine Mutter mag. Mehr als mag. Und ich fürchte, das bedeutet, dass ich eine deiner Forderungen nicht erfüllen kann, Maggie. Ich kann nicht aus deinem Leben verschwinden, zumindest nicht komplett, außer auch deine Mutter wollte es. Aber ich will dir Folgendes versprechen. Von jetzt an werde ich mein Bestes tun, dir das Leben nie wieder zu *verderben*. Okay?«

Es herrschte Schweigen, bis die Nervensäge sagte: »Nun, danke, dass du mich meinen Spruch hast sagen lassen. Tschüss, Maggie May. Es tut mir wirklich leid.«

Ich antwortete nicht. Mum hat gesagt, ich müsste nicht. Ich hielt meinen Blick auf die Seite vor mir gerichtet und wartete, bis die Tür ins Schloss fiel. Irgendwie musste sich Sir Tiffy hereingeschlichen haben, solange die Tür offen war, denn kaum war die Nervensäge weg, versuchte er, sich zu mir raufzuziehen. Ich stieß ihn mit dem Fuß weg.

Zum ersten Mal überhaupt ließ er das Nein gelten und machte es sich auf dem Boden neben meinem Bett bequem.

Meine FUMLE

In der Schulwoche, die auf den schrecklichen Zwischenfall mit der Nervensäge und den am helllichten Tag schnackselnden Schweinen folgte, vollzogen sich drei wichtige Entwicklungen.

Wichtige Entwicklung Nr. 1:
Jason Price und Brodie Fox kamen wieder zusammen!

Richtig! Die Liebe hat einen Weg gefunden. Ist das nicht süüüüüüüüüüüüüß? Yippee! Bin superglücklich für sie. ☹

Ja, auf dem Heimweg von seiner Erörterung modischer Fragen mit der Nervensäge hatte Jason offenbar beschlossen, bei Brodie vorbeizugehen, nur der alten Zeiten wegen, du verstehst schon, und zweifellos auch, um sich in seinem Schmerz und seiner Enttäuschung trösten zu lassen. Wie schön! Ich bin nicht sicher, was genau dort passierte, aber Brodie muss eine *hervorragende* Trösterin gewesen sein, denn im Handumdrehen hieß es: »Simsalabim! Maggie ist DRAUSSEN und Brodie ist DRIN!«

Jason persönlich informierte mich am Montagmorgen vor der Schule mit einem liebevollen und bewegenden Statement über diese romantische Entwicklung.

»Dachte mir, ich sag's dir lieber. Brods und ich. Wir sind wieder zusammen, also … ja.«

Also ja.

Was für ein wunderbarer Augenblick!

Ehrlich gesagt war ich von dieser Abfuhr nicht gerade am Boden zerstört. Ich hatte vorher schon das Gefühl, dass Jason Price als mein Hauptdarsteller keine gute Besetzung gewesen wäre. Ich nahm meine Zurückweisung cool auf, und ausnahmsweise passte es ganz gut, dass die Nervensäge in meinem Leben war, wenigstens als Entschuldigung.

»Oh, okay. Auch gut, wirklich. Mums verrückter Freund ist stinksauer auf dich, weil du ihn Wichser genannt und ihm den Finger gezeigt hast. Wahrscheinlich ist es also gut und vermutlich auch sicherer, dass wir ... dass du und ich ... nicht ... du weißt schon ... *nicht* zusammen sind.«

Dennoch war es ein bisschen deprimierend, mit meiner Abschlussball-Partnersuche wieder bei null anfangen zu müssen. Um mich aufzumuntern, suchte ich nach ein paar positiven Aspekten dieser traurigen Angelegenheit.

Ich fand zwei.

Erstens hatte Jason wohl beschlossen, Brodie klugerweise nichts von seinem katastrophalen Versuch zu erzählen, mit einem anderen Mädchen auszugehen, sodass die ganze demütigende Geschichte von meinem verrückten »Vater« weder in der Schule noch im Netz die Runde machte.

Zweitens stand die Nervensäge, nachdem er im Alleingang und höchst erfolgreich mein kompliziertes Liebesleben zerstört hatte, zu seinem Wort und hielt klugerweise Abstand von mir, damit so etwas nicht noch einmal passierte.

Was für ein Segen!

Wichtige Entwicklung Nr. 2:
Mein nächster Besuch bei Bert Duggan lief noch besser als der in der vergangenen Woche!

Wieder ging es hauptsächlich um das Thema Katzen. Bert hatte sogar ein paar alte Fotos von verschiedenen Katzen ausgegraben, die er zu unterschiedlichen Zeiten in seinem Leben besessen hatte. Einige waren so alt, dass sie schwarz-weiß waren. (Die Fotos natürlich, nicht unbedingt die Katzen, obwohl – die vielleicht auch.) Im Gegenzug zeigte ich ihm Fotos von Sir Tiffy auf meinem Handy. (Die Fotos waren auf meinem Handy, – nicht Sir Tiffy. Weder saß er auf meinem Handy, noch war er am Handy, um eine Maus oder eine Pizza mit Sardellen oder so zu bestellen.) Entschuldigung, ich will mich nur versichern, dass ich mich klar und deutlich ausdrücke, wie Schwesta Lista es verlangt.

Ich hatte auch ein paar neue Geschichten von Sir Tiffy auf Lager, die ich Bert erzählen konnte. Allerdings waren sie ganz anders als die Geschichten von letzter Woche. Letzte Woche ließen sie sich eher dem Genre Katastrophen- und Horrorgeschichten zuordnen. Dieses Mal erzählte ich fröhliche Erfolgsgeschichten. Zum Beispiel, dass all die Tropfen und Tabletten und Säfte offenbar gut wirkten und Sir Tiffys Blasenprobleme somit endlich unter Kontrolle waren (jaaaaaaaa!), dass er nicht mehr grantig war, dass sein Fell langsam Stück für Stück nachwuchs, dass er an Gewicht zunahm, dass er seinen Schlafkorb nicht mehr mit seiner Toilettenkiste verwechselte oder seinen Hintern in seiner Milch badete, dass er wieder besser hörte, weil seine Ohrenentzündung abgeklungen war, und dass sein eines gutes Auge klar und blau und wunderschön geworden war.

Ich glaube, ich klang am Ende wie eine vor Stolz fast platzende Mutter.

Wichtige Entwicklung Nr. 3:
Ich traf eine Folgenschwere und Möglicherweise Lebensverändernde Entscheidung (FUMLE)!

Zu meiner FUMLE kam es am Freitag, als ich in der Mittagspause allein in der Bibliothek saß (wie alle beliebten Kids) und meine *Macbeth*-Arbeit noch einmal durchlas, bevor ich sie ausdruckte und in der letzten Stunde bei Schwesta Lista abgab.

Ich hatte gerade angefangen, Korrektur zu lesen, als Jeremy Tyler-Roy mit einem Stapel Bücher und Schnellheftern unter dem Arm in die Bibliothek schlurfte. Er legte (warf) alles auf einen der leeren Tische und sah dann die Papiere durch. Es war überwiegend naturwissenschaftliches Zeug – nicht gerade überraschend. Aber dann trat ein anderer Junge zu ihm an den Tisch. Steve Driver. DAS war sehr überraschend.

Die Überraschung bestand darin, dass die Persönlichkeiten der beiden Jungs diametral entgegengesetzt waren.

Während Jeremy Tyler-Roy so geradlinig und zuverlässig war, wie es im Buche stand, war Steve Driver mit seiner langen wilden Mähne, dem trägen Blick und der »kreativen« Schuluniform eine permanente menschliche Zugkatastrophe. Ich hatte keine Ahnung, was Steve außerhalb des Unterrichts machte, aber was immer es war, es schien seinen Tribut von ihm zu fordern und war vermutlich illegal.

Jeremy und Steve arbeiteten die ganze Mittagspause hindurch zusammen. (Nein, ich habe ihnen nicht nachspioniert! Ich habe sie nur ohne ihr Wissen oder ihr Einverständnis beobachtet.) Als Steve Driver beim Klingeln ging, schaute ich zufällig hinter ein paar Regalen nach Büchern, die neben dem Tisch standen, wo Jeremy seine Schnellhefter zusammenpackte. (Nein, ich stalkte ihn nicht! Ich drang nur ohne sein Wissen und ohne sein Einverständnis in seine Privatsphäre ein.) Als ich zufällig durch eine Lücke in der Bücherreihe hindurchschaute, sah ich, wie Eugene O'Dowd, einer von Jeremys Freunden, in die Bibliothek kam und mit ihm redete. (Nein, ich lauschte nicht! Ich hörte nur ohne ihr Wissen und ohne ihr Einverständnis ihrer privaten Unterhaltung zu.)

Und so verlief das Gespräch, von dem ich *zufällig* jedes einzelne Wort hörte:

Eugene: Hey, Jeremy. Wir haben dich beim Schachtraining vermisst, Mann. Hilfst du Driver *immer noch* bei dieser Biologiearbeit?

Jeremy: Sind gerade fertig geworden. Er gibt sie jetzt ab.

Eugene: (schüttelt den Kopf) Ich kapier das nicht. Ich weiß, er hat dich um Hilfe gebeten und so, aber selbst wenn er eine Arbeit halbwegs gut hinkriegt, fliegt er in Bio wahrscheinlich trotzdem durch. Und in allen anderen Fächern auch. Meine Güte, er fehlt jeden zweiten Tag, und wenn er da ist, macht er nur Scheiß im Unterricht. Ich meine, es ist toll, dass du ihm hilfst, aber echt, Mann, was für eine Zeitverschwendung. Tut mir leid, aber das ist die Wahrheit. Der Typ ist ein totaler Loser.

Jeremy: (zuckt die Achseln) Heute nicht.

Auf dem Heimweg im Bus klangen mir die ganze Zeit diese letzten Worte von Jeremy Tyler-Roy in den Ohren. Und ich musste an den Ausdruck in seinem Gesicht denken, als er sie gesagt hat. Um ehrlich zu sein, hatte ich Jeremys Gesicht vorher gar nie richtig zur Kenntnis genommen. Ich bezweifle, dass viele Menschen es getan haben. Wie auch? Meistens war es hinter diesem Vorhang aus glatten dunklen Haaren halb verborgen, deren Existenz Jeremy bestimmt nur wahrnahm, wenn sie ihm in die Augen fielen und zur Seite geschoben werden mussten.

Der andere Grund, warum sein Gesicht ein Geheimnis geblieben war, bestand darin, dass er sein Leben überwiegend damit verbrachte, auf einen Bildschirm zu starren oder sich über ein Buch zu beugen. Und wahrscheinlich war auch die Größe von Jeremys Gehirn für viele ein Hindernis. Als ob er immer im Schatten seiner eigenen zerebralen Sonnenfinsternis stünde. Aber als ich mir tatsächlich die Zeit nahm, Jeremys Gesicht genauer zu betrachten, hatte ich keine Einwände gegen das, was ich sah. Es war ein angenehmes Gesicht. Ein bisschen schmal und ernst und bekloppt vielleicht. Aber als er diese letzten Worte zu Eugene sagte, lag etwas in diesem schiefen Lächeln und diesem Anflug von Funkeln in den dunklen Augen mit dem bohrenden Blick, das mir im Gedächtnis haften blieb.

Aber ich sah in dieser Mittagspause nicht nur Jeremy Tyler-Roys Gesicht.

Ich sah auch, wie geduldig er mit diesem hyperaktiven, leicht frustrierten und abgelenkten Steve Driver arbeitete. Ich sah, wie er keine Zeit hatte, sein Mittagessen zu verspeisen, weil er so damit beschäftigt war, Steve zu helfen. Ich sah, wie peinlich es ihm war und wie unbehaglich er sich fühlte, als Steve Driver ihn nach getaner Arbeit ungestüm umarmte, und wie irrsinnig unkoordiniert er aussah, als er mit Steves kompliziertem Handshake-Ritual klarkommen wollte. Und ich sah, wie er, als Steve gegangen war, dafür sorgte, dass alle Stühle wieder an ihrem Platz standen und keine Unordnung zurückblieb, die Mrs Lee und die Bibliotheksangestellten aufräumen müssten.

Und weil ich all diese kleinen *humanoiden* Feinheiten wahrnahm und vielleicht, weil ich wusste, dass Jeremy nicht mal in seinen wildesten Träumen mit einem T-Shirt voller schnackselnder Schweine vor meiner Tür auftauchen würde, gelangte ich zu meiner FOLGENSCHWEREN UND MÖGLICHERWEISE LEBENSVERÄNDERNDEN ENTSCHEIDUNG.

Und zwar:

In der kommenden Woche würde ich bei der ersten sich bietenden Gelegenheit Jeremy die Traumrolle als Maggie Butts Partner beim bevorstehenden Abschlussball der zehnten Klasse anbieten.

Jeremy Tyler-Roys wusste es noch nicht, aber seine Glückszahl war endlich gezogen worden.

Jetzt oder nie!

Ich musste mich ranhalten. Nur noch knapp drei Wochen bis zum Ball. Schon bald müssten die Namen der Partner und die Besetzung der Tische endgültig feststehen. Als der Montag kam, lungerte ich vor dem Unterricht, während der Vormittagspause und während der Mittagspause im Lehrmittelzentrum herum und hoffte (insgeheim: fürchtete), dass Jeremy auftauchte.

Fehlanzeige.

Aber ich war noch nicht am Ende meiner Möglichkeiten. Ich rief Mum an und sagte ihr, ich würde später nach Hause kommen, weil ich noch an einem Projekt arbeiten müsse. Genau genommen stimmte das, wobei das fragliche Projekt zufällig Jeremy Tyler-Roy war.

Ich wartete schon seit einer Dreiviertelstunde in der Bibliothek und wollte gerade aufgeben, als Jeremy hereinspazierte. Zum Glück bemerkte er nicht, wie ich hinter die Regale mit den Romanen hechtete. Er marschierte direkt auf den Ständer mit den Graphic Novels zu, nahm ein Buch heraus und trug es zu einem Sitzsack in der gegenüberliegenden Ecke der Bibliothek. Jeremy Tyler-Roy war allein, und die Bibliothek war praktisch leer.

Perfekt.

JETZT oder NIE!

In der nächsten Viertelstunde harrte ich in meinem Versteck

aus und wägte die vielen Vorteile von NIE ab. Endlich fiel die Entscheidung für JETZT – aber nur ganz knapp. Ich holte tief Luft, ging hinüber und baute mich direkt vor Jeremy auf. Er war so vertieft in seine Graphic Novel, dass er einen Augenblick brauchte, bis er mich bemerkte. Vielleicht habe ich ihn sogar ein bisschen erschreckt. (Falls er nicht immer so zusammenfuhr, wenn er jemanden über sich schweben sah wie einen Raubvogel, der gleich auf seine Beute herabstürzt.)

Ich versuchte, möglichst ruhig und wenig bedrohlich rüberzukommen, und dachte sogar daran, wieder Luft zu holen. Guter Anfang! Dann fing ich an zu reden.

»Hey, Jeremy. Tut mir leid, wenn ich dich beim Lesen störe. Kann ich kurz was mit dir besprechen?«

Er schaute mich an und ließ dann seinen Blick prüfend durch die Bibliothek schweifen, als erwarte er, dass sich zwischen den Regalen Scharfschützen verbargen oder dass Ninjas hinter dem Fotokopierer hervorsprangen. Schließlich wanderte sein Blick zu mir zurück. Es war ein freundlicher Blick, beschloss ich. Ein bisschen nervös und unruhig vielleicht. Aber freundlich.

»O-kaaaaaay.«

Cool. Wir haben tatsächlich eine echte Face-to-Face-Kommunikation. Wir rockten die Bibliothek.

»Also … ähhm … es geht um unseren Abschlussball. Hast du davon gehört?«

»Hmmmmm-hmmmmm.«

»Ich habe mich gefragt … ob du vielleicht schon mit jemandem gehst … du weißt schon … zum Abschlussball?«

Jeremy ließ den Blick ein zweites Mal durch die Bibliothek wandern.

172

»Nein.«

»Also dann. Äh … da du offenbar noch keine Partnerin hast, mit der du hingehst … frage ich mich … ob du vielleicht mit *mir* … zum Abschlussball … gehen möchtest … als mein Partner?«

Ich setzte mein strahlendstes »Bin ich nicht hinreißend?«-Lächeln für ihn auf.

Aber Jeremy schien lange zu brauchen, bis er das eben Gesagte verdaut hatte. Zu lang. Vielleicht musste man ihm gegenüber die schreckliche andere Möglichkeit auch aussprechen.

»Oder … *nicht*«, fügte ich hilfsbereit hinzu, während ich kichernd meine Arme seitlich anhob und zurück gegen meinen Körper fallen ließ. (Was war nur los mit mir!)

Aber es zeigte offenbar Erfolg. Jeremy runzelte die Stirn und öffnete den Mund, um etwas zu sagen.

»Du fragst … ob ich mit dir zusammen … zum Abschlussball gehen möchte?«

»Okay, wenn du es so sagen willst … ja.«

Jeremys Gesichtsausdruck hatte sich verändert. Moment mal. War das nicht eine milde Form meines Todesblicks, was ich da gerade gesehen habe?

»Dachte, du wärst anders«, murmelte er.

Das ergab für mich überhaupt keinen Sinn. Hatte ich ihn falsch verstanden?

»Was? Wie bitte?«

Jeremy zuckte die Achseln und wandte sich ab. Die Haare fielen ihm über das Gesicht.

»Egal. Nicht wichtig.«

Dann rappelte er sich (unbeholfen) aus dem Sitzsack auf. Er

war gut einen Kopf größer als ich und schaute unter einem dichten Vorhang aus Haaren gerade lang genug zu mir herab, um rasch zu murmeln: »Nein, ich möchte nicht mit dir zum Abschlussball gehen, okay?«

Jemand hatte mein Gesicht in Brand gesetzt. Ich spürte, wie es brutzelte, als Jeremy Tylor-Roy sich zum Gehen wandte. Aber nach ein paar Schritten blieb er stehen und drehte sich um. Warte. Was war das? Ein Sinneswandel vielleicht?

»Lieber würde ich mir die Zunge an die Decke tackern lassen. Zufrieden?«

Niiiiiiiiiiiicht *wirklich!*

Dann marschierte er aus der Bibliothek (nicht ohne zuvor seine Graphic Novel an die alphabetisch richtige Stelle in den Ständer zurückzustellen).

Ich will dir gegenüber ganz offen sein: Eigentlich hatte ich mir eine etwas positivere Antwort erhofft. Ich meine, ich behaupte nicht, dass mit mir zum Abschlussball zu gehen so was wie ein Sechser im Lotto wäre, aber ich finde schon, dass es ganz knapp höher einzustufen ist als die Aussicht, an der eigenen festgetackerten Zunge von der Decke zu baumeln!

Was zum Teufel ging hier vor? Warum reagierte Jeremy so? Fand er mich aus der Nähe so scheußlich und abstoßend? Hatte ich ihn beleidigt? Hatte ich versehentlich ein heiliges Geek-Tabu verletzt? Und was hatte es zu bedeuten, dass er dachte, ich sei anders? Anders als was?

Das ergab alles keinen Sinn für mich. Ich hätte mich am liebsten in dem gerade frei gewordenen Sitzsack vor mir zusammengerollt und mir die Augen aus dem Kopf geheult. Aber das tat ich nicht. Stattdessen wartete ich, bis ich zu Hause ungestört in meinem Zimmer war. Dort rollte ich mich zusammen und heulte mir die Augen aus dem Kopf.

Ich blieb nicht lang allein.

Sir Tiffy zog sich zu mir rauf und drängelte sich neben mich. Diesmal stieß ich ihn nicht weg, sondern ich legte einen Arm um ihn und stützte mein Kinn auf seinen Kopf, während er neben mir schnurrte und rasselnd atmete.

Wenigstens *einer* liebte mich.

Ein ausgesprochen liebenswürdiger Zombie

Was für ein großartiger Auftakt zur neuen Schulwoche! Eigentlich hatte ich ja gedacht, gegen schnackselnde Schweine den Kürzeren zu ziehen wäre schlimm! Aber von einer an die Decke getackerten Zunge auf den zweiten Platz verwiesen zu werden, war sogar für mich schwer zu toppen. Nicht, dass ich es unbedingt darauf ankommen lassen wollte.

Am nächsten Tag in Englisch gab Schwester Evangelista uns die *Macbeth*-Arbeiten zurück.

Ich bekam eine Zwei+.

Hörst du das Gluckern? Das ist *Ziel 3: Krieg eine Eins in Englisch,* das die Toilette runterrauscht!

Nachdem ich meine Note gesehen hatte, verschwand der Rest der Stunde in einem Nebel. Ich starrte auf die Arbeit vor mir und wartete auf das Klingeln. Aber der Schwester-minator hat meine traurigen Vibes (wir potenziellen Schauspieler brauchen eine ausdrucksstarke Mimik) offenbar gespürt, denn als es endlich klingelte und alle in die Mittagspause stürmten, wurde ich gebeten, noch kurz »auf ein Wort« zu bleiben.

Juhu!

Als wir allein waren, schob Schwesta Lista einen Stuhl neben ihr Pult und forderte mich auf, mich zu setzen. Dann feuerte sie ihr weisestes Yoda-Lächeln auf mich ab.

»Ich weiß, dass das nicht die Eins ist, das du wolltest, Miss Butt, aber Zwei+ ist eine sehr faire und lobenswerte Note, und du solltest stolz darauf sein, wie hart du gearbeitet und was du zustande gebracht hast. Das war sehr viel besser als dein Entwurf.«

Ich nickte zu ihren Worten wie ein ausgesprochen liebenswürdiger Zombie.

»Ja, Schwester, bin ich. Ist schon okay. Ehrlich.«

Und weißt du, was? Ich überzeugte mich fast selbst davon, dass das so war.

»Nun, das hoffe ich sehr, denn ich habe dich um dieses Gespräch gebeten, weil ich dir sagen wollte, dass du das Zeug dazu hast, sehr gut zu schreiben. Du warst mit deinem Essay sehr dicht an einer Eins. *Sehr* dicht. Du hast sie *beinah* erreicht.«

Beinah erreicht. Erzähl mir was Neues! Maggie Butt ist der unangefochtene Champion in der Disziplin »beinah«. Ich hatte *beinah* eine richtige Familie – bis mein Vater sich aus dem Staub machte. Ich hatte *beinah* ein paar Freundinnen, bis ich mich sinnlos betrank und sie vergraulte. Und ich hatte *beinah* ein Date mit Jason Price und vielleicht einen Partner für den Abschlussball, bis die Nervensäge sich einschaltete und alles ruinierte. Und ich hatte *beinah* einen *anderen* Partner für den Abschlussball, einen *echten*, einen, den ich vielleicht sogar wirklich mochte, aber … aber leider zog Jeremy Taylor-Roy offenbar eine selbstzugefügte Zungenfolter dem deprimierenden Erlebnis vor, zusammen mit mir in der Öffentlichkeit gesehen zu werden.

Schwesta Lista fragte noch einmal, ob alles okay sei. Ich versuchte zu bejahen, aber etwas in mir brach langsam auseinander, und es gelang mir nicht, es zu stoppen. Meine Schultern fingen an zu beben, und mein Kinn zitterte, und bevor ich mich versah, schnappte ich nach Luft und schluchzte heftig weinend vor mich hin wie eine Zweijährige, die ihr Lieblingsspielzeug verloren hat. Was war los mit mir? (Und wer irgendwas von »ihre Tage« faselt, dem reiß ich den Kopf ab.)

Die Schwester war ebenso durcheinander wie ich. Rasch zog sie ein paar Kleenex aus der Box auf ihrem Pult und reichte sie mir.

»Komm, komm, Kindchen. Was ist los, Liebes? Es ist doch nicht etwa wegen einer blöden Note?«

Irgendwie gelang es mir, ihr stotternd und schluchzend und hicksend zu antworten.

»Es ist … nicht nur … die Note … nein … Es ist … alles … Nie … niemals … funktioniert irgendwas. Warum … ist … ausgerechnet … mein Leben … immer so … so … *besch-vermasselt?*« (Nicht unbedingt das Wort, das ich benutzen wollte, um mein Leben zu beschreiben, aber in Gegenwart von Schwesta Lista kam es der Wirklichkeit nahe genug.)

Schwester Evangelista beantwortete meine Frage nicht. Stattdessen drückte sie mir noch einen Vorrat Papiertücher in die Hand und bat mich, mich nicht vom Fleck zu rühren. Ein paar Minuten später kam sie mit einem großen Glas Wasser zurück. Das tat gut. Schon nach ein paar großen Schlucken klang ich nicht mehr wie ein Motor mit Fehlzündungen. Schwesta Listas übliche fröhliche Miene wurde ganz ernst, während sie darauf wartete, dass ich austrank.

»Du steckst aber nicht in *Schwierigkeiten*, Maggie? Du weißt, dass du es mir sagen kannst, wenn es so ist. Ich kann gut zuhören.«

Ich konnte mir gut vorstellen, welche Möglichkeiten ihr gerade durch den Kopf gingen.

»Oh nein, Schwester. Es ist nichts, wirklich. Nur lauter blödes Zeug. Keine Ahnung, warum ich mich wie ein Idiot benehme.«

Schwester Evangelistas typisches Lächeln schien wieder auf, als sie fragte:

»Bei diesem *blöden Zeug* geht es nicht etwa um eine … Herzensangelegenheit?«

Ich schaute sie an.

Hä?

»Einen Jungen?«

Ich spürte, wie ein großes JA in hellroten Buchstaben auf meinen Wangen leuchtete, aber mein Mund murmelte etwas Anderes wie: »Nein. Eigentlich nicht. Nun ja, vielleicht. Ein bisschen.«

Schwesta Lista drückte meine Hand und kicherte in sich hinein.

»Keine Sorge, Kindchen, ich bin nicht neugierig!« Dann lehnte sie sich zurück. »Es ist schon eine komische Geschichte mit … dem Leben … und der Liebe, was?«

Komisch? Da hab ich wohl die Pointe verpasst.

»Nach allem, was ich erlebt habe, läuft beides niemals so richtig nach Plan, Maggie. Immer gibt es überraschende Wendungen und Abzweigungen, Höhen und Tiefen, Schwankungen und Rückschläge. Wenn du also manchmal das Gefühl hast, *dein* Leben wäre ›vermasselt‹, Kindchen, denk dran, dass du

179

nicht allein bist. Willkommen im Menschengeschlecht, kann ich da nur sagen.«

Schwesta Lista schien einen Augenblick ihren eigenen Gedanken nachzuhängen, aber mit einem kurzen Lächeln riss sie sich wieder los.

»Vielleicht hilft dir eine kleine Geschichte?«

Ganz und gar
metaphorisch

E
ine Geschichte? Die sollte meine Probleme lösen? Ich
hatte so meine Zweifel. *Ernsthafte* Zweifel.

Schwesta Lista aber ganz offensichtlich nicht.

»Es ist eine wahre Geschichte. Eine Geschichte über eine Kollegin. Nennen wir sie ... Patrice.«

Schwester Evangelista lehnte sich in ihrem Stuhl zurück. Ich saß nicht gerade auf der Stuhlkante vor Spannung.

»Patrice wollte, schon seit sie ein kleines Mädchen war, Nonne werden und ins Kloster gehen. Aber eines Tages lernte sie einen jungen Mann kennen, und die beiden verliebten sich sehr ineinander. Deshalb gab Patrice ihre ursprüngliche Berufung auf, und sie und der junge Mann planten ein gemeinsames Leben. Dann wurde der junge Mann eingezogen und musste in einem Krieg kämpfen.«

»Im Ersten Weltkrieg?« (Den hatten wir im Geschichtsunterricht durchgenommen.)

»Eigentlich im Vietnamkrieg, meine Liebe. Aber das tut nichts zur Sache. Ein unnötiger Nebenaspekt. Krieg ist Krieg. Aber lass mich weitererzählen.«

Und sie fuhr fort.

»Als die Zeit kam und der junge Mann in den Krieg ziehen

musste, versprach er Patrice hoch und heilig, dass sie sofort nach seiner Rückkehr heiraten würden. Damit fuhr er weg, und Patrice betete jeden Tag, dass er sicher wieder heimkehren würde. Dennoch erhielt sie eines Tages die schreckliche Nachricht, er sei im Kampf gefallen.«

Was? Gefallen? Wenn diese Geschichte mich aufmuntern sollte, erfüllte sie ihren Zweck nicht besonders gut.

»Patrice war natürlich todunglücklich, aber schließlich fand sie Kraft und Trost in ihrem Glauben. Also beschloss sie, ihrer ursprünglichen Berufung zu folgen und dem Orden beizutreten.«

Genauuuu! Die Botschaft lautet also, dass alles in meinem vermasselten Leben ganz wunderbar wird, wenn ich ins Kloster gehe. Ist es das? War Schwesta Lista auf einer Nonnen-Rekrutierungskampagne?

Aber es ging noch weiter.

»Dann, nicht viel später, kam die wunderbare Nachricht, dass alles eine Falschmeldung gewesen war. Patrices' junger Mann war noch am Leben und wurde irgendwo in einem abgelegenen Krankenhaus behandelt. Abgesehen von ein paar leichten Verletzungen war er zumindest physisch unversehrt und würde bald nach Hause kommen.«

Ah, ja! Jetzt verstehe ich! Die Schwester wollte mich mit einer Disney-Happy-End-Geschichte aufmuntern. Auch wenn alles noch so trostlos aussah, würde es *genau* richtig enden. Auch mein Leben! Gott sei Dank. Alle meine Probleme gelöst. Ich beschloss, ihr die Mühe zu ersparen, indem ich die Sache auf den Punkt brachte.

»Und dann kehrte der Soldat heim und heiratete Patrice, und

sie lebten glücklich und zufrieden bis an ihr seliges Ende, Schwester?«

Der Schwester-minator lächelte mich zuckersüß an.

»Oh nein, Liebes.«

Was? Das würde Onkel Walt aber nicht gefallen.

»Anscheinend verlor der junge Mann im Krankenhaus, wo er behandelt wurde, sein Herz an eine junge Krankenschwester, die ihn pflegte, und obwohl er Patrice aufrichtig liebte, war seine Liebe zu der jungen Krankenschwester noch größer.«

Was? Langsam wurde die Sache interessant! Ich rutschte auf meinem Stuhl weiter nach vorn.

»Und als er dann heimkam, sagte er Patrice, dass er sie nicht heiraten könne, weil er eine andere liebt?«

Wieder falsch.

»Der junge Mann hatte *versprochen*, Patrice zu heiraten, wenn sie ihn immer noch liebte, und das ging aus ihren Briefen überdeutlich hervor. Er kehrte also mit der Absicht nach Hause zurück, sein Wort zu halten.«

»Aber … was ist mit der Krankenschwester, Schwester? *Sie* war es doch, die er wirklich liebte.«

»Der junge Mann erzählte ihr alles von Patrice und seinem Versprechen. Die Krankenschwester war am Boden zerstört, aber sie verstand, dass er tun musste, was er für richtig hielt. So ein Mann war er eben. Das war auch einer der Gründe, warum sie ihn über alles liebte.«

Langsam wurde es verrückt.

»Aber wie konnte er das tun? Und wie konnte sie das zulassen? Ich meine, ich weiß schon, dass er irgendwie das Richtige tut und so. Aber es ist so … *falsch*. Und wie soll dann alles enden? Er kehrt nach Hause zurück und heiratet Patrice … und die Krankenschwester, die er *wirklich* liebt und die ihn *wirklich* liebt … schaut in die Röhre?«

»Nein, Liebes.«

Hast du bemerkt, wie hundsmiserabel ich darin war, die Lücken in dieser Geschichte richtig auszufüllen?

»Dann bittet er Patrice *nicht,* ihn zu heiraten?«

»Oh doch, das tut er. Aber sie lehnt ab.«

Jetzt war ich total auf verlorenem Posten.

»Aber warum um alles in der Welt sollte sie das tun? Ich dachte, sie wollte ihn unbedingt heiraten?«

»Das wollte sie auch. Von ganzem Herzen. Aber dann mischte sich jemand ein und veränderte alles.«

»Wer?«

»Der Bruder der Krankenschwester. Obwohl die Krankenschwester ihr Schicksal angenommen hatte, hatte sie ihrem älteren Bruder geschrieben. Sie erzählte ihm alle Einzelheiten ihrer traurigen Geschichte, nahm ihm aber das Versprechen ab, es keiner Menschenseele weiterzusagen. Doch der Bruder liebte seine Schwester zu sehr, um Wort zu halten. Bevor der junge Mann nach Hause heimkehrte, hatte der Bruder der Krankenschwester Patrice heimlich ausfindig gemacht und ihr alles berichtet.«

Es war an der Zeit, meiner Vorhersagefähigkeit eine letzte Chance zu geben.

»Also … Als der Soldat heimkam … fragte er Patrice, ob sie ihn heiraten wolle … aber weil sie jetzt wusste, dass er eigentlich die Krankenschwester liebte und nur aus Pflichtgefühl heraus bei seinem Wort blieb … lehnte sie sein Angebot ab … obwohl sie ihn immer noch wie am ersten Tag liebte.«

»Genau.«

Ja! Den Nagel auf den Kopf getroffen! Nenn mich ab jetzt Maggie »Nostradamus« Butt!

»Und«, fuhr Schwesta Lista fort, »Patrice erklärte dem jungen Mann ihre Ablehnung damit, dass sie zwar immer noch Gefühle für ihn habe, ihre Liebe zur Kirche aber größer sei. Als er das gehört hatte, gestand der junge Mann ihr seine Liebe zu der jungen Krankenschwester. Patrice gab sich überrascht und froh darüber, dass alles sich für sie beide so gut gefügt hatte.«

»Wow. Sie muss eine gute Schauspielerin gewesen sein, Schwester.«

»Oh, ja. Sie ging sogar zur Hochzeit der beiden. Natürlich weinte sie, aber auf Hochzeiten weinen alle, oder?«

Schwester Evangelista hing wieder ihren Gedanken nach. Warum hatte sie mir diese Geschichte erzählt? Enthielt sie irgendwo eine Botschaft, die mir entgangen war?

»Das ist eine traurige Geschichte, Schwester.«

Sie sah ein bisschen erstaunt aus.

»Zuweilen, vielleicht. Aber sie enthält auch viel Freude und Schönes, findest du nicht auch? Vieles von dem, was das Leben im Allgemeinen so ausmacht, Maggie, deines, meines, Patrices, das von uns allen. Es ist doch nie nur das eine oder das andere. Es ist gut und schlecht, voller Freude und voller Sorgen, voller Höhen und Tiefen, und alles zusammen. Und du kannst dir nicht nur die Stückchen herauspicken, die dir gefallen, denn alles ... hängt miteinander zusammen.«

Schwester Evangelista faltete die Hände.

»Weißt du, woran es mich erinnert?«

»Nein, Schwester.«

»Es erinnert mich an den großen Wandteppich in der Aula des Klosters, wo ich meine Ausbildung machte. Eine wunderschöne Blumenlandschaft. So viele verschiedene Farben und Muster und Figuren, die alle miteinander verwoben waren. Herrlich! Aber wenn du zu dicht vor ihm standest und nur einen kleinen Ausschnitt betrachtetest, kam er dir chaotisch und verwirrend vor. Um den Teppich in seiner ganzen Schönheit zu sehen, musstest du ein paar Schritte zurücktreten und ihn in seiner Gesamtheit betrachten. Und ich glaube, Maggie, das gilt auch für das Leben.«

Es entstand eine Pause, dann warf Schwesta Lista die Hände hoch in die Luft.

»Ach, was quassle ich da vor mich hin und werde ganz und gar *metaphorisch* mit meinem Gerede von dem Wandteppich. Du hast einen schlechten Einfluss auf mich, Maggie Butt! Haben wir jetzt alle Tränen getrocknet? Fühlst du dich imstande, das Ende der Mittagspause noch mitzunehmen?«

»Ja, Schwester.«

»Dann verschwinde, aber komm jederzeit zu mir, wenn du Redebedarf hast. Und, Maggie? Du wirst in der Oberstufe jede Menge Einsen haben. Bestimmt. Ich wünschte, ich wäre diejenige, die sie dir gibt. Es wird mir fehlen, wenn ich nicht mehr deine Englischlehrerin bin, weil sie mich endgültig in meine Zelle zurückschicken.«

»Danke, Schwester, Sie werden mir auch fehlen. Und wie.«

Bis ich es ausgesprochen hatte, wusste ich nicht einmal, dass das stimmte. Als ich aufstand, um zu gehen, legte Schwester Evangelista mir die Hand auf den Arm.

»Denk daran, Maggie, was ich gesagt habe. Es hilft nicht, sich zu sehr auf die chaotischen und vermasselten Abschnitte des Lebens zu konzentrieren und zu fixieren. Geh einen Schritt zurück. Betrachte das große Ganze. Schau dir an, wie sich alles zusammenfügt. Du wirst überrascht sein, wie schön es ist.«

»Ich will's versuchen, Schwester«, antwortete ich. »Versprochen.«

Schwester Evangelista, alias Schwesta Lista alias Schwester Yoda hob einen Finger und lächelte mich weise an.

»Mach es oder lass es, Kind«, sagte sie. »Was dazwischen gibt es nicht.«

Beste Verarsche
überhaupt!

Ich wollte ja gerne glauben, dass Schwester Evangelista recht hatte mit ihrer Wandteppich-Metapher, aber nach den Ereignissen des folgenden Tages kam es mir vor, als setzte sich mein spezieller Wandteppich ausschließlich aus Katastrophen zusammen, verwoben und miteinander verbunden durch die Nervensäge.

Denk mal darüber nach. Wenn die Nervensäge meine Verabredung mit Jason Price nicht gesprengt hätte, dann hätte Jason mich *wahrscheinlich* wegen des Abschlussballs gefragt, und wenn ich schon mit Jason für den Abschlussball verabredet gewesen wäre, hätte ich nicht im Traum daran gedacht, Jeremy Tyler-Roy zu fragen, und wenn ich Jeremy nicht gefragt hätte, dann hätte er mir keine so schreckliche Abfuhr erteilt, und wenn er das nicht getan hätte, dann wäre ich nicht so wütend und aufgebracht gewesen, als ich an diesem Tag herausfand, warum genau er mir eine Abfuhr erteilt hatte, und wenn ich darüber nicht so wütend und aufgebracht gewesen wäre, hätte ich nicht den Verstand verloren und getan, was ich als Nächstes getan habe, und wenn ich *das* nicht getan hätte, hätte ich an diesem Nachmittag nicht an einer »Krisen«-Sitzung im Büro von Rektorin Chalmers teilnehmen müssen, um unter anderem darüber zu sprechen, »unter welchen Bedingungen meine Anwesenheit an der Mädchenschule St Brenda's weiterhin geduldet« würde.

ALLERBESTEN DANK, NERVENSÄGE!

Und hier kommt in allen chaotischen und schrecklichen Einzelheiten das, was passiert ist:

Nach meinem Gespräch mit Schwester Evangelista beschloss ich, ihrem Rat zu folgen und das große Ganze zu betrachten, insbesondere das große Ganze von Jeremy Tyler-Roys übertrieben heftiger Zurückweisung. Warum hatte er so reagiert? Was fehlte mir? Ich brauchte Antworten, und mein Plan war, Jeremy direkt im Bus zur Rede zu stellen, wenn wir am Donnerstag zu unserem letzten Besuch im Evensong fuhren.

Ich bekam meine Antworten. Nur nicht von Jeremy. Und ich musste auch nicht einmal bis Donnerstag warten, sondern erfuhr die ganze Geschichte nur einen Tag später.

Wir hatten Mittagspause. Ich hatte mir zu dem Riesenstück von Mums köstlichem selbst gemachten Apfelkuchen (Bestandteil meiner einzigartigen »Gut, aber nicht immer gesunden«-Jo-jo-Effekt-Diät) nur einen Becher Eiskaffee geholt und saß allein (echt? Du machst Witze!) auf einer Bank im Pausenhof, wo ich versuchte, mir einen Reim auf die Szene mit Jeremy in der Bibliothek zu machen. Vielleicht reagierte er einfach hyperallergisch auf mich? Vielleicht war er auch supersensibel und hasste es einfach total, beim Lesen gestört zu werden? Vielleicht war er in Wirklichkeit auch ein Alien und bekam tatsächlich einen Kick, wenn seine Zunge an die Decke getackert wurde?

Während ich über diese diversen Theorien grübelte, setzten sich ein paar Mädchen auf die Bank hinter mir. Ich machte mir nicht die Mühe, mich umzudrehen und zu schauen, wer sie waren, aber ich nahm vage wahr, dass im Hintergrund gelacht und geredet wurde. Als ich dann den Deckel von meinem Eiskaffee abriss, hörte ich, wie der Name Jeremy fiel. Ich hörte ein bisschen genauer hin. (Ja, diesmal lauschte ich wirklich!) Mehr Gelächter und Gekicher folgten. Und da war er wieder. Jeremys Name, glockenklar.

Ich drehte mich um: Hinter mir saß Chloe Zelnich zusammen mit meinen alten Freundinnen aus der Notaufnahme Jazzmin Mellors und Courtney Summers. Chloe und Jazzmin hatten einen hysterischen Lachanfall, während Courtney ein bisschen bedröppelt danebensaß.

»Was ist so lustig?«, fragte ich.

Sie schwiegen verdutzt. Jazzmin und Courtney waren offenbar entsetzt, dass ich in ihrer Gegenwart tatsächlich Wörter benutzte. Ich konnte ihnen keinen Vorwurf machen. Seit dem Abend, als ich mich in einen menschlichen Wodka-Vesuv verwandelt hatte, hatten wir nicht gerade viel miteinander geredet. Chloe gab widerstrebend eine Antwort.

»Na, wenn du es unbedingt wissen willst. Wir lachen darüber, wie Jazzmin Jeremy Tyler-Roy verarscht hat – die beste Verarsche überhaupt. Nicht, dass dich das was anginge.«

In mir zog sich alles zusammen und verkrampfte sich.

»Eine Verarsche? Was meinst du damit? Was für eine Verarsche?«

Chloe schien nicht besonders erpicht darauf zu sein, mir weitere Einzelheiten zu servieren, aber zum Glück übernahm Jazzmin nur zu gern.

»*Ich* habe so getan, als wollte ich mich mit ihm verabreden.

Sagte ihm, dass ich ihn ›süß‹ fände und ›richtig, richtig schlau‹. Und er hat es geschluckt! Er dachte ernsthaft, ich wollte mit *ihm* ausgehen. Kannst du dir das vorstellen? Ich und der bazillenverseuchte Cyber-Jeremy? Ich und der König der Nerds am Rummachen? Was für ein Bullshit! Du hättest sein Gesicht sehen sollen, als Chloe sich totlachte und er kapierte, dass er verarscht wurde. Unbezahlbar!«

Jazzmin und Chloe kreischten wieder laut los. Courtney saß einfach da und schaute mich mit einem blöden erstarrten Grinsen auf dem Gesicht an. Wenn überhaupt, dann sah sie aus, als wäre ihr schlecht. Wahrscheinlich fürchtete sie, dass ich zum Mittagessen Wodkas gekippt hatte und sie jeden Augenblick vollkotzen könnte.

Ich lachte und grinste nicht, sondern stand auf und ging zu ihnen hin.

»Wann war das, Jazzmin? Wann war diese … Verarsche?«

Jazzmin und Chloe erholten sich endlich so weit, dass sie sich aus ihrer kichernden Umarmung lösen konnten. Sie sahen verärgert aus, weil ich sie schon wieder unterbrach.

»Ach, keine Ahnung. Vor ein paar Tagen im Bus zur Schule. Montag wahrscheinlich. Ja. Was spielt das überhaupt für eine Rolle?«

Dann schaute Jazzmin wieder Chloe an. »Ich und der Dunkle Nerd!«, kreischte sie. Und die beiden fielen sich wieder lauthals lachend in die Arme. Das Lachen wurde noch einen Tick lauter, als Jazzmin prusten musste.

Und da tat ich es. Das, was mich an diesem Nachmittag auf direktem Weg ins Rektorat beförderte.

Während die beiden Mädchen sich ihrem hysterischen Lachanfall hingaben, ging ich zu meinem Platz zurück und sammelte meine Sachen ein. Und bevor irgendjemand wusste, was geschah, hatte ich meinen ganzen Becher Eiskaffee über Jazzmin Mellors' wunderschön gekämmtes und umständlich geflochtenes, langes Blondhaar gekippt. Und während sie mich starr vor Schreck anglotzte, den großen Mund geöffnet wie ein Walhai, drückte ich ihr Mums köstlichen Apfelkuchen in ihre erstaunte Visage.

Jetzt lachte niemand mehr. Ganz gewiss auch nicht der Lehrer, der Pausenaufsicht hatte und schreiend in unsere Richtung lief.

Normalerweise bin ich als eine reife junge Erwachsene durchaus bereit, die *volle* Verantwortung für all meine schrecklichen Taten zu übernehmen. In diesem Fall jedoch würde wohl jeder *vernünftige* Mensch mit mir übereinstimmen, dass dies *im Grunde* ALLES DIE SCHULD DER NERVENSÄGE war!

Ja, ich weiß, dass *ich* den Kaffee ausgekippt und den Kuchen in das Gesicht gedrückt habe. Das will ich keinen Augenblick leugnen.

Aber es ist doch einfach eine Frage von Ursache und Wirkung, oder?

Denn wenn die Nervensäge, wie ich bereits ausgeführt habe, den Schneeball nicht dadurch ins Rollen gebracht hätte, dass er Jason Price aus meinem Leben vertrieb, dann hätte sich nicht alles zu dieser riesigen Lawine ausgewachsen, die mich mitriss und geradezu dazu *zwang*, mein Pausenbrot zu vergeuden, indem ich Jazzmin eine Haarwäsche mit Eiskaffee-Shampoo und eine Tiefengesichtsreinigung mit Apfelkuchen auf Kosten des Hauses verpasste.

Leider war glasklar, dass nichts davon für Rektorin Chalmers auch nur den kleinsten Unterschied machen würde.

Wenn mein Leben wirklich ein Wandteppich war, wie Schwesta Lista behauptete, dann war es nur zu offensichtlich, dass ich unbedingt einen neuen Webstuhl brauchte.

Bereitet den Häftling zur Exekution vor

Statt an diesem Nachmittag meinen normalen Unterricht zu besuchen, befand ich mich zusammen mit Jazzmin, Chloe und Courtney im Büro von Rektorin Chalmers.

Es war wie in einer Folge von *Judge Judy,* nur dass Mrs Chalmers, die mit ihrer perfekten Frisur, dem strengen Gesicht und dem Hosenanzug, doppelt so dick war wie JJ und drei Mal so furchteinflößend. Außerdem schien sie noch weniger freundlich als sonst. Falls das überhaupt möglich war.

Wir vier saßen auf Stühlen vor ihrem imposanten Schreibtisch. Courtney ganz links, dann Chloe, dann Jazzmin. Dann kam eine Lücke zu mir (der Angeklagten) ganz auf der rechten Seite. Jazzmin hatte sich gesäubert, aber ihre Haare klebten immer noch feucht an ihrem Kopf, und sie trug eine Ersatz-Schuluniformjacke, die sie bei einem Secondhand-Laden geliehen hatte. Sie war ausgebleicht und zerschlissen und passte ihr nicht besonders gut.

Ich fühlte mich schlecht.

Mrs Chalmers klopfte mit ihrem Stift drei Mal auf ihr Notizbuch.

»Also gut, meine Damen«, sagte sie, »ich sage euch jetzt, wie das hier abläuft. Es spricht immer nur eine. Ihr werdet nicht laut oder fallt euch ins Wort. Ihr erzählt mir haarklein, was passiert ist und warum. Ihr lasst kein einziges Detail aus. Und wenn ich zufrieden bin und die ganze Geschichte kenne, entscheide ich über das weitere Vorgehen. Habt ihr das verstanden?«

Eine Reihe nickender Köpfe zeigte an, dass wir es verstanden hatten. Absolut.

»Sehr gut. Wer fängt an?«

Jazzmins Kopf drehte sich zu mir.

»*Sie* hat Eiskaffee über mich geschüttet und mir dann Kuchen ins Gesicht gedrückt. Das ist Körperverletzung, auf jeden Fall. Sie ist verrückt. Sie hat mich angegriffen. Meine Mutter ist Anwältin, deshalb weiß ich das. Was sie getan hat, ist Körperverletzung. Ich wurde angegriffen.«

Entschuldigung, ich habe das *nicht ganz* verstanden. Hast du gesagt, du wurdest … *angegriffen?*

Jazzmin wollte weiterreden, aber Mrs Chalmers hob die Hand. »Danke, Jazzmin. Aber wir halten uns von nun an an die Fakten – ohne persönliche Kommentare und ohne amateurhafte Theatralik.«

Dann schrieb sie etwas in ihr Notizbuch (ich betete, dass es nicht das Wort »Körperverletzung« war) und sagte, ohne aufzublicken: »Hast du dem etwas hinzuzufügen, Chloe?«

»Nein, Ma'am. Was Jazzmin gesagt hat, stimmt. *Genau das* ist passiert.«

»Courtney?«

Keine Antwort. Mrs Chalmers spähte über den Rand ihrer Lesebrille.

»Courtney, bist du auch der Ansicht, dass genau das passiert ist?«

Von der anderen Seite des Raums kam ein Flüstern: »Mehr oder weniger. Ja, Miss.«

Dann war ich an der Reihe. Mrs Chalmers musterte mich ein paar quälend lange Sekunden.

»Dann stimmt das, Maggie? Du hast das tatsächlich getan?«

Ich nickte. Was sollte ich sonst tun? In einem normalen Gerichtsverfahren wäre jetzt ein erschrockenes Raunen durch den Gerichtssaal gegangen.

»Du weißt schon, was ich dich als Nächstes fragen werde, nicht wahr, Maggie?«

Und wie ich das wusste.

Rektorin Chalmers hielt ihren teuer aussehenden silbernen Stift schreibbereit über ihrem offenen Notizbuch.

»Und ... *warum* hast du es getan?«

Jap, das war die große Frage, genau. Die Antwort auf diese Frage würde mein Schicksal besiegeln. Wie der Unterschied zwischen vorsätzlichem Mord und Totschlag aus Notwehr. (Gab es so etwas wie Totschlag mit Essen und Trinken?)

Ich schaute zu Jazzmin hinüber. Sie musterte mich. In ihrem Blick lag nichts Bedrohliches, eher eine Angst davor, was ich möglicherweise als Nächstes sagen würde.

»Ich habe gehört, dass Jazzmin etwas gesagt hat, was mir nicht gefiel ... über einen Jungen von der St Gregory.«

Der besorgte Ausdruck in Jazzmins Augen verstärkte sich.

»Verstehe«, sagte Mrs Chalmers und hob die Augenbrauen ein bisschen. »Und hat dieser Junge einen Namen?«

Mrs Chalmers wartete.

»Ja, Ma'am.«

»Und der Name *lautet?*«

Musste ich? Mrs Chalmers zog die Augenbrauen noch ein Stückchen höher. Offenbar ja.

»Jeremy Tyler-Roy, Ma'am.«

Rektorin Chalmers hörte auf zu schreiben und ließ den Blick über uns alle vier schweifen.

»Jeremy Tyler-Roy? Ich kenne die Familie Tyler-Roy gut. Entzückende Leute. Seine zwei älteren Schwestern waren auf unserer Schule. Jeremy ist ein glänzender Schüler. Vielleicht ein bisschen schüchtern, aber ein prächtiger Bursche.«

Ich wollte sie umarmen, als sie das sagte. Machte es aber nicht. Aus ziemlich offensichtlichen Gründen. Jazzmins Gesicht war inzwischen fast so weiß wie ihre Jacke.

»Und was genau hat Jazzmin über Jeremy gesagt, das dich veranlasst hat, so zu reagieren, Maggie?«

Der besorgte Ausdruck in Jazzmins Augen war inzwischen komplett verschwunden und hatte blanker Angst Platz gemacht.

»Chloe und Jazzmin haben über Jeremy gesprochen, und dann hat Jazzmin ihn einen ... Nerd genannt.«

Mrs Chalmers' Stift schwebte über der Seite, als könnte er es nicht erwarten, mehr zu schreiben.

»Und?«

Jazzmin schloss die Augen. Ich war sehr versucht, alles darüber zu verraten, wie grausam sie Jeremy mitgespielt hatte, aber schließlich beschloss ich, dass ich für einen Tag genug über ihr ausgegossen hatte. Also schüttelte ich den Kopf.

»Und nichts, Miss Chalmers ... Ich bin wohl wütend geworden ... und habe einfach ... die Beherrschung verloren.«

Alle hoben die Köpfe und schauten mich an.

»Und das war *alles*?«, fragte Mrs Chalmers. »Du hast gehört, dass Jeremy als Nerd bezeichnet wird und hast dann so reagiert?«

Ich nickte. Der Blick von Rektorin Chalmers bohrte sich in mich. Inzwischen wollte ich sie nicht mehr unbedingt umarmen. Schließlich wandte sie sich ab.

»Und ihr stimmt *alle* dieser Beschreibung der Vorgänge zu?«

Trotz des etwas verwirrten Ausdrucks auf ihren Gesichtern schafften Chloe und Jazzmin es zu nicken. Es dauerte einen Augenblick, aber dann folgte Courtney ihrem Beispiel.

»Obwohl ich jede Art von Beschimpfung oder Etikettierung als verletzend und unreif empfinde, fürchte ich, dass dies bestenfalls ein sehr *leichter* Fall von Beleidigung ist und deine Reaktion, Miss Butt, vollkommen überzogen war. Einfach ungeheuerlich. Ich bin zugleich enttäuscht und überrascht. Du hast mit inakzeptabler Aggressivität gehandelt, und darüber werde ich nicht einfach hinweggehen.«

Das war's dann wohl. Wachen! Bereitet den Häftling zur Exekution vor!

»*Aber*«, sagte Mrs Chalmers und drehte sich mit ihrem Stuhl, »bevor ich *offiziell* entscheide, wie wir vorgehen, würde ich gern ein bisschen mehr von *dir* hören … Courtney.«

Courtney Summers fuhr zusammen, als hätte sie jemand mit einem elektrischen Viehtreiber berührt.

»Von mir?«

»Ja, Courtney, von dir. Bislang scheinst du der zufällige Beobachter der ganzen Szene zu sein, und das macht dich zu einem Hauptzeugen. Ich würde gerne von dir wissen, ob du die Ereignisse auch so siehst, wie Maggie sie beschrieben hat? Oder möchtest du vielleicht etwas hinzufügen, das ein etwas … vollständigeres … Bild davon ergibt, was passiert ist?«

Courtney sah aus, als wollte sie in ihrem ganzen Leben keine einzige Silbe mehr äußern. Genau genommen sah sie aus, als bräuchte sie dringend eine Spucktüte. Die Haut auf ihren Wangen war ganz fleckig, und sie starrte intensiv auf ihre Hände, die sich in ihrem Schoß verschränkten. Als sie anfing zu sprechen, kamen die Worte heraus wie bei einem Bergrutsch.

»Nein, ich glaube nicht, dass ich etwas hinzufügen kann, Mrs Chalmers, echt nicht. Ich habe *definitiv* gehört, dass Jeremy Tyler-Roy als Nerd bezeichnet wurde. Das stimmt. Ich erinnere mich daran, dass dieses Wort gefallen ist. Und Maggie wurde *definitiv* wütend und aufgebracht und hat das mit dem Eiskaffee und dem Kuchen gemacht, obwohl ich *sicher* bin, dass es ihr jetzt leidtut und dass sie so etwas nie wieder tun würde. Außerdem haben Chloe und Jazzmin es ganz bestimmt nicht böse gemeint, als sie sich über Jeremy lustig gemacht oder ihn als Nerd bezeichnet haben. Bestimmt haben sie es nur für einen lustigen Witz gehalten, nur ein bisschen Spaß, wie den Jux, den Jazzmin …«

Courtney erstarrte. Ihr Mund stand offen. Eine Hand lag an der Seite ihres Gesichts und verdeckte es, so dass sie aussah wie die Hälfte des kleinen Jungen aus *Kevin – Allein zu Haus*. Ich musste fast lachen. Chloe und Jazzmin dagegen waren gar nicht amüsiert. Sie funkelten Courtney wütend an, deren Hand sich jetzt über ihren Mund legte. Aber es war zu spät. Sie hatte sich schon verplappert. Es war, als hätte jemand ein Stück Fleisch in den Käfig eines hungrigen Löwen geworfen.

Mrs Chalmers stürzte sich darauf.

»Einen *Jux?* Das höre ich jetzt zum ersten Mal. Ich möchte mehr über diesen *Jux* wissen.«

Ich starrte wie Courtney auf meine Hände. Es herrschte Stille. Dann drang Mrs Chalmers' Stimme wieder durch. Ruhig und bedächtig. Wie ein Skalpell, das ruhig und bedächtig durch dich hindurchschneidet. Zum Glück war nicht ich das angepeilte Opfer.

»Jazzmin, ich möchte mehr über diesen Jux von dir wissen. Ich schlage vor, dass du mir alles erzählst und zwar … *auf der Stelle.*«

Jazzmin wand sich auf ihrem Stuhl.

»Eigentlich war es gar kein richtiger Jux, Mrs Chalmers. Gar nichts … ich … ich hab mich einfach blöd benommen … und habe sozusagen … *so getan* … also ob … als ob ich Jeremy insgeheim mag … und gerne mit ihm ausgehen würde. Ich hätte nicht gedacht, dass er mir glaubt. Ich meine, es war nur ein Witz, ein dummer Witz. Woher sollte ich wissen, dass *sie* ihn fragen würde, ob er mit ihr zum Abschlussball geht?«

Ich wirbelte auf meinem Stuhl herum. Einen Augenblick lang vergaß ich, wo ich war.

»Wer hat dir das gesagt? Ich habe *niemandem* davon erzählt.«

»Jeremy. Indirekt. Am nächsten Morgen im Bus. Er ließ sich darüber aus, dass er nicht so blöd gewesen war, ein *zweites Mal* darauf reinzufallen. Beim Aussteigen hat er dann deinen Namen erwähnt, aber ich hatte keine Ahnung, was er da rumfantasierte. Ich habe es mir erst zusammengereimt, nachdem du mich … angegriffen hast …«

Mrs Chalmers hob die Hand und beugte sich vor.

»Also … Um sicher zu gehen, dass ich das richtig verstanden habe. *Du,* Jazzmin, spielst Jeremy diesen *gemeinen* Streich. Kurz danach fragst *du,* Maggie, Jeremy, ob er mit dir zum Abschlussball geht. Er denkt, du würdest ihm *ebenfalls* einen Streich spielen, wird verständlicherweise sauer und … weist dich zurück?«

»Mehr oder weniger so, Ma'am«, sagte ich.

Eher mehr.

Mrs Chalmers sah sehr zufrieden mit sich aus, als wäre sie ein berühmter Detektiv, der einen Fall geknackt hat.

»Und später dann, hörtest *du,* Maggie, zufällig mit, wie Jazzmin und Chloe im Pausenhof über diesen ›Jux‹ sprachen. Und als du herausfandest, was sie getan haben, hast du auf die Art und Weise *reagiert,* die wir bereits ausführlich besprochen haben. War es im Wesentlichen so, Mädchen?«

Vier Köpfe nickten. Hervorragende kriminalistische Arbeit, Mrs Chalmers!

»Verstehe. Möchte eine von euch noch etwas zu ihrer Verteidigung hinzufügen?«

Eine dünne Stimme antwortete. »Wenigstens habe ich niemanden *angegriffen.*«

Ich lass dich raten, wer das war.

Mrs Chalmers' versteinerte Miene wurde noch versteinerter.

»Vielleicht nicht *physisch,* Jazzmin.«

Dann machte sie sich eine letzte Notiz und schloss langsam ihr Notizbuch.

»Nun, ich muss sagen, dass das eine durch und durch traurige und enttäuschende Angelegenheit ist und ganz sicher nicht das Verhalten, das ich von den Mädchen dieser Schule erwarte und verlange. Es versteht sich von selbst, dass die Angelegenheit hier und jetzt und für immer beendet ist. Ihr vier geht sofort in euren Unterricht zurück. Jazzmin und Maggie, ihr beide kommt nach der Schule zu mir ins Büro und holt einen Brief an eure Eltern ab, in dem ich die ganze Angelegenheit und die Maßnahmen, die ich ergreifen werde, erkläre. Ich werde darum bitten, dass eure Eltern mich anrufen, um zu bestätigen, dass sie den Brief erhalten haben, und um die Angelegenheit weiter zu besprechen. Wenn ihr das verstanden habt, könnt ihr jetzt gehen.«

Wir hatten verstanden. Und gingen.

Kaum hatte sich die Tür zu Mrs Chalmers' Büro geschlossen, wandte Jasmin sich an Courtney: »Vielen Dank, dass du mich in Schwierigkeiten gebracht hast! Du und dein großes Mundwerk!« Dann feuerten sie und Chloe einen doppelten Todesblick in Courtneys Richtung ab und gingen Arm in Arm davon, ohne sich auch nur einmal umzuschauen.

Courtney Summers sah ihnen hinterher. Sie tat mir leid. Außerdem fühlte ich mich verantwortlich für sie. Ich wusste, wie es sich anfühlte, wenn man im Stich gelassen wird.

»Keine Sorge. Ich bin sicher, sie kommen darüber hinweg. Es war ein Versehen, was du gesagt hast. Ein Versprecher. Jeder macht Fehler. Ich kenn mich da aus!«

Courtney nickte abwesend, antwortete aber nicht. Wir gingen zusammen durch die Eingangstür des Verwaltungsgebäudes und bogen dann in entgegengesetzte Richtungen ab, um zu unserem Unterricht zu gehen. Nach ein paar Metern hörte ich, wie jemand meinen Namen rief. Ich drehte mich um. Courtney stand mir gegenüber. Sie zögerte etwas, bevor sie sprach.

»Was du da gesagt hast, dass ich mich versprochen habe …«

Ich nickte. Courtney zuckte die Achseln.

»Es war kein Versehen.«

Wir sahen uns ein oder zwei Sekunden lang an, dann arbeitete sich ein winziges Lächeln auf Courtney Summers' Gesicht vor.

»Uuuups«, sagte sie.

Bevor mir einfiel, was ich entgegnen könnte, war sie weg.

Direkt vor mir

Mum war nicht begeistert, als sie den Brief von Mrs Chalmers las. Wer hätte das gedacht? Allerdings war sie ziemlich erpicht darauf, mehr über »diesen Jeremy« zu erfahren, aber ich war nicht in der Stimmung, etwas mitzuteilen.

Nur für das Protokoll folgt hier, was Jazzmin und ich nach Ansicht von Mrs Chalmers tun mussten, um für unsere Verbrechen zu büßen. Erstens mussten wir beide einen offiziellen Entschuldigungsbrief schreiben; ich an Jazzmin, und Jazzmin an Jeremy. Nicht so schlimm. Ich hätte das sowieso gemacht, selbst wenn ich nicht dazu gezwungen worden wäre. Dann mussten wir beide einen Aufsatz mit sechshundert Wörtern schreiben. Nicht so gut. Ich sollte darüber schreiben *Warum es wichtig ist zu denken, bevor man handelt*. Jazzmin darüber, *Warum es wichtig ist, auf die Gefühle anderer Rücksicht zu nehmen*. Und zusätzlich zu alldem musste ich noch eine Woche lang nachmittags nachsitzen. Eine Woche lang! Sehr schlecht. Jeder würde denken, ich hätte tatsächlich jemanden *angegriffen*. (Zum Glück nicht Jazzmins Rechtsanwalt-Mum. Oder wenn sie es dachte, dann hielt sie es nicht für notwendig, Anklage zu erheben.)

Am nächsten Tag in der Schule war schnell klar, dass der kulinarische Angriff der verrückten Maggie Handys und soziale Medien hatte heiß laufen lassen.

Sie hatte Apfelkuchen und Eiskaffee zum Mittagessen dabei,
aber ihr glaubt nicht, was sie damit getan hat!

Es war wie nach meiner Übernachtungskatastrophe. Ich spürte, wie sich Blicke in mich bohrten, auch wenn ich die dazugehörigen Augen nicht sah, und ich wusste einfach, dass alle, die flüsterten oder deren Gespräche ich nicht verstehen konnte, über mich redeten. Also blieb ich praktisch den ganzen Tag mit gesenktem Kopf für mich allein.

Wie sonst auch.

Am Nachmittag besuchten wir zum letzten Mal das Seniorenheim. Ich freute mich darauf. Bert würde mich wenigstens nicht verurteilen oder hinter meinem Rücken reden, und die Fahrt dorthin würde mir die Möglichkeit geben, Jeremy zu erklären, wie sehr er sich in mir getäuscht hatte. Ich wollte warten, bis er im Minibus seinen üblichen Fensterplatz eingenommen hätte, und mich dann neben ihn setzen, damit er nicht flüchten könnte. Das war ein genialer narrensicherer Plan!

Leider funktionierte er nicht.

Vor allem, weil Jeremy nicht im Bus war. Wir erfuhren von Miss Cheong, dass er für ein besonderes wissenschaftliches Seminar oder so ausgewählt worden war. Maggie Butt kann ein weiteres »beinah« verbuchen! Aber wenigstens verlief der Besuch selbst gut und munterte mich ziemlich auf.

Zuerst sprachen Bert und ich wieder über Katzen, aber dann erzählte Bert mir, wie sein Leben war, als er so alt war wie ich. Nachdem ich mir seine Geschichten angehört hatte, sagte ich ihm, dass ich damals wahrscheinlich nicht überlebt hätte, und er lachte laut auf. Es war traurig, dass wir uns nach Ablauf unserer Sitzung verabschieden mussten, aber ich versprach, gelegentlich am Wochenende vorbeizukommen. Erstaunlicherweise schien Bert angesichts dieser Aussicht nicht allzu entsetzt. Nach unserem letzten offiziellen Treffen war ich sehr viel zufriedener mit mir selbst als bei meiner Ankunft.

Beim Verlassen des Seniorenheims sah ich an der Eingangstür ein vertrautes Gesicht. Es war Lily, die ich bei meinem ersten Besuch kennengelernt hatte. Seither hatte sie offenbar immer Nachtschicht gehabt, deshalb hatten wir uns nicht mehr gesehen. Sie blieb stehen, um sich ein bisschen zu unterhalten.

»Wie liefen deine Besuche beim alten Bert? Hat er dir das Ohr abgekaut, wie ich prophezeit habe?«

Ich lachte. »Nicht *wirklich*. Aber es war gut.«

»Worüber habt ihr beide euch denn unterhalten?«

»Am Anfang über nicht besonders viel. Aber am Ende dann hauptsächlich über Katzen.«

»Ah, ja, Katzen, das passt zu ihm. Der alte Bert ist wirklich ein *toller* Mensch. Eine echte Inspiration.«

Toll? Inspiration? Nicht *genau* die Worte, die mir sofort einfielen, wenn ich an Bert Duggan dachte. Nett, vielleicht. Harmlos, ja. Lily hatte wohl die Zweifel in meinem Gesicht gesehen. (Was soll ich sagen? Schauspieler, ausdrucksstarke Mimik, weißt du noch?)

»Findest du nicht?«, fragte sie lächelnd.

Jetzt fühlte ich mich schäbig und beschämt.

»Nein, Mr Duggan ist großartig. Ich meine nur … Ich weiß nicht. Er ist liebenswürdig, aber … ich habe nicht den Eindruck, als ob er … in seinem Leben … viel *getan* hätte.«

Lily schloss die Augen und schnalzte mit der Zunge.

»Dann hat er dir nicht von den Kindern erzählt.«

»Von Kindern? Er sagte, er hätte keine Kinder. Und auch sonst keine näheren Verwandten. Er hat mir erzählt, dass er nie verheiratet war.«

»Nicht seine eigenen Kinder. Ich meine die Kinder, die er in Übersee unterstützt. Die Stiefkinder. Er macht das, seit er sein erstes Gehalt bekommen hat, soweit ich das verstanden habe, und im Laufe der Jahre sind es immer mehr geworden. In seinem Zimmer versteckt er einen Stapel Schuhkartons mit World-Vision-Bildern und Briefen, die zum Teil weit in die Vergangenheit zurückreichen. Ich glaube nicht, dass er jemals irgendwas für sich selbst ausgegeben hat. Er hat jeden Cent, den er erübrigen konnte, gespart und ihn armen Kindern auf der ganzen Welt geschickt, die ihn dringender brauchten. Seit er bei uns lebt, ist sein großes Projekt ein Waisenhaus in Kambodscha. Alles, was von seiner Pension übrig bleibt, fließt direkt dorthin. Und all seine Gewinne.«

»Gewinne?«

»Aus Preisausschreiben. Er macht mit, wo er kann. Blättert dauernd Zeitschriften durch auf der Suche nach neuen Preisausschreiben, an denen er sich versuchen kann. Und er ist gut darin. So fand ich überhaupt erst alles heraus. Vor einer Weile gewann er einen Fernseher und fragte mich, ob ich ihm helfen könnte, ihn auf eBay zu verkaufen. Seither habe ich schon einige seiner Gewinne verkauft, und das Geld geht direkt zu den Kindern.«

»Er hat mir *keinen* Pieps davon erzählt.«

Lily lachte.

»Natürlich nicht. So ist Bert eben. Es geht nie um ihn. Ich glaube, deshalb fällt es ihm manchmal schwer, sich zu unterhalten. Ich weiß nur eines: Bert Duggan hat vielleicht nicht viel *in* seinem Leben getan. Aber *mit* seinem Leben hat er eine ganze Menge Gutes bewirkt. Tatsächlich hat er vielen Kindern, die nichts hatten, überhaupt erst ein Leben ermöglicht. Das ist ziemlich toll und inspirierend, wenn du mich fragst.«

In der Tat.

Auf der Fahrt zurück zur Schule musste ich die ganze Zeit an Bert denken, an die ganze Zeit, die wir zusammen verbracht hatten, als ich immer nur über mich redete und nie sah, wer er wirklich war. Wenigstens nicht richtig. Ich sah nie den echten Bert, sondern nur einen netten, harmlosen alten Mann. Er saß direkt vor meinen Augen, aber trotzdem war mir die »tolle« Seite von Bert Duggan komplett entgangen. Außer Lily ging es wahrscheinlich allen so. Sogar Bert selbst.

Auf der ganzen Heimfahrt wünschte ich mir, ich könnte etwas tun, um das zu ändern.

Als der Bus in den Parkplatz der Schule einbog, wusste ich, was.

Wir Hitzköpfe

Für meinen Eiskaffee- und Apfelkuchenfehltritt verpasste Mum mir ein ganzes Wochenende Hausarrest. (Hatte ja gesagt, dass sie nicht begeistert war.) Ich konnte also weder mit meinen Freunden feiern gehen, noch sonst irgendwas unternehmen. Das machte es natürlich sehr schwer, dieses Wochenende von meinen anderen Wochenenden zu unterscheiden.

Ich hatte ein echt schlechtes Gewissen, besonders als Mum unsere Rektorin Mrs Chalmers anrufen und sich für ihre verrückte Tochter entschuldigen musste. Um meine Schuld zu büßen und mich bei Mum lieb Kind zu machen, beschloss ich, freiwillig beim Großen Garten-Wiederaufbau zu helfen, zu dem sich die Große Garten-Maßnahme entwickelt hatte. Außerdem versprach ich, es noch einmal zu versuchen und mich der Nervensäge gegenüber »freundlich und vernünftig« zu verhalten.

Der Große Garten-Wiederaufbau selbst war inzwischen in vollem Gang. Mum hatte viele neue Pflanzen gesetzt, und die Nervensäge hatte ein Futterhäuschen für Vögel aufgestellt und einen Fischteich angelegt. Aber es mussten immer noch Gartenteile gemulcht, ein Grillplatz aufgeräumt und neuer Rasen angelegt werden. Meine Chance, »meine Schuld zu büßen« und mich »bei Mum lieb Kind zu machen«, kam am frühen Samstagmorgen, als die Nervensäge mit einem Anhänger voller Rindenmulchsäcke an seinem Oldtimer ankam. Er lud die Säcke ab und stapelte sie auf dem Rasen im Vorgarten. Ich konnte es nicht länger aufschieben. Also schlüpfte ich in ein paar alte Klamotten, holte tief Luft und ging hinaus, um ihm meine »freundliche und vernünftige« Hilfe anzubieten.

Die Nervensäge unterbrach das Abladen, als er mich kommen sah.

»Maggie May. Wie geht's?«

»Ganz okay, denke ich. Ähhhhm … soll ich heute bei irgendwas helfen?«, sagte ich so freundlich wie möglich.

Die Nervensäge stolperte nach hinten und griff sich ans Herz.

»Hoppla! Wer bist du und was hast du mit Maggie gemacht?«

»Dann eben nicht«, sagte ich so unfreundlich wie möglich und machte auf dem Absatz kehrt.

»Nein, Maggie, warte. Warte. Bitte, ich hab nur Spaß gemacht. Es tut mir leid. Ich freue mich *wirklich* über deine Hilfe. Echt.«

Widerstrebend drehte ich mich um.

»Pass auf, ich muss den Anhänger gleich wieder zurückgeben, also lass mich zuerst schnell die Säcke abladen und sie mit der Schubkarre nach hinten bringen. Aber wenn ich zurückkomme, könntest du mir mit deinen exzellenten Fähigkeiten im Umgang mit dem Rechen helfen, den Rindenmulch zu verteilen. Wie klingt das? Ich brauche dich wahrscheinlich erst in einer guten halben Stunde, aber dann kannst du harte Arbeit verrichten, um deine Verbrechen gegen die Menschlichkeit und deine Mutter zu sühnen.«

Ich starrte ihn an.

»Du weißt schon«, sagte er, »du kannst es wiedergutmachen …« Und er stellte pantomimisch dar, wie etwas über meinem Kopf ausgekippt und mir ins Gesicht gedrückt wird.

Großartig. Ich war offenbar schon ein heißes Gesprächsthema zwischen ihm und Mum.

»Genau. Sie hat dir also alles erzählt.«

Die Nervensäge nickte. Er griff nach dem nächsten Sack, hielt aber dann inne und drehte sich zu mir um.

»Ich sage nicht, dass es richtig war«, sagte er, »aber wenn es dich tröstet und nur unter uns gesprochen, wäre ich unter den gegebenen Umständen *möglicherweise* auch versucht gewesen, dieses Eiskaffee-Ding zu machen. Sag das aber nicht deiner Mutter weiter.«

Auf seinem Gesicht lag kein hinterlistiges Lächeln.

»Der Apfelkuchen im Gesicht dagegen? Das war definitiv des Guten zu viel. Da hätte ich wahrscheinlich die Grenze gezogen.«

Er war vielleicht die Nervensäge. Aber er hatte recht. Eine Eiskaffee-Dusche und Apfelkuchen im Gesicht? Das war nicht ich. Was hatte ich mir dabei gedacht? Wann bin ich *dieser* Mensch geworden? Ich schüttelte den Kopf über meine eigene Dummheit.

»Sei nicht zu streng mit dir selbst, Maggie May«, sagte die Nervensäge. »Wenn du meine Tochter wärst, wäre es mir viel lieber, dass du das Falsche tust, weil dein Herz auf dem rechten Fleck sitzt, als dass du etwas tust, aus dem hervorgeht, dass du überhaupt kein Herz hast wie diese anderen Mädchen.«

Ich zwang ein heiseres Wort aus meinem Mund. Ein Wort, von dem ich niemals gedacht hätte, dass ich es je der Nervensäge gegenüber äußern würde.

»Danke.«

211

»Keine Sorge. Auch auf die Gefahr hin, dass ich dich beleidige – ich glaube tatsächlich, dass wir beide ein bisschen was gemeinsam haben. Ich glaube, wir beide steigern uns zuweilen … leicht in was hinein … Und tun dann vielleicht Dinge, ohne sie wirklich durchdacht zu haben. Dinge, die wir später bedauern. Zum *Beispiel* – du hast das wahrscheinlich schon alles vergessen, aber ich war *kürzlich* in einen bedauerlichen Vorfall mit einem jungen Mann und einem gewissen Kleidungsstück verwickelt.«

Ich lächelte, bevor ich es mir verkneifen konnte. Aber nur einen Augenblick lang.

»Jap«, sagte die Nervensäge, »wir Hitzköpfe müssen definitiv zusammenhalten. Aufeinander aufpassen. Einander aufrichten, wenn wir uns schlecht benommen haben oder zu weit gegangen sind. Dazu sind Hitzkopf-Freunde doch schließlich da, oder?«

Und nur für eine kurze Sekunde lang musste ich denken, hey, vielleicht ist die Nervensäge ja doch nicht so … nervig. Allerdings nur bis er eine Hand auf die Brust legte und die andere ausstreckte und ein Lied anstimmte. Dass ich ganz gewiss auf ihn zählen könne, denn »dafür sind Hitzkopf-Freunde da«.

Er summte immer noch vor sich hin, als er sich wieder ans Abladen machte.

Ich wollte eigentlich gehen und wiederkommen, wenn ich gebraucht würde, aber irgendetwas bewog mich zu bleiben. Etwas, das ich schon die ganze Zeit wissen wollte. Etwas, das bedauerlicherweise nur die Nervensäge mir sagen konnte. Ich sah zu, wie er einen Sack Rindenmulch vom Anhänger zog. Und dann gab ich mir einen Ruck:

»Du warst … in der Notaufnahme an diesem Abend … als ich … du weißt schon.«

Die Nervensäge hielt mitten in der Bewegung inne.

»Das war ich«, sagte er und ließ den Sack auf den Stapel auf dem Rasen fallen.

Es wurde Zeit für ein paar Antworten.

»Ich sah wahrscheinlich ziemlich … blöd aus … wie eine armselige Witzfigur..«

Die Nervensäge dachte einen Augenblick nach.

»Nein. Du hast ausgesehen wie jemand, der Hilfe brauchte. Und niemand hat über dich gelacht. Ich ganz sicher nicht. Damals nicht. Und jetzt auch nicht. Deine Mum hat mir alles über diesen Abend erzählt und was vorher passiert war. Du hattest ziemlich viel an der Backe.«

Genau. Das war der Augenblick, die entscheidende Frage zu stellen.

»Ähm, apropos blöd und armselig. Mum sagte mir, ich hätte möglicherweise etwas … Peinliches gesagt … ohne es zu merken … etwas echt Peinliches?«

Der Kopf der Nervensäge fiel nach vorn.

»Aaaaah, ja, natürlich. Die Robby-Spears-Geschichte.«

»Was? Nein! Mum sagte, da wäre noch was gewesen, das noch peinlicher gewesen sei. Aber sie wollte mir nicht sagen, was es war.«

Die Augen der Nervensäge weiteten sich, und er tat so, als würde ihm ein bisschen schwindlig werden.

»Was? *Noch* peinlicher als diese Robby-Spears-Sache? Gibt es so was überhaupt? Hat sie die zehn Kinder erwähnt?«

»Acht!«

»Richtig. Acht. Das reduziert den Peinlichkeitsfaktor natürlich *ungemein*.«

Die Nervensäge fuhr sich mit den Fingern durch die Haare und richtete den Blick in die Ferne.

»Also … lass mich nachdenken.«

Er schaute und konzentrierte sich eine ganze Weile, bis er sich wieder mir zuwandte und sprach.

»Also, du meinst *nicht* die Robby-Spears-Sache?«

»KANNST DU DIE ROBBY-SPEARS-SACHE EINFACH VERGESSEN?«

»Oh, ich versuche es, *glaub* mir. Dafür war die Therapie.«

Super starrer, volles Rohr, »Sonderausgabe für Sammler«-Todesblick.

Die Nervensäge murmelte eine Entschuldigung und blickte noch ein paar Sekunden lang in die Ferne. Dann schnalzte er mit den Fingern und schlug sich mit der Handfläche gegen die Stirn.

»Jetzt weiß ich, was es sein könnte. Ja, auf jeden Fall noch peinlicher – vor allem für deine Mum. Jap, das ist es wahrscheinlich, genau. Muss es sein. Kein Zweifel.«

Ich wartete. Nichts. Er zementierte seine Rolle als die Nervensäge. Es war eine oscarreife Vorstellung. Aber ich konnte den Spieß auch umdrehen. Warten. Warten. Warten …

Aber nicht lange.

»Und was war es dann?«

»Was war *was?*«

»Was war das wirklich Peinliche, das ich gesagt habe *natürlich!*«

»Ha? Ach, das. Nun, ich weiß nicht, ob ich es dir sagen sollte. Ich meine, wenn deine Mutter es dir nicht selbst sagen wollte, dann ist es vielleicht besser, wenn ich ihre Wünsche respektiere und es nicht überall ausplaudere …«

»SAG ES MIR EINFACH!«

Die Nervensäge hob beide Hände hoch.

»Also gut. Wenn du darauf bestehst. Aber was deine Mutter angeht, hast du es nicht von mir gehört. Abgemacht?«

»Okay, ja, gut. Abgemacht.«

Die Nervensäge ließ den blöden Ausdruck auf seinem Gesicht verschwinden.

»Es war etwas, das du über sie gesagt hast.«

Mein Magen schlug einen Salto mortale. Oh Gott. Hatte ich Mum wegen Dad kritisiert? Wegen der Scheidung? Habe ich ihr die Schuld an allem gegeben?

»Mum? Was? Was habe ich über Mum gesagt?«

Ich wartete, während die Nervensäge tief Luft holte und sie dann langsam wieder ausstieß.

»Du hast gesagt … dass du sie liebst, Maggie.«

Jetzt war ich an der Reihe auszuatmen.

»Oh.«

»Ja. Du hast es laut gesagt. Und wiederholt. Außerdem hast du etwas Merkwürdiges über dich und deine Mum erzählt. Dass ihr in einer *Burg* oder so wohnt. Außerdem warst du sehr darauf bedacht, alle wissen zu lassen, dass niemand auf der Welt gut genug für sie ist. Nicht einmal Robby Spears. Ich dachte, der wäre damals eine große Nummer gewesen. Inzwischen natürlich nicht mehr.«

Die Nervensäge lächelte und klatschte in die Hände.

»Und dann hast du alles vollgekotzt. Vor allem mich.«

»Oh, Gott …«

»Keine Sorge, ich bin sicher, dass es nicht absichtlich war«, sagte er. Dann verengten sich seine Augen. »Oder *doch*? Egal, ist sowieso alles Kotze von gestern. Und wenigstens hat es dich davon abgehalten, weiter von deiner Mum zu erzählen. Dafür schien sie dir ewig dankbar zu sein. Ich glaube nicht, dass ich jemals jemanden gesehen habe, der so rot wurde wie deine Mum, als du gesagt hast, wie großartig sie ist. Da habe ich mich auf der Stelle in sie verliebt.«

Die Nervensäge runzelte angestrengt die Stirn zu seinem hinterlistigen Lächeln.

»In ihre Tochter? Nicht direkt.«

Er zog den letzten Sack von dem Anhänger, als etwas im Auto seine Aufmerksamkeit erregte.

»Oh, ja. Hab ich fast vergessen. Ich habe aufregende Neuigkeiten nur für dich, Maggie May.«

»Aufregende Neuigkeiten? Für mich?«

»Absolut. Heute ist dein Glückstag.«

»Warum? Was ist es?«

»Ich habe endlich jemanden gefunden, der dir Sir Tiffy abnimmt.«

Dicke Freunde

s fiel mir schwer, die letzten Worte der Nervensäge zu verarbeiten.

»Was ...«

»Freunde von einer Krankenschwester-Kollegin haben ein kleines Grundstück außerhalb der Stadt. Sie nehmen öfter mal ein krankes oder verletztes Tier auf. Sie haben schon ein paar Katzen, aber sie meinten, eine mehr würde nicht stören, alles gut also. Ich kann Sir Tiffy heute Nachmittag mitnehmen, wenn ich gehe.«

»Aber ... ist es okay für ihn ... auf dem Land zu leben?«

»Bestimmt.«

»Woher willst du das *wissen?* Er ist an das Leben in der Stadt gewöhnt. Und daran, im Haus zu sein. Was, wenn diese großen Bauernhoftiere ihm Angst einjagen? Und was, wenn die anderen Katzen ihn nicht mögen? Was, wenn sie ihn drangsalieren? Es geht ihm so viel besser als vorher, aber er ist immer noch nicht besonders kräftig, weißt du. Er braucht immer noch Hilfe bei bestimmten Dingen. Woher nehmen sie die Zeit, richtig für ihn zu sorgen, wenn sie schon all die andern Tiere haben, um die sie sich kümmern müssen? Werden sie alle zwei Tage sein Fell bürsten, so wie ich es mache, damit es nicht wieder verfilzt? Und wenn sie seine Tabletten vergessen? Oder wenn er nicht fressen will? Du weißt gar nicht, wie wählerisch er ist. Und wenn ich dann nicht da bin, um ihn zu füttern. Was dann?«

Die Fragen flossen nur so aus mir heraus.

»Hör zu, sie sind wirklich ordentliche Leute. Freundlich. Sie kennen sich mit Tieren aus. Ich bin sicher, dass Sir Tiffy es bei ihnen gut haben wird.«

»Aber wenn nicht? Was, wenn es zu viel für ihn ist? Ich meine, er sieht stark aus, aber er ist es nicht. Er ist eigentlich ein großer Softie. Und er hat sich gerade erst hier eingewöhnt, und jetzt willst du ihn zu einem unheimlichen neuen Ort bringen, wo er wieder ganz von vorne anfangen muss. Er ist nicht mehr jung. Er wird vollkommen verwirrt sein und sich fürchten. Er wird nicht verstehen, was mit ihm geschieht. Er wird ganz allein sein an einem fremden Ort. Er wird keine Freunde dort haben. Er ...«

Die Nervensäge hob wieder die Hände.

»Moment. Warte. Ich versuche nur, ihn irgendwo auf Dauer unterzubringen. So wie ich es dir und deiner Mum *versprochen* habe. Was denkst du, Maggie? Was soll ich deiner Meinung nach tun?«

»Ich weiß nicht ... Vielleicht könnte er einfach ... hierbleiben. Bleiben, wo er ist. Mum wäre es egal.«

»Nein. Ich bin sicher, es wäre ihr nicht egal. Sie hat mir das sogar selbst gesagt. Es ist nur so ... dass *sie* dachte ... na ja, wir beide dachten ... dass du ...«

Ich zuckte die Achseln, als wäre es mir eigentlich gleichgültig, was mit Sir Tiffy passierte. Aber die Sache ist, dass es mir, obwohl ich es eigentlich nicht wollte, nicht egal war.

»Mir macht das nichts aus. Ich meine, er ist jetzt hier, oder?

Wenn du ihn zu einem neuen Ort bringst, heißt das nur, dass jemand anderes mit ihm fertig werden muss. Und wenn er geht, müsste ich außerdem all seine Sachen packen und aufräumen … und das wäre … nervig.«

»Okay, dann ist es gut. Wenn es dir wirklich nichts ausmacht, dann ist das großartig – perfekt sogar. Um ehrlich zu sein, hat es mir selbst ein bisschen Sorgen gemacht, ihn wieder aufzuscheuchen. Und wie du sagst, wenn es dir die Mühe erspart, all seine Sachen packen zu müssen, dann ist es eine Win-win-Situation, oder? Okay, dann ist das entschieden. Der Tiffster bleibt hier!«

Die Nervensäge griff in den Kofferraum und zog einen ramponierten Schuhkarton heraus, der mit einem ausgebleichten blauen Band verschnürt war.

»In diesem Fall sollte ich das vermutlich auch bei euch lassen.«

»Was ist das?«

»Mrs Monteiths Tochter hat es mir gegeben, nachdem sie das Haus ausgeräumt hatte. Nur Krimskrams, der mit Sir Tiffy zu tun hat – soweit ich sehe. Hauptsächlich Tierarztrechnungen und Rezepte und so. Ich hatte noch keine Zeit, die Sachen wirklich durchzuschauen. Sir Tiffys offizielles Meldeformular ist auch dabei, was eine sehr interessante Lektüre zu sein verspricht.«

»Warum?«

»Weil es seinen offiziellen Namen enthält.«

»Sir Tiffy?«

»Nein. Alvira Silverstar … der Dritte.«

»Was? Das ist ja noch schlimmer. Wie kam er dann zu seinem Namen ›Sir Tiffy‹?«

»Keine Ahnung. Mrs Monteith beharrte darauf, dass sie den

Namen aus dem Formular hätte, aber ich habe jedes Wort darauf gelesen und nirgendwo ein ›Sir Tiffy‹ gefunden. Vielleicht war sie nur verwirrt. Wahrscheinlich erfahren wir die wahre Geschichte seines Namens nie. Außer du findest sie heraus, Maggie May. Du bist die letzte Hoffnung.«

Die Nervensäge reichte mir den Schuhkarton. Auf dem Deckel stand Sir Tiffys Name handgeschrieben in großen, verschnörkelten Buchstaben.

»Hier. Wirf einfach weg, was du nicht willst.«

Ich drehte mich um und wollte wieder reingehen.

»Hey, bevor du gehst. Wenn wir gerade schon von Dingen reden, die bleiben oder gehen. Ich habe letzthin ein paar Typen aus meinem Autoclub getroffen. Sie haben eine Landschaftsgärtnerei, und ich habe sie wegen des Baumstumpfs gefragt. Sie haben eine Stubbenfräse und andere Geräte, um Baumstümpfe zu beseitigen, und sie sagten, sie würden mir mit dem großen Baumstumpf in eurem Garten helfen, wenn ich wollte.«

»Und du erzählst mir das, weil …«

»Weil ich mich gefragt habe, ob ich ihr Angebot annehmen soll oder nicht. Deine Mum sagte, sie wäre auch zufrieden, wenn er bliebe. Das ist okay für mich, aber ich dachte, ich sollte auch dich fragen. Schließlich ist es dein Garten und, wie ich mich erinnere, hattest du damals an unserem ersten Aufräumtag eine ziemlich klare Meinung zu diesem Baumstumpf … und dazu, dass andere Leute Entscheidungen für dich treffen.«

Ich inspizierte das Gesicht der Nervensäge genau. Er versuchte angestrengt, das hinterlistige Lächeln aus seinem Gesicht fernzuhalten. Nun, man kann das Metapher-Spiel auch zu zweit spielen.

»Du willst also wissen, was ich über den *Baumstumpf* denke? Den im Garten? Den, von dem du, wie ich mich erinnere, gesagt hast, er wäre wie *du*?«

»Hmhm«, sagte die Nervensäge ein bisschen vorsichtig.

Ich präsentierte ihm die Maggie-Butt-Version des hinterlistigen Lächelns.

»Nun, danke fürs Fragen, weil ich ihn nämlich meistens tatsächlich extrem *ärgerlich* und *störend* finde. Den *Baumstumpf,* meine ich. Außerdem finde ich, dass er im Weg steht und einem bei dem, was man tun möchte, in die Quere kommt, du weißt schon, im Garten. Außerdem ist er irgendwie ein *unschöner Anblick* und *peinlich,* wie er da so steht, wo er nicht hingehört, meinst du nicht auch? Und er ist ziemlich groß, oder? Man könnte sogar fast *dick* sagen. Und welchem Zweck dient er? Wenn du genau darüber nachdenkst, ist er ziemlich nutzlos.«

Jetzt bedachte die Nervensäge mich mit *seiner* Version des Todesblicks. Aber er enthielt auch eine Spur von einem Grinsen.

»Dann willst du ihn loswerden? Komplett weg? Meinst du das?«

Ich kratzte mich am Kinn und runzelte die Stirn, als würde ich intensiv nachdenken.

»Nöööööööö«, sagte ich. »Armer *alter* Kerl. Irgendwie tut er mir leid. Keiner will ihn. Lassen wir ihn doch einfach stehen. Vorerst ...«

Ich machte auf dem Absatz kehrt und ging in Richtung Haus. Dort traf ich Mum, die gerade aus der Tür trat. Sie trug ihre »Großer Garten-Wiederaufbau«-Arbeitsklamotten. Ich hielt den Schuhkarton schräg, um ihr den Namen auf dem Deckel zu zeigen.

»Rate, wer zum Abendessen bleibt und nicht mehr geht?«

»Echt? Das ist wunderbar. Du bist ein Schatz! Ich wusste, dass es einen Grund gibt, warum ich diese schrecklichen Wehenschmerzen bei deiner Geburt ausgehalten habe.«

Für meine gute Tat, Sir Tiffy vor den Schikanen von Kühen und Hühnern bewahrt zu haben, bekam ich einen fetten, geräuschvollen und nassen Kuss direkt auf die Stirn. Dann schoss Mums Blick von mir zur Nervensäge und wieder zurück.

»Seid ihr beide auf einmal dicke Freunde geworden? Ich habe euch von der Küche aus beobachtet. Worüber habt ihr euch die ganze Zeit unterhalten?«

»Alles Mögliche.«

»Alles Mögliche? Echt? Geht's auch ein bisschen *genauer*?«

»Privates«, sagte ich und schlüpfte nach drinnen.

In meinem Zimmer setzte ich mich an meinen Schreibtisch und ging die Papiere in Mrs Monteiths Schuhkarton durch. Sir Tiffy brauchte nicht lange, bis er mich gefunden hatte. Das brauchte er nie. Er kam herein, sah auf und stieß einen langen, traurigen Klagelaut aus. Da ich das Unausweichliche nicht verhindern konnte, hob ich ihn hoch und setzte ihn auf meinen Schoß.

»Ist das eine ramponierte Katze, die ich hier vor mir sehe?«, fragte ich in meinem besten *Macbeth*-Ton.

Er antwortete, indem er seinen Kopf an meinem Bauch rieb. Ich kraulte ihn unter dem Kinn und hinter den Ohren, bis ich spürte, wie er gurgelnd und röchelnd anfing zu schnurren.

Draußen lachte Mum. Ich zog an der Schnur und öffnete die Jalousie über meinem Schreibtisch einen Spalt. Mum versuchte gerade, alleine eine total überladene Schubkarre zu schieben. Sie schwankte und wackelte hin und her. Die Nervensäge war ihr dicht auf den Fersen, feuerte sie an und gab ihr Tipps. Gelegentlich packte er selbst gerade noch rechtzeitig die Griffe, um eine Katastrophe abzuwenden. Am Ende lachte Mum so sehr, dass die Schubkarre umkippte und all die sorgfältig aufgestapelten Rindenmulchsäcke auf den Rasen fielen.

Die Nervensäge hielt sich in gespieltem Entsetzen mit beiden Händen den Kopf. Mum trat zu ihm, schlang die Arme um seine Taille und legte den Kopf an seine Brust. Sie lachte immer noch. Die Nervensäge auch. Er lachte, schüttelte den Kopf und drückte meine Mum an sich. Und küsste sie auf die Stirn.

Ich griff wieder über meinen Schreibtisch und schloss die Jalousie. Sir Tiffy auf meinem Schoß knurrte und streckte sich ein bisschen. Ich streichelte seine Seite, legte sein flaches, einäugiges Gesicht in meine Hände und kraulte seine platte Nase.

»Nun, du Dæmon der Nervensäge, sieht so aus, als hätte ich dich an der Backe«, sagte ich. »Wollen wir hoffen, dass du nicht ganz so nervend bist, wie ich gedacht habe.«

Avec moi

Irgendwie überlebte ich meine zwei Tage als freiwilliger Sklave beim Großen Butt'schen Garten-Wiederaufbau. Eigentlich war es gar nicht so schlimm. Die Nervensäge konnte natürlich nicht anders und nervte hin und wieder, aber meistens war er zu sehr mit Arbeiten beschäftigt, um eine Gelegenheit dazu zu haben. Am Sonntagnachmittag sah der Dschungel, der einst unser Garten war, einfach super aus.

In der Schule jedoch musste ich noch eine Woche Nachsitzen überstehen.

Zum Glück ließ Mrs Chalmers mich meine Strafe in der Bibliothek verbüßen – solange ich mich ausschließlich mit Haus- und Übungsaufgaben beschäftigte und nicht, ich wiederhole, *nicht* damit, mich »mit Freunden zu unterhalten«. Herzlich wenig Aussicht darauf, dachte ich. Aber wie der Zufall will, hatte ich am ersten Tag tatsächlich Besuch.

Ich kämpfte gerade mit einem langen französischen Absatz, den ich als Hausaufgabe übersetzen sollte, als jemand auf der anderen Seite meines Tisches einen Stuhl herauszog und sich setzte.

Dieser Jemand war Jeremy Tyler-Roy.

Er legte seinen allgegenwärtigen Laptop auf die eine Seite, schlug eine Superhelden-Graphic-Novel auf und begann zu lesen. Allerdings bemerkte ich, dass seine Augen nicht die ganze

Zeit auf die Seite gerichtet waren, sondern von Zeit zu Zeit kurz zu mir aufschauten. Ich wartete, bis es wieder so weit war.

»Bonjour«, sagte ich und hielt meinen französischen Text hoch. »Comment allez-vous?«

Jeremy schien einen Augenblick lang ein bisschen verwirrt, aber dann wischte er sich langsam seinen langen Pony aus den Augen und sagte in besserem Französisch als ich: »Très bien, merci, et toi, ça va?«

Ich streckte die Hand aus und drehte sie hin und her.

»Comme ci, comme ça.«

Da ich damit an meine französischen Konversationsgrenzen gestoßen war, hielt ich es für besser, mich auf vertrautes Gelände zurückzuziehen.

»Hey, pass auf, dass Mrs Lee dich nicht hier sieht. Ich darf mich nicht unterhalten.«

Jeremy schien nicht beunruhigt.

»Sie hat gesagt, es ist okay. Ich hab gefragt.«

Ich drehte mich um. Mrs Lee stand am Ausgabeschalter und schlug Bücher ein. Sie schaute auf, lächelte mich an und winkte mir zu. Ich drehte mich wieder zurück.

»Alles klar, jetzt weiß ich, wer wessen Liebling ist.«

Jeremy wurde rot. Ein guter Zeitpunkt, mit der Konversation fortzufahren.

»Sag mal, wie hat sich die Sache mit der an die Decke getackerten Zunge für dich entwickelt?«

Jeremy Tyler-Roy musterte mich wie ein Blatt voller Daten, die er analysieren müsste, bevor er antworten konnte.

»Eigentlich bin gerade dabei, die Sache nicht mehr weiterzuverfolgen.«

»Schön für dich! Ich fand sie sowieso überbewertet.«

Das war das Stichwort für ein unbehagliches Schweigen, während Jeremy überallhin schaute, nur nicht zu mir. Bis …

»Jemand hat gesagt, du hättest Jazzmin Mellors komplett mit Kakao vollgegossen.«

»Was? Ich? Niemals! Wer ist dieser *Jemand*, der diese Lügen verbreitet? Das ist *vollkommen* falsch. Es war Eiskaffee, *nicht* Kakao. Außerdem, musst du wissen, dass ich sie nicht *komplett* vollgegossen habe, wie dieser *Jemand* sagt. Vielmehr habe ich meine Bemühungen *hauptsächlich* auf ihren Kopf konzentriert.«

Jeremy dachte über meine Worte nach.

»Sehr viel kultivierter.«

»Genau.«

Nicht ganz so unbehagliches Schweigen.

»Und du hast ihr Apfelkuchen ins Gesicht geworfen?«

Ich stöhnte erschrocken auf.

»*Wieder* falsch! Du musst deine Daten überprüfen, Bürschchen, bevor du mich all dieser haarsträubenden Verbrechen beschuldigst. Genau so kommen hässliche, unbegründete Gerüchte überhaupt erst in die Welt.«

»Tut mir leid.«

»Besser ist es. Der Apfelkuchen hat zu keinem Zeitpunkt meine Hand verlassen, also beinhaltete die Handlung kein *Werfen* jeglicher Art. *Werfen* erfordert eine klare Trennung von Apfelkuchen und Hand. So was weiß man doch.«

Jeremy nickte nachdenklich.

»Dann hast du ihr das Gesicht mit Apfelkuchen *eingerieben*?«

»Hmmmmm. Ich persönlich bevorzuge die Formulierung *ins Gesicht gedrückt,* aber wir wollen nicht kleinlich sein.«

Jetzt sah Jeremy mich an, als wäre ich ein Bazillus unter einem Mikroskop. Hoffentlich ein interessanter. Seine nächste Frage war so vorhersehbar wie die Frage von Mrs Chalmers.

»Aber *warum*?«

Ich holte tief Luft.

»Weil ich herausgefunden hatte, dass Jazzmin jemanden ziemlich verletzend verarscht hatte ... jemanden, den ich kenne ... und ich fand das total blöd. Und weil ich ein Idiot mit einem Hang zu Überreaktionen im Godzilla-Maßstab bin.« Ich beugte mich nach vorn. »Und gerade du solltest wissen, wie groß Godzilla-Maßstäbe sind, oder?«

Das bekam keinen Lacher. Stattdessen runzelte Jeremy die Stirn. Heftig. Als ob ich mich von einem interessanten Bazillus unter einem Mikroskop in ein komplexes mathematisches Problem verwandelt hätte, für das ihm noch die richtige Lösung fehlte.

»Also ... du meinst ... damals in der Bibliothek ... als du ... mich gefragt hast, ob ... da hast du nicht nur ...«

»Nö.«

»Dann ... hast du es ... ernst gemeint ... als du gesagt hast, dass du ...«

»Jap.«

Jeremys dunkle Augen wanderten von mir weg, während er die Sache durchdachte. Ich wartete, bis sein Blick zu mir zurückkehrte. Schließlich war es so weit. Und es hatte sich gelohnt zu warten.

»Also ... der Abschlussball ... würdest du ... willst du *immer noch* ...?«

»Positiv. Von mir also ein ... Ja.«

Jeremy schaute nach unten und nickte. Dann schaute er zu mir auf. Dann schaute er nach unten und nickte wieder.

Vielleicht war hier ein dezentes Anschubsen vonnöten.

»Also, ich denke, damit ist die Seite der Gleichung, dass ich mit dir zum Abschlussball gehen möchte, klar. Übrig bleibt dann nur die Frage, und es ist die GROSSE Frage, ob *du* zum Abschlussball gehen willst ... *avec moi?*«

Jeremy saß einen Augenblick ganz still da, dann kroch sein typisches schiefes Lächeln über seine Lippen, und es wurde immer weniger schief, je breiter es wurde.

»Ist der Große Hadronen-Speicherring der leistungsstärkste Teilchenbeschleuniger, der jemals gebaut wurde?«, fragte er.

Ich runzelte die Stirn. Heftig. Dann zeigte ich auf den Laptop auf dem Tisch neben ihm.

»Hat der Internet?«

Jeremy schien ein bisschen gekränkt. »Natürlich.«

»Darf ich?« Ich streckte die Hand aus.

Er schob den Laptop zu mir. Ich klappte ihn auf, tippte rasch eine Google-Anfrage ein und klickte auf den Wikipedia-Link, der sofort aufging. (Vermutlich war Jeremys Laptop atombetrieben.) Schon nach wenigen Sätzen hatte ich gefunden, was ich suchte. Ich klappte den Laptop zu und lächelte Jeremy an.

»Cool«, sagte ich. »Es ist ein Date!«

Und Jeremy lachte – auf eine nerdig bekloppte, aber dennoch unheimlich wunderbare Art und Weise.

Unglaublich! Ich hatte endlich eines meiner DREI SPEZIEL-LEN UND REALISTISCHEN ZIELE erreicht. Aber es gab noch etwas. Etwas, das nicht auf meiner ursprünglichen Liste stand.

»Jeremy«, sagte ich, »nachdem ich dir die *große* Gnade erwiesen habe, dir zu *erlauben,* mein Abschlussball-Partner zu sein, könntest du *mir* die große Gnade erweisen und mir bei etwas helfen, das ich tun möchte?«

Er sah ein wenig besorgt aus.

»Klar. Wobei?«

Ich erklärte ihm meinen Plan.

»Was meinst du? Ist das machbar?«

Jeremy Tyler-Roy hob lächelnd die Augenbrauen.

»Wir haben die Technik«, sagte er.

Ein müdes
Lächeln

Bestes Nachsitzen überhaupt! So würde ich meine Woche in der Bibliothek zusammenfassen.

Mrs Lee hatte nicht nur nichts dagegen, dass Jeremy mich jeden Tag besuchte und mir bei der Wiederholung des Stoffes für die Prüfungen in der kommenden Woche (und bei meinem geheimen Nebenprojekt) half, sondern kredenzte uns nach Ablauf der Woche auch noch einen köstlichen, selbst gemachten Schokoladenkuchen, damit wir feiern konnten.

Und damit hörte der Spaß nicht auf.

Nachdem Jeremy und ich am Samstagmorgen eine Extratour nach Evensong gemacht hatten, um Bert Duggan und die anderen Bewohner zu besuchen, fuhren wir zusammen in die Stadt und kauften ein Hemd und eine Krawatte, die zu meinem brandneuen Abschlussball-Outfit passte. (Ja, erstaunlicherweise fand Mum, ich hätte mich vernünftigerweise so freundlich und freundlicherweise so vernünftig verhalten, dass ich meine Belohnung einfordern durfte!) Am Ende fanden wir ein paar echte Schnäppchen und konnten uns farblich ganz hervorragend koordinieren. Als wir die Einkäufe erledigt hatten, feierten wir mit einem Fressgelage in einem Burger-Imbiss. Danach stieg jeder in seinen Bus und fuhr nach Hause.

Erst am späten Nachmittag stolperte ich in mein Zimmer und ließ mich auf mein Bett fallen. WAHNSINNSTAG! Ich hatte keine Energie, viel mehr zu tun, als einfach dazuliegen. Also streckte ich die Hand aus, zog Sir Tiffys Schuhkarton von meinem Nachttisch und stöberte träge darin herum. Natürlich dauerte es nicht lange, bis Sir Tiffy sich zu mir gesellte, um mir zu helfen.

Die Nervensäge hatte recht gehabt, was den Inhalt betraf: Überwiegend alte Tierarztrechnungen und Quittungen für Katzenfutter und Flohpulver, die alle im Papierkorb landeten. Nur Sir Tiffys Stammbaum-Zertifikat (auf dem sein Geburtsname *Alvira Silverstar der Dritte* aufgedruckt war), ein paar ausgebleichte Schleifen für erste oder dritte Plätze und ein altes Foto waren es wert, aufgehoben zu werden.

Besonders das Foto machte mich neugierig.

Es war ein altmodischer viereckiger Papierabzug mit weißem Rand. Vermutlich war es an dem Tag aufgenommen worden, als Mrs Monteith Sir Tiffy von ihrem Mann zum Geburtstag bekommen hatte. (Außer Mrs Monteith trug immer ein Partyhütchen mit der Aufschrift *Geburtstagskind*). Und da kein Mr Monteith im Bild war, nahm ich an, dass er fotografiert hatte. Auf dem Foto saß Mrs Monteith auf einem Bett und hatte ein süßes Knäuel aus fluffigen Katzenhaaren, das Sir Tiffy einst gewesen war, auf dem Schoß. Sie hielt seinen Stammbaum hoch – das Formular aus dem Schuhkarton – und zeigte lachend darauf.

Ich betrachtete das Foto genau, während Sir Tiffy sich neben mich kuschelte. Und da fiel mir etwas auf. ETWAS WICHTIGES. Mrs Monteith zeigte nicht einfach allgemein auf den Stammbaum, sondern direkt auf etwas *auf* dem Stammbaum.

231

Auf etwas ganz oben auf dem Dokument. Auf dem Foto war es ein bisschen undeutlich und ausgebleicht, also nahm ich das Originaldokument, um es mir genauer anzuschauen.

Es ergab keinen Sinn. Sie schien auf die Überschrift zu zeigen.

»Und wo ist der Witz, Mrs Monteith? Worauf will sie hinaus, Tiff?«, fragte ich laut. »Sie scheint auf das Wort …«

In einem Comic wäre in diesem Augenblick auf magische Weise eine große Glühbirne über meinem Kopf erschienen.

Ich schloss die Augen und rang mir ein müdes Lächeln ab.

»Ach, Mrs Monteith, darauf muss man erst einmal kommen.«

Ich tippte Sir Tiffy sachte auf die Nase. Er öffnete sein eines gutes Auge und schaute mich schläfrig an: Warum um alles in der Welt hatte ich ihn gestört?

»Du bist vielleicht der Dæmon der Nervensäge, aber ich weiß etwas über dich, das nicht einmal *er* weiß, und ich kann es nicht *erwarten*, es ihm zu erzählen. *Iiiiiiirgendwann.*«

(Einschub: Böses Lachen.)

Was hatte ich nur für einen Tag gehabt! Einen großartigen Vormittag mit Bert, eine lustige und erfolgreiche Einkaufstour mit Jeremy, und jetzt hatte ich auch noch das Geheimnis um Sir Tiffys Namen gelüftet. Das war wie das perfekte Ende eines perfekten Tages. Keine Versäumnisse. Keine Katastrophen. Kein Schlamassel.

Was zum Teufel war los? Das klang überhaupt nicht nach meinem Leben. Die Frage, die ich mir dauernd stellte, war: »Wie lange würde das andauern?«

Schnell. SPOT QUIZ für alle! Haben alle einen Stift? Und die Zeit läuft … JETZT!

Umkreise die *angemessenste* Antwort.

l. Wird Maggie Butts »perfektes« Leben länger als einen Tag
andauern?

a Nein.

b Äh-äh.

c Non.

d Sicher nicht.

e Negativ, Kumpel.

f Hör auf zu träumen.

g Ich glaube, bei dir hackt's!

h Als ob!

i Ist der Große Hadronen-Speicherring ein Sumo-Ringer?

j Nein, wahrlich, ich sage euch, das kann nicht geschehen.

k Alles oben genannte.

Sunny Boy

kay. Einen Tag Schnellvorlauf auf Sonntag. Unser Abschlussball (du erinnerst dich? Ich habe ihn nur ungefähr eine Million Mal erwähnt) würde schon in sechs Tagen stattfinden. Alles schien auf dem richtigen Weg zu sein. Alle wichtigen Bestandteile waren organisiert und unter Kontrolle. Siehe unten.

- PARTNER – check. ☺
- TISCH – check.
  Jeremy und ich saßen bei Alison und Naheer, die wir von den Besuchen im Seniorenheim kannten, und ihrer Freundin Lisa und ihrem Partner.
- OUTFIT – check.
  Als die Nervensäge mitbekam, dass ich mit Jeremy Hemd und Krawatte kaufen gehe, sagte er:»Ich habe gehört, dass Schweinchen-Motive gerade in sind.« Stöhn.
- BEFÖRDERUNG – check.
  Jeremy würde von seinen Eltern auf dem Weg zu einem anderen Event bei uns abgesetzt werden. Mum würde uns zum Ball bringen und wieder abholen.

Aber dann machte ich diesen GROSSEN FEHLER. Vielleicht einen noch GRÖSSEREN FEHLER als den GROSSEN FEHLER,

den ich am allerersten Abend gemacht hatte, als ich die Nervensäge auf mein Foto hinwies. Und ich denke, wir sind uns einig,
dass das ein *GROSSER FEHLER* gewesen war!

Mum und die Nervensäge gaben dem Garten gerade den letzten Schliff. Ich war hinausgegangen, um zu sehen, wie es lief,
und als ich dort war, erinnerte ich Mum *zufällig* daran, dass wir
am Samstag möglichst früh beim Ball sein wollten, damit Jeremy und ich zuschauen könnten, wie die anderen Paare ankommen.

Das klingt eigentlich nicht allzu *katastrophal*, oder? War es
aber, denn die Nervensäge, die gerade ein Stück Rollrasen fest-
drückte, hielt inne, als ich es sagte, wischte sich mit dem Hand-
rücken den Schweiß von der Stirn und sagte: »Zuschauen, wie
die anderen ankommen? Was soll das heißen?«

Also erklärte ich ihm, dass einige Paare in Topautos oder Lu-
xuslimousinen, die ihnen entweder gehörten, die sie gemietet
oder ausgeliehen oder – wenn die Gerüchte über Carmine Price
im vergangenen Jahr stimmten – für den einen Abend gestohlen
hatten, zu dem Ball fahren würden. Es würde Spaß machen,
früh dort zu sein und zuzuschauen, wie sie ankämen. Dann
wollte ich wieder ins Haus gehen.

Aber die Nervensäge war noch nicht fertig.

»Aber warum den anderen nur zuschauen? Warum es nicht
machen wie sie? Wie wäre es, wenn *ich* euch zum Ball fahren
würde?«

Ich erstarrte und drehte mich langsam um.

»*Du* uns fahren? Worin?«

Die Nervensäge schaute mich an, als wäre ich verrückt.

»In meinem Auto natürlich.«

»In *deinem* Auto?«

»Ja.«

Offenbar hatte die Nervensäge die Bedeutung von »top« im Zusammenhang mit Autos noch nicht ganz erfasst. Vielleicht dachte er ja auch, ich hätte Schrottkarre gesagt und nicht Topkarre. Ich versuchte, die Sache möglichst sensibel anzugehen.

»Dein klappriges, altes gelbes Auto?«

»Klapprig? Sunny Boy ist nicht klapprig!«

Ja, ich verarsche dich nicht. So nannte er sein Auto.

»Er ist ein Klassiker! Einer der beliebtesten im Autoclub, das kann ich dir sagen. Einer der *aller*beliebtesten. Ein Holden Familienkombi mit Lenkradschaltung, Baujahr 1962, fast im Originalzustand. Sehr selten. Zweifarbig, mit Weißwandreifen. Was kann einem daran nicht gefallen? So was sieht man nicht alle Tage. Praktisch ein Oldtimer.«

Lass mich hier einen Augenblick unterbrechen und dir bei der Decodierung der obigen Beschreibung behilflich sein.

Also …

Klassiker: Das heißt, er ist ALT.

1962: Das heißt, er ist weit über ein halbes Jahrhundert ALT.

Fast im Originalzustand: Das heißt, er ist weit über ein halbes Jahrhundert ALT, sieht tatsächlich aber noch ÄLTER aus.

Oldtimer: Das bedeutet, er ist so ALT, dass er schon fast als prähistorisch bezeichnet werden muss.

Ich musste diesen Wahnsinn in seinem wahnsinnigen Keim ersticken.

»Äh, pass auf, nein, nein, mach dir keine Mühe. Alles okay.

Alles gut. Ehrlich. Mum bringt uns. Alles gut. Trotzdem danke.«
Aber wie ich aus den schmerzlichen Erfahrungen der Vergangenheit hätte wissen müssen, wird man die Nervensäge nicht so einfach los.

»Ach was, sei nicht albern. Das ist doch keine Mühe. Ich würde es *gern* tun. Warum sollen nur die anderen Kids Spaß haben? Warum sollen sich nicht auch nach dir ein paar Köpfe umdrehen?«

Genau. Nur dass ich ziemlich sicher war, dass die einzigen Köpfe, die sich nach uns umdrehen würden, die wären, die sehen wollten, worüber alle anderen lachten. Ich brauchte unbedingt jemanden, der mir hier raushalf – und ich wusste auch, wer!

»Ja, das wäre ... wahrscheinlich schon ziemlich gut ... aber die Sache ist ... es ist jetzt schon ein bisschen spät ... es ist schon alles organisiert ... und außerdem glaube ich, dass MUM uns *wirklich* gern fährt ... ODER, MUM?«

Stichwort für die HELDEN-MUM, ihre SUPERMUM-KRÄFTE einzusetzen und zu MEINER RETTUNG herabzustoßen!

»Nein, ist schon okay, Liebes, ich verzichte gern. Überhaupt kein Problem. Mir ist das sogar recht. Eigentlich sogar viel lieber. Du kennst mich – wenn's ans Fahren geht, überlasse ich liebend gern jemand anderem das Steuer! Und ich kann ja trotzdem mitfahren, damit ich nichts versäume.«

Auftritt: VERSAGER-MUM.

»Pass auf, folgender Vorschlag«, sagte die Nervensäge. »Ich bin jetzt hier fertig. Wie wär's, wenn ich Sunny Boy auf Hochglanz poliere, damit du ihn in Topform sehen kannst? Dann kannst du Ja oder Nein sagen. Es bleibt vollkommen dir überlassen, Maggie May. Wie klingt das?«

Es klang großartig! Im Kopf probte ich schon mein »Nein«. Als die Nervensäge sich aufmachte, um mit dem Hochglanzpolieren zu beginnen, stellte ich meine Mutter zur Rede.

»Mum! Was *zum Teufel* sollte das?«

»Was? Was ist los? Was habe ich jetzt schon wieder getan?«

»Jedenfalls nichts, um mir zu helfen. *Das* ist mal sicher. Ich werde *nicht* in diesem gelben Schrotthaufen bei dem Ball vorfahren. Auf keinen Fall!«

»Sei nicht albern. So schlimm ist er auch nicht. Und fluch nicht.«

»Mum. Im Ernst. Er ist mehr als schlimm. Wirklich! Warum hast du nichts gesagt? Warum hast du mir nicht geholfen, aus der Sache rauszukommen?«

»Danny kam mir so entschlossen vor. Ich glaube, er will wiedergutmachen, was bei deinem letzten Date passiert ist. Und außerdem dachte ich, es würde dir gefallen, es wäre ein bisschen was .... anderes.«

»Was anderes? Auf einem Pogo-Stick in einem Nilpferd-Einteiler anzukommen wäre auch ein bisschen was anderes, aber ich werde auch das nicht tun. *Obwohl* verglichen damit, in dem guten alten Sunny Bomber ...«

»Das ist lächerlich ... und garstig. Aber mach, was du willst, Maggie. Ich streite mich nicht mit dir. Wie Danny gesagt hat. Es ist voll und ganz deine Entscheidung. Vergiss nur nicht, dass es nicht immer nur um dich geht. Oder wenigstens nicht gehen sollte. Wenn du Nein sagen musst, dann mach es wenigstens freundlich.«

Meine Mutter zeigte mit dem Finger auf mich (unhöflich!) und sah mich kalt an.

»Es ist mir ernst damit, Maggie. Du wirst *nicht* Dannys Gefühle verletzen. Hast du mich verstanden?«

Mit anderen Worten: »HALT DICH VON IHM FERN, DU TUSSE!«

Nach über einer Stunde Waschen, Schrubben, Abspritzen, Trocknen, Wienern, Polieren, Saugen und jeden »klassischen« Zentimeter von Sunny Boy Inspizieren streckte die Nervensäge den Kopf zur Vordertür herein und rief mich, damit ich sein Werk begutachtete.

Und Ja oder Nein sagte.

Ich ging mit ihm mit und stellte mich neben das Auto. Er hatte ein breites, stolzes, dämliches Grinsen auf dem Gesicht und machte mit dem Arm eine dramatisch ausladende Geste in Richtung des Autos.

»Wal in Sicht! Nun, was denkst du?«

Was ich *dachte,* war: Wow! All das Waschen, Schrubben, Abspritzen, Trocknen, Wienern, Polieren, Saugen und Inspizieren … hatte *eigentlich* gar nicht viel verändert, oder? Aber was ich *sagte,* war: »Er sieht … sauberer aus. Ja. Definitiv sauberer.«

Ich würde nicht sagen, dass die Nervensäge hoch erfreut war über meine Antwort.

»Hey, versuch mal, deine Begeisterung ein bisschen im Zaum zu halten, wenn es dir möglich ist, Maggie. Nicht, dass du noch hyperventilierst.«

Dann begann er, mit den Händen zu wedeln und mir verschiedene Dinge zu erklären.

»Du musst dir immer bewusst sein, dass alles, was du hier

siehst, im Originalzustand ist. Alles. Die Lackierung, die Chromteile, die Sitzbezüge, alles. Nichts wurde erneuert oder nachgebessert. Nichts ist gefälscht. Es würde dir schwerfallen, so einen Wagen noch einmal irgendwo zu finden.«

Das war tröstlich zu wissen. Aber um Mums willen versuchte ich, einen »leicht beeindruckten« Gesichtsausdruck zustande zu bringen und über mein vollkommen unbeeindrucktes Gesicht zu stülpen.

»Gebongt! Zeit für die Entscheidung! Und ich habe ernst gemeint, was ich dir vorhin sagte. Kein Druck, okay? Gut, es würde mir total Spaß machen, euch beide am Samstagabend zu chauffieren, echt, aber wenn du aus irgendwelchen Gründen nicht erpicht darauf bist, dann ist das vollkommen in Ordnung. Es ist deine Entscheidung, ganz allein deine. Wie lautet sie? Ja oder Nein?«

Er hätte es mir wirklich nicht leichter machen können. Die Antwort, die ich geben musste, war einfach.

»Vielen Dank für das Angebot und dass du den Wagen gewaschen hast und alles. Das war wirklich nett von dir. Aber ich bin vollkommen zufrieden damit, wenn Mum uns bringt. Wirklich.«

Siehst du, kinderleicht!

Das *hätte* ich sagen können, und das *wollte* ich sagen.

Aber ich sagte es nicht.

Fragt mich nicht, warum. Vielleicht hatte ich einen Hirninfarkt. Vielleicht tat er mir einfach ein bisschen leid, und ich kaufte ihm die »kein Problem«-Masche nicht wirklich ab. Vielleicht tat ich es für Mum. Vielleicht hatte es auch mit ihrer Bemerkung »nicht immer nur um dich« zu tun.

Ich persönlich halte den Hirninfarkt für die wahrscheinlichste Erklärung. Aber lassen wir die Gründe mal dahingestellt, tatsächlich sagte ich zur Nervensäge: »Ähm, okay. Gut. Danke. Sehe nicht, warum wir nicht mit dir fahren sollten. Jetzt, wo der Wagen geputzt ist und so. Also ich denke mal, das ist ein ... Ja ... von mir.«

Einen Augenblick lang sah die Nervensäge mich nur an. Ohne die Spur von einem Grinsen oder hinterlistigen Lächeln auf dem Gesicht. Überhaupt nichts. Es war merkwürdig.

»Also gut dann«, sagte er schließlich und glotzte mich immer noch an. »Mehr muss ich nicht von dir hören, Maggie May. Mehr muss ich nicht wissen. Lass uns aus diesem Ball einen unvergesslichen Abend machen!«

Ausnahmsweise waren die Nervensäge und ich mal einer Meinung. Auch ich hoffte wirklich, dass es ein unvergesslicher Abend werden würde. Das einzige Problem war, dass man Dinge aus unterschiedlichen Gründen nicht vergisst, nicht wahr? Manchmal vergisst man sie nicht, weil sie so unbeschreiblich wunderbar waren. Und manchmal vergisst man sie nicht, weil sie so abgrundtief schrecklich waren. Der Abschlussball könnte sich definitiv in beide Richtungen entwickeln.

Aber da die Nervensäge und Sunny Boy ihn für mich eröffneten, war mir ziemlich klar, auf welche Richtung ich wetten würde.

Das
Zeitmaschinen-
Ding

Von Jeremy sah ich nächste Woche in der Schule nur wenig, denn wir beide steckten über beide Ohren in Prüfungen. Aber nach fünf arbeitsreichen Tagen kam endlich das Wochenende, und schon bald war der Samstagabend da – der Abend des Abschlussballs der zehnten Klasse der St Brenda's Highschool.

Jeremy tauchte pünktlich bei mir zu Hause auf – mit einer Rose. Neee! Seine Eltern kamen kurz herein, um ebenfalls Hallo zu sagen. Sie waren um einiges älter als Mum, aber sehr nett. Es war total süß, was sie für einen Wirbel um das »Nesthäkchen« der Familie machten. Sie blieben gerade so lange, dass sie ein paar Fotos machen und mich (auf eine gute Art und Weise) beschämen konnten, indem sie mehr als einmal sagten, wie »wunderschön« und »toll« und »erwachsen« ich aussähe. (Wenn darin überhaupt ein Körnchen Wahrheit steckte, dann nur deshalb, weil meine Mutter in Sachen Make-up eine Art Wundertäterin ist und weil meine Haare in den vergangenen neun Wochen einem strengen Taarsheebah-Erholungsprogramm unterzogen worden waren.)

Oh, und auch Jeremy fand, dass ich okay aussehe. Tatsächlich lautete das Wort »unglaublich«, mit dem er herausrückte, nachdem es ihm gelungen war, seine Zunge zu lösen. Das könnte ich jeden Tag hören. Und ich glaube, er könnte es sogar ehrlich gemeint haben, denn ich erwischte ihn immer wieder, wie er mich anstarrte, wenn er dachte, ich würde nicht schauen. Wenn er merkte, dass ich doch schaute, geriet er fast in einen Zustand emotionaler Scham-Reizüberflutung. Süüüüüüüüüüüüüß!

Jeremy sah ebenfalls ziemlich toll aus in den neuen Klamotten, die wir zusammen gekauft hatten. Besonders als er den Anweisungen seiner Mum folgte, aufrecht dazustehen und die Schultern zurückzunehmen. Natürlich war er immer noch ein nervöser, linkischer Geek, aber ich war sehr froh, dass er wenigstens für einen Abend *mein* nervöser, linkischer Geek war.

Alles schien so gut zu laufen, dass nicht einmal die Aussicht, in Sunny Boy bei dem Ball vorzufahren, ein echter Wermutstropfen war. Und was machte es schon, wenn ein *paar* Leute lachten oder Witze machten? Was kümmerte mich das? Nichts würde mir den Abend verderben.

Und dann kam der Anruf von der Nervensäge.

Er hatte versprochen, deutlich vor halb sieben bei uns zu sein, aber es war schon fünf vor halb, und von ihm war keine Spur zu sehen. Langsam wurde ich ein bisschen nervös. Schließlich war er die Nervensäge, und wenn es darum ging, mir den Tag zu retten, war seine Bilanz nicht gerade positiv. Erinnerst du dich an den ersten Abend? Die Baumstumpf-Sache? Jason?

Mums Handy klingelte, nicht lange nachdem Jeremys Eltern gegangen waren. Und dann hörte ich das:

»Danny? Wo bist du? Wir dachten, du wärst um diese Zeit längst hier. Es gibt doch keine Probleme, oder? (Laaaaaaaaaange

Pause) Oh. Okay. Oh. Wie blöd. Okay. Nein, Ich verstehe. Ja. Ja.
Ja, ich geb sie dir.«

Der Ausdruck auf Mums Gesicht gefiel mir gar nicht. Sie
reichte mir das Handy, als wäre es eine volle Windel.

»Hallo?«

»Maggie? Hier ist Danny. Pass auf … Es tut mir *echt* leid, aber
es gibt ein kleines Problem.«

Er redete, als wäre jemand gestorben. (An einem kleinen Problem?)

»Was ist los?«

»Ich kann euch heute Abend doch nicht zum Ball bringen.
Tut mir leid. Sunny Boy macht Ärger. Springt nicht an. Ich dachte, es wären nur die Zündkerzen, aber es ist was Ernsteres. Natürlich nichts, was ich nicht reparieren könnte, aber es würde zu
lange dauern. Ich würde es nie im Leben rechtzeitig schaffen. Es
tut mir leid, dass ich dich im Stich lassen muss, Maggie. Wirklich.«

Mir tat es nicht so schrecklich leid. Alle Bedenken, die ich wegen der Fahrt zum Ball in Dummy Boy hatte, lösten sich in
Nichts auf. Ich nahm die Nachricht tapfer auf.

»Hey, das ist okay. Keine Sorge. Nicht deine Schuld. Kann
man nichts machen. Trotzdem danke für das Angebot. Für uns
ist das okay. Überhaupt kein Problem. Mum fährt uns, wie wir
das ursprünglich geplant hatten.«

Mum saß auf dem Sofa mir gegenüber und nickte zustim-
mend. Ich konnte mein Glück kaum fassen. Die ganze »Fahrt
zum Ball«-Geschichte mündete in ein Happy End. Ich war ein
Held gewesen und hatte für Mum und die Nervensäge das Richtige getan, indem ich zugestimmt hatte, dass er uns zum Ball

244

bringt, und jetzt wurde ich vor der Demütigung bewahrt, es tatsächlich bis zum Ende durchstehen zu müssen. Mein Brot war auf beiden Seiten gebuttert! Und es schmeckte SUPER! Also tschüss, Sunny Bombe, und hallo, mittelgroße, normale, absolut nicht peinliche, total langweilige Familienkutsche.

Fast zu schön, um wahr zu sein.

Und so war es auch.

Die Stimme der Nervensäge brummte immer noch in mein Ohr.

»Nein, Maggie, du verstehst mich nicht. Sie muss nicht fahren. Ich habe es gerade noch geschafft, einen Ersatz zu organisieren.«

Oh-oh.

»Einen Ersatz?«

»Ja. Ich habe schnell einen Rundruf gestartet bei den Jungs vom Autoclub und jemanden gefunden, der für mich einspringt. Insgesamt gesehen eigentlich keine schlechte Alternative, aber natürlich nicht so gut wie Sunny Boy.«

Doppeltes oh-oh.

»*Nicht* so gut wie Sunny Boy?«

»Na ja, das ist *meine* Meinung, aber jeder kann denken, was er will. Egal, der Ersatz, Pete und Justin, müsste jeden Augenblick bei euch sein. Du wirst sie mögen – wir kennen uns schon ewig. Sehr nette, liebe Jungs.«

Inzwischen war ich zu dem Ergebnis gelangt, dass die Alternative zu Sunny Boy etwas aus *Priscilla – Königin der Wüste* sein würde.

»Es gibt nur ein *kleines* Problem ...«

Na klar!

»Jeremy und du müsst in zwei getrennten Fahrzeugen fahren.«

Jetzt wurde die Sache langsam merkwürdig.

»Getrennte Fahrzeuge? Warum?«

»Petes und Justins Autos sind nur Zweisitzer. Aber mach dir keine Sorgen. Es wird trotzdem so aussehen, als ob ihr zusammen ankommt, weil die beiden ganz gleich aussehen – dasselbe Fabrikat, dasselbe Modell und dieselbe Farbe.«

Es wurde einfach immer besser. Wir würden offenbar in zwei gleichen Gokarts ankommen. Wahrscheinlich regenbogenfarben lackiert und mit Pailletten und Troddeln geschmückt.

»Maggie? Bist du noch dran?«

Ja. Leider. Ich hatte nur gerade das Gefühl, als hätte ich meinen Körper verlassen.

»Ah, ja. Aber schau mal, das klingt nach ziemlich viel Umständen, und ich möchte niemandem zur Last fallen. Mum bringt uns gerne. Echt. Kein Problem. Wir müssen nur …«

»Dafür ist es zu spät, Maggie. Es ist alles arrangiert. Ich kann das jetzt nicht mehr abblasen. Pete und Justin haben sich große Mühe gegeben und mir einen Riesengefallen getan, um so kurzfristig einzuspringen. Egal, sie müssten inzwischen fast da sein.«

Und wie aufs Stichwort erhellten zwei Scheinwerfer die Vorhänge am anderen Ende des Wohnzimmers. Gefolgt von zwei weiteren.

»Sind gerade angekommen«, sagte ich zur Nervensäge und klang jetzt selbst so, als wäre jemand gestorben.

»Gott sei Dank. Mir fällt ein Stein vom Herzen. Dann halte ich dich jetzt nicht weiter auf. Ich wünschte nur, ich wäre da, um dich zu sehen. Du siehst bestimmt wunderschön aus, obwohl ich dich, um die Wahrheit zu sagen, schon in deinen ›hässlichen‹ Tagen schön fand. Hab auf jeden Fall einen wundervollen Abend, Maggie May. Nochmal sorry wegen des Wagens. Ich hoffe nur, dass ich dir nicht alles *verdorben* habe.«

Er hatte aufgelegt, bevor ich ihm sagen konnte, dass ich dank meines Vaters daran gewöhnt war, im Stich gelassen zu werden. Ich stand auf und ließ das Handy von meiner Hand in den Schoß meiner Mutter fallen.

»Maggie?«

Die Worte fielen wie Steine aus meinem Mund.

»Du musst uns nicht fahren. Er hat jemanden gefunden, der es macht. Sie sind gerade angekommen.«

Ich ging hinüber zum Fenster, ohne zu wissen, ob ich den Mut haben würde hinauszuschauen. Was hatte Macbeth gesagt? *Wenn's schon getan werden muss, dann wär's gut, wenn's schnell getan wäre.* So ungefähr.

Ich zog die Vorhänge zur Seite.

In unserer Einfahrt standen ZWEI ALIEN-RAUMSCHIFFE.

Zumindest dachte ich das beim Anblick der beiden silbern glänzenden Fahrzeuge mit der kantigen Silhouette und den hellen Lichtern.

Jeremy trat neben mich.

»Heilige Scheiße«, sagte er. »Ist das dein Ernst? Sind *das* unsere?«

Ich antwortete nicht, denn ich war zu sehr damit beschäftigt zuzuschauen, wie sich die Türen an beiden Autos öffneten. Nicht wie normale Türen. Sie hoben sich senkrecht, bis sie wie metallische Flügel in die Luft ragten. Metallische Flügel an zwei silbernen futuristischen Käfern, die gleich abheben würden.

247

»Heilige Scheiße«, stimmte ich zu. »Was ist denn das?«

»DeLoreans«, sagte Jeremy, als wäre er in einer Kirche oder so. »Und dann noch zwei. Zwei silberne DeLoreans. Wie in *Zurück in die Zukunft*. Und dann auch noch ... *zwei*.«

Ich erinnerte mich daran, dass ich den Film mit Mum und Dad zusammen gesehen hatte. Vor vielen Jahren.

»Dieses Zeitmaschinen-Ding?«

»Hm-hm«, antwortete Jeremy in einer Art orgasmischer Geek-Trance, »dieses ... Zeitmaschinen ... Ding.«

Zwei Gestalten (vermutlich Pete und Justin) stiegen gerade aus, als Mum zu uns ans Fenster trat

»Was ist hier los? Und was soll die ganze Flucher... Heilige Scheiße!«

Die beiden Gestalten trugen silberne Helme und silberne Raumanzüge. Der vordere hob grüßend die Hand und deutete auf den anderen, der bei den DeLoreans stand. »Wir kommen zu zweit!«, rief er.

Jeremy kicherte. »Das glaub ich gern«, sagte er.

Ich drehte mich um und schaute Mum an. Ihr Gesicht sah ganz zerknittert aus und eine dicke Träne machte sich daran, aus einem ihrer Augen zu kullern.

»Noch ein Kästchen abgehakt?«, fragte ich.

Sie musste einen Augenblick lang die Lippen zusammenpressen und schlucken, bevor sie etwas sagen konnte.

»Jap. Großer Haken«, sagte sie. »*Riesiger* Haken.«

Und nach dem »OMG ich bin gestorben und in den GEEK-Sci-Fi-Himmel gekommen«-Ausdruck auf Jeremys Gesicht gab es nicht viel Zweifel, dass auch er der Nervensäge einen gigantischen galaktischen Megahaken gab.

Und ich? Du willst wissen, was ich der Nervensäge genau in diesem Augenblick geben wollte?

Innerlich sagte ich ihm die Meinung, weil er seine gute Tat so nervig verpackt hatte! Also, warum musste er mir erst das Gefühl geben, dass ich ihn umbringen will? War das wirklich notwendig? Wollte er mich damit tatsächlich beeindrucken?

Okay, okay, okay. Also dann … Haken dran. Zufrieden?

Gut. Mach, was du willst.

HAKEN!! ABGEHAKT!

Den Cyborg
tanzen

Wenn du gleich zum Kern der Sache kommen und herausfinden willst, wie der Abschlussball an diesem Abend lief, dann besorge dir einfach ein gutes Synonymenwörterbuch und schlag das Wort BRILLANT nach.

Wenn du allerdings ein paar mehr Einzelheiten willst, dann lies weiter!

Als wir in den DeLoreans vorfuhren, flippten die vielen Leute, die vor der Halle warteten, total aus. Der Aufruhr wurde noch größer, als die Türen aufklappten und aus den tragbaren Trockeneismaschinen, die Pete und Justin in jedem Auto installiert hatten, weißer Nebel quoll. Dann wollten natürlich alle, auch Lehrer und Eltern, ein Foto mit den Autos, sodass Pete und Justin in eine Million Selfies gezerrt wurden. Was ihnen offenbar nicht das Geringste ausmachte.

Der Abschlussball selbst lief noch viel besser, als ich es jemals zu hoffen gewagt hatte. Von den vielen Highlights des Abends waren das meine drei Favoriten:

Erstens, dass wir mit Alison und Naheer an einem Tisch saßen. Sie wurden nicht nur ihrem Ruf gerecht, die zwei nettesten Menschen der Welt zu sein, sondern sie waren auch noch saukomisch. Auch ihre Freundin Alice und ihr Partner waren recht witzig, sodass wir alle eine supergute Zeit zusammen hatten. Es machte mir nicht einmal etwas aus, Jeremy als Tanzpartner mit den anderen zu teilen, und Jeremy hatte offensichtlich rein gar nichts dagegen, manchmal sogar mit drei Mädchen zugleich zu tanzen! (Obwohl man die Bedeutung des Wortes »tanzen« ziemlich weit fassen musste, damit sie auf Jeremys verrückte, roboterhafte Zuckungen zutraf! Alison taufte es: »den Cyborg tanzen«.)

Zweitens, dass ich Schwester Evangelista auf dem Ball traf und ihr Jeremy vorstellen konnte. Naheer meinte, das sei wie eine Begegnung von Yoda und C-3PO. Schwester Evangelista kannte Jeremy aus unseren Schulversammlungen. »Köpfchen, gutes Aussehen *und* Körpergröße«, sagte sie und legte den Kopf zurück, um zu ihm aufzusehen. »Ich bringe es nur auf zwei dieser Eigenschaften und überlasse es euch zu entscheiden, was mir fehlt!« Dann hatte sie einen exzellenten Rat für ihn und eine Drohung: »Pass auf und schau nach meiner Maggie hier, junger Mann. Sonst musst du *mir* gegenüber Rechenschaft ablegen.« Ganz schön cool, den Schwester-minator als Schutzengel zu haben!

Etwas später am Abend hatten Schwester Evangelista und ich Gelegenheit, in Ruhe miteinander zu reden. Zuerst musste ich all ihre Fragen zu Jeremy und wie wir uns kennengelernt haben, beantworten, aber dann hatte auch ich ein paar Fragen. Fragen, über die ich seit unserem letzten Gespräch nachgedacht hatte.

»Schwester. Diese Geschichte, die Sie mir von Patrice und der Krankenschwester und dem Soldaten erzählt haben und wie Patrice dann letztendlich in einem Kloster landete ...«

»Ja, was ist damit?«

»Nun … Ich habe mich gefragt … ob die Patrice in der Geschichte in Wirklichkeit … *Sie* sind?«

Schwester Evangelista klatschte in die Hände wie ein fröhliches Kind.

»Meine Güte, was für eine blühende Fantasie du hast! Nein, meine Liebe, Patrice in der Geschichte ist in Wirklichkeit … Schwester Patrice! So viel zum Schutz der Unschuldigen!« Eine Frage abgehakt. Eine offen.

»Und was war mit der *Krankenschwester*, nachdem sie den Soldaten geheiratet hat, Schwester? Hatte diese Geschichte ein glückliches Ende?«

Das Lächeln auf Schwester Evangelistas Gesicht wurde ein bisschen weniger, verschwand aber nicht ganz.

»Ein glückliches Ende? Nun, ich glaube, das hängt wie bei jeder Geschichte sehr davon ab, wann du sie für beendet hältst, meine Liebe. Die Krankenschwester und der Soldat lebten vier Jahre überwiegend glücklich zusammen. Aber leider haben Kriege die Eigenschaft, diejenigen, die in ihnen gekämpft haben, zu begleiten, auch wenn sie vorbei sind. Man sagt, Soldaten kehren *aus* einem Krieg zurück, aber viel häufiger ist es so, dass sie *mit* einem Krieg zurückkehren.«

Die Schwester hielt inne, bevor sie fortfuhr.

»Der Ehemann der Krankenschwester starb eines Tages, als der Wagen, den er steuerte, mit hoher Geschwindigkeit gegen einen Baum prallte. Es war der einzige Baum an einem einsamen, ganz geraden Stück Straße. Die Polizei bezeichnete es als Unfall. Wegen Übermüdung.«

»Oh Gott, das ist ja *furchtbar*.«

Schwester Evangelista nickte langsam.

»Ja. Aber im Leben fügt sich immer eines ins andere, und auf Umwegen münden manchmal sogar Tragödien in Glück und Freude. Als Schwester Patrice nämlich von dem tragischen Unfall hörte, besuchte sie die Krankenschwester und war Tag und Nacht für sie da. Die beiden Frauen trauerten zusammen, unterstützten sich, organisierten die Beerdigung und standen schließlich Arm in Arm am Grab des Mannes, den sie beide geliebt haben. Im Laufe der Zeit kamen sie sich so nahe, wie sich zwei Menschen nur nahekommen können, und am Ende gab es keinerlei Geheimnisse mehr zwischen den beiden.«

Schwester Evangelista saß schweigend neben mir. Ich sprach als Nächste.

»Diese Krankenschwester … sie wurde später dann auch Nonne, nicht wahr, Schwester? Im selben Orden wie Patrice.«

Schwester Evangelistas Blick wanderte in meine Richtung.

»Aber ja, ja, so war es, mein Kind. Wie einfühlsam von dir. Und obwohl ihre liebe Freundin inzwischen verstorben ist, lächelt sie immer noch jeden Tag, denn sie verliert niemals das Gute in ihrem Leben aus den Augen – beziehungsweise die wunderbaren *Menschen*.«

Beim letzten Teil des Satzes drückte sie meine Hand und fügte hinzu: »Da hast du dein glückliches Ende, Maggie.«

Das dritte Highlight kam vollkommen überraschend. In der zweiten Hälfte des Abends traten Courtney Summers und ihre Eltern an unseren Tisch und fragten, ob sie sich dazusetzen dürften. Das war noch überraschender als alles, was bei der Übernachtungsparty bei ihr passiert war! Courtney erzählte, dass Chloe und Jazzmin sie seit dem Gespräch mit Rektorin Chalmers aus ihrer kleinen Freundschaftsgruppe ausgeschlossen und beim Abschlussball praktisch den ganzen Abend nicht mit ihr gesprochen hatten. »Jazzmin, Chloe und ich haben nichts mehr miteinander zu tun«, erzählte mir Courtney. Und sie war offenbar gar nicht besonders traurig darüber.

Ich erfuhr im Laufe des Abends viel über Courtney Summers, und sie entdeckte auch einiges an mir. Dinge, die ich bislang niemandem erzählt hatte. Zum Beispiel, dass dieser Schauspielertyp Jason Davenport mein richtiger Vater ist, dass er meine Mutter und mich vor vier Jahren sitzen gelassen hatte und dass es für die Ereignisse bei der Übernachtung einen Grund gab. Ich bat Courtney, diese Dinge für sich zu behalten. Und als sie es mir versprach, glaubte ich ihr. Vielleicht war Ziel eins doch noch nicht mausetot und begraben.

Es gab natürlich noch viele andere Highlights an diesem Abend, und der einzige Dämpfer (abgesehen von ein paar langweiligen Reden) war, dass er viel zu schnell verflog. Bevor ich mich versah, verabschiedeten wir uns und strömten zusammen mit allen anderen aus der Halle hinaus. Vor uns lagen nur noch das Abgeholtwerden und die Fahrt nach Hause.

Einer der besten Abende meines Lebens war beinah vorbei.

Beinah.

Da war es wieder, dieses Wort.

Mehr Muskeln
als Shirt

F ür die Heimfahrt gab es keine glitzernden Zeitmaschinen. Mum sollte uns abholen und auf dem Weg Jeremy absetzen. Aber als ich die Reihe der parkenden Autos gegenüber der Halle mit den Augen absuchte, entdeckte ich nicht Mums Auto, sondern einen blassgelben Kombi aus den Sechzigerjahren mit meiner Mutter auf dem Beifahrersitz.

Ich kämpfte die Panik nieder, die in mir hochstieg. Sunny Boy und die Nervensäge? Hier bei meinem Abschlussball? Okay. Gut. Kein Problem. Ich sah das total entspannt. Nichts könnte mir meinen Abend verderben. Jeremy und ich mussten nur die Treppe hinuntergehen, die Straße überqueren, auf die Rückbank hüpfen und uns nach Hause fahren lassen.

Nicht mal die Nervensäge würde es schaffen, diesen Ablauf zu stören.

Oder?

Wir machten genau das, was ich gerade gesagt habe: Wir gingen die Betonstufen vor der Halle hinunter und über die Straße zu Sunny Boy. Da bemerkte ich, dass Mum nicht alleine auf dem Beifahrersitz saß. Etwas hatte sich in ihrem Schoß zusammengerollt.

»Mum, warum zum Teufel hast du Sir Tiffy mitgebracht?«

»Nicht ich«, sagte meine Mutter. »Sir Tiffy hat sich selbst mitgebracht. Er hat fest auf dem Rücksitz geschlafen. Ich habe es nicht bemerkt, bis wir fast hier waren und er anfing zu jammern. Wahrscheinlich wollte er sich den Spaß nicht entgehen lassen. Aber jetzt schläft er wieder tief und fest. Ich glaube, die Aufregung ist ihm an die Nieren gegangen.«

Na toll. Jetzt hatte ich die Nervensäge, Sunny Boy *und* den Dæmon der Nervensäge bei meinem Abschlussball. Zugabe! Meine Nervosität wuchs, aber da wir schon sicher auf dem Rücksitz des Autos saßen und gleich losfahren wollten, gelang es mir, relativ ruhig zu bleiben.

Wir waren *beinah* aus dem Schneider.

Die Nervensäge hatte den Blinker gesetzt und wollte losfahren, aber wegen eines Ministaus musste er noch warten. Mum drehte sich in ihrem Sitz um. Sie grinste breit.

»Uuuuund? Erzählt mir *alles*. Wie war es?«

»Supergut«, sagte ich.

Jeremy nickte lächelnd: »Geil.«

»Wie schön. Freut mich zu hören.«

Die Nervensäge stieß einen Seufzer der Erleichterung aus.

»Puhhhhh! Da fällt mir aber ein Stein vom Herzen. Der Murks mit dem Auto tut mir wirklich leid, Leute. Ausgerechnet an diesem Abend musste Sunny Boy rumzicken. Aber *jetzt* läuft er wieder wie eine Eins! Nicht zu fassen.«

Ich betrachtete ihn im Rückspiegel. Obwohl ich kaum mehr sehen konnte als seine Stirn und seine Augen, warf ich ihm einen halbherzigen Todesblick zu.

»Ich bin nicht *ganz* blöd.«

Die Nervensäge runzelte die Stirn.

»*Nicht?* Nun, das ist eine starke Behauptung. Wo ist dein Beweis?«

Mum knuffte ihn gegen die Schulter. Jeremy kicherte in sich hinein, wurde dann aber sofort wieder ernst.

»Du weißt genau, was ich meine. Es gab keinen ›Murks‹. Pete und Justin hätten niemals rechtzeitig auftauchen können – in Raumanzügen und mit Trockeneis und allem, wenn sie in letzter Minute informiert worden wären. Du hast die ganze Sache offensichtlich geplant.«

Die Nervensäge machte ein gespielt erstauntes Gesicht.

»Was? Diese Typen laufen immer im Raumanzug rum und würden sich niemals ohne ihre Trockeneis-Maschinen blicken lassen.«

»Okay. Ich glaube dir. Es war alles Zufall. Trotzdem danke.«

»Wofür?«

»Dafür, dass du so ein *Scheiß*auto hast, das genau im richtigen Augenblick kaputtgeht, sodass Jeremy und ich nicht in einer alten Klapperkiste, sondern wie Superhelden in zwei geilen Zeitmaschinen beim Abschlussball vorfahren konnten und alle anderen gelb wurden vor Neid.«

Die Nervensäge lachte und wollte gerade etwas sagen, als seine Worte von dem tiefen Dröhnen eines Motorrads übertönt wurden. Ein großes, böse aussehendes Motorrad war gerade in den schmalen Spalt zwischen unserer Kühlerhaube und dem Kofferraum des vor uns geparkten Wagens eingebogen.

Die Nervensäge zeigte durch die Windschutzscheibe auf das Motorrad.

»Was denkt sich dieser Witzbold? Er hat mir nicht genug Platz gelassen, um auszuscheren. Er hat uns zugeparkt.«

Er hupte.

Der Fahrer des böse aussehenden Motorrads schaute in unsere Richtung. Sein Gesicht konnten wir wegen des schwarzen Helms nicht sehen. Wir sahen nur seine ausgeblichenen, zerfetzten Jeans, seine schweren Stiefel und sein Muskelshirt. (Mehr Muskeln als Shirt.) Als er die Handschuhe auszog, trat sein Bizeps hervor wie ein Felsbrocken. Ich bemerkte Buchstaben-Tattoos auf den Fingern seiner linken Hand. Sie ergaben das Wort N-E-X-T. Als er sich das Kinn rieb, konnte ich sehen, was auf seiner anderen Hand stand. Y-O-U-R.

YOU R NEXT.

Hmmmmm. Der Nächste wobei?, fragte ich mich.

Das waren nicht seine einzigen Tattoos. Zwischen Totenköpfen, knapp bekleideten Frauen, Dolchen und Teufeln erregten vor allem zwei Tattoos meine Aufmerksamkeit. Eines rankte sich in Schnörkelbuchstaben um seinen Hals: ZU STARG UM ZU VERLIREN. Das andere verkündete stolz von seinem linken Unterarm: ICH BERÄUE NICHTS!

Wollte dieser Typ sich um den Rekord für die meisten Rechtschreibfehler auf einem einzigen Körper bewerben? Ich fragte mich, ob ihn jemals jemand darauf aufmerksam gemacht hatte. Der unregelmäßig rasierte Kopf (Taarsheebah schlägt zurück?), der zum Vorschein kam, als er den Helm absetzte, die kalten, tief liegenden Augen, sein hässliches Gesicht mit den Narben, der krummen Nase und der leicht vorgewölbten Stirn sagten mir: »*Eher* nicht.«

Wahrscheinlich hatte ich den Motorradfahrer ein bisschen zu lange angestarrt, denn er reckte das Kinn und warf mir einen bösen »Was zum Kuckuck gibt's hier zu glotzen?«-Blick zu. (Wobei ich bezweifle, dass er tatsächlich das Wort *Kuckuck* benutzte). Aber ein paar Sekunden später wusste ich die Antwort. Ich wusste genau, was es zu glotzen gab.

Beziehungsweise, wen.

Der böse dreinschauende Motorradfahrer-Typ war ... BODENE PRICE.

Du erinnerst dich an ihn? Bodene Price? Der größere große Bruder von James Price mit dem Schweinchen-T-Shirt. Der wandelnde Nuklearsprengkopf? Ja, genau der.

Ich hatte Bodene vorher nur ein paar Mal gesehen. Einmal bei unserem Schulfest und ein paar Mal, als er Jason aus irgendeinem Grund von der Schule abholte. Irgendwie schaffte er es immer, eine gewisse Unruhe zu verursachen und die Lehrer in höchste Alarmbereitschaft zu versetzen, wann immer er auftauchte. Ein bisschen wie ein tollwütiger Hund in einer Kleinkind-Spielgruppe.

Ich hatte ihn nicht sofort erkannt, weil er seit dem letzten Mal, als ich ihn gesehen habe, bedeutend weniger Haare auf dem Kopf und beträchtlich mehr Tinte auf dem Körper hatte. (Einen Teil davon würde er wahrscheinlich noch BERÄUEN.) Außerdem sah er aus, als hätte er eine ausgedehnte »All you can eat«-Diät mit Steroiden, Testosteron und eiweißreicher Kost hinter sich.

Die Nervensäge hupte noch einmal und fuchtelte ein bisschen mit den Händen.

Bodene zeigte so viel Interesse an der Nervensäge, wie er an einem Moskito zeigen würde. Einem toten. Er stieg gaaaaaanz langsam von seinem Motorrad herunter, legte den Helm auf den Sitz und ließ seine Handschuhe hineinfallen, einen nach dem anderen. Dann ging er, uns immer noch komplett ignorierend, zu einem ungefähr zehn Meter entfernten Baum an der Straße und lehnte sich dagegen. Von dort aus ließ er den Blick über die große Menschenmenge vor der Halle schweifen. Wahrscheinlich war er auf der Suche nach seinem kleinen Bruder.

Er sah nicht gerade aus, als wäre er total begeistert davon, hier zu sein, also schloss ich, dass er wahrscheinlich unter dem Befehl von Mrs Price stand (diejenige in der Familie, so das Gerücht, vor der man wirklich Angst haben musste). Außerdem bemerkte ich, dass Bodene nur einen zusätzlichen Helm dabeihatte, und nahm deshalb an, dass Brodie von ihren Eltern mitgenommen wurde. Wahrscheinlich eine weise Entscheidung.

Die Nervensäge hob die Hände und faltete sie über dem Kopf zusammen.

»Unglaublich!«, sagte er. Dann machte er sich daran, sich abzuschnallen.

Mein Herz übersprang ein paar Schläge.

»Warte! Was hast du vor?«

Die Nervensäge schaute mich im Rückspiegel an.

»Was ich vorhabe? Ich will diesen Typen bitten, sein Motorrad wegzustellen, damit wir hier nicht die ganze Nacht festsitzen. Ich glaube, das ist einleuchtend.«

»Nein. Nein, das kannst du nicht machen. Du hast keine Ahnung. Das ist nicht *irgendwer*. Das ist Bodene Price. Bodene Price hat mit einleuchtend nichts am Hut.«

»Wer?«, fragten Mum und die Nervensäge im Chor.

»Bodene Price. Alle an der Schule kennen ihn. (Jeremy neben mir stimmt zu.) Er ist Jason Price' ältester Bruder. Du weißt schon, Jason«, sagte ich zur Nervensäge, denn ich wollte vor Jeremy nicht zu sehr ins Detail gehen, »dieser *T-Shirt*-Typ, mit dem du eine interessante Diskussion über *Schweine* und *Mode* hattest?«

Die Nervensäge runzelte die Stirn.

»Das ist der Bruder vom Schweinchen-Jungen?« Er musterte Bodene.

»Was für eine *reizende* Familie. Aber, wer immer er ist, es ist lächerlich. Er muss das Motorrad nur einen Meter oder so bewegen. Kaum der Rede wert.«

Die Nervensäge hupte noch ein paar Mal. Länger diesmal. Bodene reagierte auf das Hupen, indem er sich kurz umschaute, demonstrativ auf den Boden spuckte und sich dann wieder abwandte. Er hatte schon durch seine bloße Anwesenheit, ohne etwas zu tun, ziemlich viel Aufmerksamkeit erregt, aber durch die Huperei begann die Menge auf der Treppe richtig aufmerksam zu werden. Einige Leute zeigten in unsere Richtung. Andere riefen nach ihren Freunden. Mit jeder Sekunde versammelten sich mehr Menschen. Offenbar spürten sie, dass sich etwas zusammenbraute, was kostenlose Unterhaltung versprach.

»Jetzt reicht's!«, knurrte die Nervensäge und schnallte sich ab. »Es wird Zeit, dass er ein bisschen Rücksichtnahme lernt.«

Ich griff nach seiner Schulter.

»Nein, bitte, nicht! Das ist es doch, was er will. Du kapierst es nicht. Er ist ein professioneller Käfigkämpfer. Jason hat mir alles über ihn erzählt. Er ist auf Plakaten abgebildet. Er lebt davon, dass er Leute verprügelt. Und er ist richtig *gut* darin. Erst vor Kurzem hat er einen großen Kampf gewonnen. Mit Fernsehübertragung und allem. Wenn du rausgehst, kommt es zum Kampf. Alle schauen zu. Und du könntest getötet werden.«

Ich wusste nicht, was davon mir größere Sorgen bereitete.

»Maggie hat recht, Danny«, sagte Mum. »Ich trau dem Typen nicht. Es steht nicht dafür. Wir sind nicht in Eile. Wir haben alle Zeit der Welt. Irgendwann fährt er weg. Es macht mir nichts aus zu warten. Das ist doch eine gute Gelegenheit für Maggie, uns noch mehr von dem Ball zu erzählen. Vergiss es einfach. Okay? Entspann dich.«

Die Nervensäge hielt den Sicherheitsgurt fest und starrte mich im Rückspiegel an. Ich erinnerte mich an etwas, das er einmal zu mir gesagt hatte. Es war meine letzte Chance, ihn zum Einlenken zu bewegen.

»Bodene ist ein dummer Hitzkopf«, sagte ich zu ihm, »aber das heißt nicht, dass du auch einer sein musst. Es war ein wunderbarer Abend. Bitte mach ihn jetzt nicht kaputt.«

Die Nervensäge atmete hörbar aus, löste seinen Blick aber nicht von meinem.

»Bodene Price, was? Käfigkämpfer, sagst du? Berühmter Mann? Nun, *das* werden wir ja sehen«, murmelte er.

Und bevor irgendjemand ihn aufhalten konnte, ließ die Nervensäge den Sicherheitsgurt los, stieß die Fahrertür auf und stieg aus.

Meine Abschlussball-Horror-Story

Die Autotür schlug krachend zu, und Bodenes Kopf flog herum wie der eines riesigen Reptils, das Beute wittert. Als die Nervensäge sich durch die schmale Lücke zwischen dem Kühler seines Autos und dem Motorrad quetschte, stieß Bodene sich von dem Baum ab und drehte sich zu ihm um. Mit vor der Brust verschränkten Armen stand er breitbeinig da und wartete ab. Jeder Muskel an seinem harten, drahtigen Körper war kampfbereit angespannt. Mum legte die Finger auf ihre Lippen. Jeremy schüttelte den Kopf. Ich hielt den Atem an.

Gleich würde mein Leben ein für alle Mal zerstört sein. *Vielleicht* war es mir gelungen, mich von dem Kotz-Skandal und dem Eiskaffee-Skandal zu erholen, aber jetzt würde mein Name für immer mit einer wilden Prügelei auf dem Schulparkplatz vor den Augen meines praktisch gesamten Jahrgangs verbunden sein. Wenn ein Schlag töten konnte, was würde dann ein Dutzend Schläge von Bodene anrichten? Es würde ein Blutbad geben. Das Blut der Nervensäge. Das Bad Bodenes.

Als die Nervensäge die andere Seite des Autos erreicht hatte, blieb er stehen und musterte Bodene von Kopf bis Fuß. Sie standen sich gegenüber wie zwei Revolverhelden, nur dass der eine Revolverheld ein Pusterohr dabeihatte, während der andere einen Raketenwerfer trug. Ich überlasse es euch zu erraten, auf wen was zutraf.

Alle Leute auf den Stufen vor der Halle starrten unverwandt auf das sich entfaltende Drama. Es war die einzige Show in der Stadt. Sogar Rektorin Chalmers drängelte sich nach vorne durch. Nicht zu fassen, was hier abging. Noch ein »beinah« stand mir bevor. Genau, Maggie Butt hatte *beinah* eine vollkommen wunderbare Zeit beim Abschlussball der zehnten Klasse, aber dann trat die gute alte, zuverlässige, alles ruinierende Nervensäge auf den Plan und machte alles kaputt!

Ich betete und hoffte, dass er in der letzten Sekunde zurückweichen und Bodene in Frieden lassen würde.

Er tat es nicht.

Er machte ein paar Schritte und stieß einen Finger direkt in Bodenes kaltes, grinsendes Gesicht.

Es sah so aus, als würde meine Abschlussball-Horror-Story gleich beginnen. Ich schlug die Hände vors Gesicht, weil ich es nicht ertrug, das mit anzusehen.

Aber hören konnte ich immer noch.

»*Du* ...«, sagte die Nervensäge laut. Mein Herz hörte auf zu schlagen. Wozu auch? Zeitverschwendung. Ich war sowieso tot.

»... du bist Bodene Price.«

Ich hörte, wie jemand in die Hände klatschte.

»Ha! Ich hab's *gewusst*. Ich *dachte* doch, dass ich dich erkenne. *Bodene Price!* Ich war derjenige, der gerade gehupt hat. Hast du es gehört? Ich *wusste*, dass du es bist. Ich hab's ihnen gesagt. Ich sagte, ihr haltet mich wahrscheinlich für verrückt, aber dieser Typ da drüben sieht *genauso* aus wie BODENE PRICE!«

Ich hob den Kopf über die Rücklehne des Vordersitzes. Hä?

Jeremy, Mum und ich tauschten verwirrte Blicke. Noch verwirrter war wahrscheinlich nur Bodene selbst.

»Hab ich recht oder habe ich recht?«, sagte die Nervensäge total aus dem Häuschen. »Du bist es, nicht wahr? Muss so sein. Wer sonst solltest du sein? Du bist Bodene Price?«

Endlich antwortete Bodene.

»Hast du ein Problem damit?«, sagte er, als wäre es ein Todesurteil.

»Problem?«, antwortete die Nervensäge und sah erschrocken aus. »Problem? Ganz und gar nicht. Ich bin ein Fan. Ein *großer* Fan. Hab dich neulich im Fernsehen gesehen, als du den großen Kampf gegen … äh … diesen Typen … ähm … wie hieß der noch mal …«

Bodene löste seine Arme und ließ die Hände zu seinen Hüften gleiten.

»Vince Moraga«, sagte er mit einer leichten Drehung des Kopfes und allenfalls einem Anflug von Stolz.

»Genau der! Das ist der Typ! Vince Maranta.«

»Moraga.«

»Maranta, Moraga, was immer. Wen interessiert das? Schnee von gestern, das ist sicher. Dafür hat Bodene Price gesorgt, was! Hast ihn rucki-zucki in die Wüste geschickt, was? Total geil. Wie stehen die Chancen, dich ausgerechnet *hier* zufällig zu treffen? Bodene Price! Hab dich im Fernsehen gesehen und jetzt in Fleisch und Blut. Ich fasse es nicht. Hey, hast du bald wieder einen Kampf?«

Bodene bewegte den Kopf ein bisschen auf und nieder: »Einen großen. Heftigen. Nationale Meisterschaft. Im nächsten Monat.«

»Sag bloß! *Nationale* Meisterschaft? Na, dann wünsche ich alles Gute dafür, Kumpel. Nicht, dass du es nötig hättest. Du bist eine sichere Bank! Klasse! Hey, pass auf, ich muss jetzt los, aber, wow, es war wirklich Wahnsinn, dich kennenzulernen. *Echt* super.«

Die Nervensäge streckte die Hand aus.

Ein steifes Lächeln ging über Bodenes Gesicht, und sie schüttelten sich die Hand.

»Ich *wusste*, dass du es bist. Sofort. Kaum hatte ich dich gesehen, habe ich zu mir selbst gesagt: *Hallo Selbst, das ist Bodene Price!*«

Die Nervensäge machte sich immer noch kopfschüttelnd auf den Weg zu seinem Auto. Als er Sunny Boy erreichte, blieb er stehen und fuhr sich mit den Fingern durch die Haare. Dann drehte er sich um.

»Hey, Bodene, meinst du, du könntest dein Motorrad ein Stückchen wegstellen, nur für alle Fälle? Ist ein bisschen eng hier. Ich möchte beim Ausparken auf keinen Fall dranstoßen, Kumpel.«

Bodene Price, Käfig-Kampf-Meister, wandelnder Nuklearsprengkopf und angehender Irrer, fixierte die Nervensäge mit seinem kalten, leblosen Blick.

Und nickte. Einmal.

Während Bodene sein Motorrad auf das Gras schob, stieg die Nervensäge wieder ins Auto ein, schloss die Tür und schnallte sich an. Niemand im Wagen sagte ein Wort. Und niemand gab ein Geräusch von sich, als die Nervensäge Bodene den hochgereckten Daumen zeigte und vom Randstein in die sich langsam zur Ausfahrt bewegende Autoschlange einfädelte. Erst als wir schließlich durch das Schultor hinausfuhren und auf die Straße einbogen, brach die Nervensäge das Schweigen.

»ACH DU MEINE GÜTE«, sagte er und sah uns nacheinander an: »*Das war* BODENE PRICE!«

Und alle im Auto prusteten los.

Sie spielen
unser Lied

Der darauffolgende Lärm weckte Sir Tiffy auf. Er fing an zu jammern und hörte erst auf, als Mum ihn zu mir auf den Rücksitz reichte. Das ist der Preis, den du für die Liebe bezahlst!

Ich hielt es für angemessen, ihn dem *anderen* Mitbewerber um meine Gunst offiziell vorzustellen.

»Jeremy, das ist Sir Tiffy«, sagte ich und hob sein abgeflachtes, einäugiges Gesicht an. »Sir Tiffy, das ist Jeremy.«

Jeremy sah ein bisschen erschrocken aus. Möglicherweise war er kein großer Katzenmensch.

»Sir Tiffy?«, sagte er. »Was soll das heißen?«

Die Antwort kam vom Vordersitz. »Tja, *das* ist die Eine-Million-Euro-Frage«, sagte die Nervensäge.

Worauf ich antwortete: »Genau. Und *nur ich* kenne die Eine-Million-Euro-Antwort.«

Die Nervensäge warf mir im Rückspiegel einen Blick zu.

»Du hast es rausgefunden?«

Du weißt, dass man sagt: Wissen ist Macht? Nun, ich verfügte über ein gewisses *Wissen,* und in dieser Minute verlieh es mir die *Macht,* es der Nervensäge heimzuzahlen.

»Jap. Und es steht direkt auf dem Formular, genau wie es Mrs Monteith gesagt hat.«

Die Stirn der Nervensäge war so zerknittert wie ein zusammengeknülltes Stück Papier. Ein wundervoller Anblick!

»Was? Wo? Ich hab jedes einzelne Wort auf diesem Ding überprüft und nichts gefunden. Und wo war jetzt der große Witz?«

OFFIZIELLER ZEITPUNKT DER HEIMZAHLUNG!

»Weißt du, ich würde es dir ja *sehr gerne* sagen, aber ich bin einfach nicht *sicher*, ob ich es tun sollte oder nicht. Ich meine, wenn Mrs Monteith es dir nicht gesagt hat, dann sollte ich einfach ihre Wünsche *respektieren* und es nicht überall *ausplaudern*.«

Jetzt bohrten sich zwei Augen in mich. Dann schauten sie zu meiner Mutter.

»Habe ich dir jemals gesagt, dass deine Tochter manchmal ziemlich *nervig* ist?«

WAS! WIE WAR DAS MIT DEM GLASHAUS UND DEN STEINEN?

»Oh, ja, ich weiß«, sagte meine Mutter. »Ist es nicht *wunderbar*, dass ihr beide euch so ähnlich seid?«

Bohrender Blick. Hey, Augenblick mal. Was meinte sie mit »ähnlich«?

Dann schaute Mum über die Schulter zu mir.

»Was ist, Maggie, wirst du uns in das Geheimnis einweihen? Ich muss unbedingt wissen, wie meine *geniale* Tochter das Geheimnis um Sir Tiffys Namen gelüftet hat, während andere, etwas *minderbemittelte* Individuen – und wer bleibt übrig, Danny – so *jämmerlich* gescheitert sind.«

Guter Punkt, Sigourney!

»Okay. Wenn ihr es unbedingt wissen wollt – der Name stand

die ganze Zeit in großen schnörkeligen Buchstaben da, ganz oben auf dem Formular. Keine Ahnung, wie ihr ihn übersehen konntet.«

Die Nervensäge kräuselte die Nase, als wäre ein schlechter Geruch hereingeweht.

»Aber oben auf dem Formular steht nur ... *Stammbaum-Zertifikat.*«

»Ganz richtig«, sagte ich zu ihm. »Stammbaum-Zertifikat. Aber Sir Tiffy ist ein australischer Kater. Zertifikat klingt wie ... [sər'tɪfɪkət], klingelt es bei jemandem? CER-TIFI-CAT. [SəR-'TIFI-KəT]. SIR TIFFY KATer.«

Die Nervensäge warf den Kopf zurück und stieß einen Schrei aus. »Hundert Punkte, Mrs M! Und auch wenn ich es nur ungern zugebe, du verdienst eine Medaille für die Lösung des Rätsels, Maggie May. Oder zumindest ein Anerkennungs-SIR-TIFFY-KAT.«

Als wir schließlich genug gestöhnt und gelacht hatten, erzählte ich Jeremy die ganze Geschichte von Sir Tiffy und seiner unglaublichen Verwandlung von einem undefinierbaren Klumpen aus verfilztem Fell zu einem Lebewesen. Und dann schaltete die Nervensäge das Autoradio an.

»Ich brauche ein bisschen Hintergrundmusik«, erklärte er. »Um das Geknutsche auf dem Rücksitz zu übertönen.«

Okay, du kannst jetzt abdrücken. Bitte.

Aber es blieb nicht lange Hintergrundmusik. Nur wenige Augenblicke später drehte die Nervensäge den Ton auf.

»Hey, hör mal zu. Hast du das gehört?«

Ich hörte nur noch das Ende von dem, was der DJ sagte. Aber es reichte.

»… und dann gleich nach einer kurzen Werbung spiele ich für euch Paul Youngs großen Hit aus dem Jahr 1985. Aber was immer passiert – IHR geht bitte nicht weg!«

Jetzt schauten mich verrückte, aufgeregt aufgerissene Augen aus dem Rückspiegel an. Ich schüttelte den Kopf.

»Nein.«

»Ach komm, Maggie.«

»Nein«, sagte ich. »Auf keinen Fall.«

»Aber du musst. Sie spielen unser Lied.«

»Nein, ich *muss* überhaupt nicht, und ich werde auch nicht. Und es ist nicht *unser* Lied. Es ist *dein* blödes Lied.«

Jeremy neben mir runzelte die Stirn, als hätte er auf einmal bemerkt, dass er in den falschen Bus eingestiegen war und sich auf dem Weg in die Klapse befand – ohne Rückfahrschein.

»Er will, dass wir zusammen mit ihm dieses blöde Lied singen«, erklärte ich. »Aber statt zu singen ›du nimmst ein Stück *von mir*‹, singt er ›du nimmst ein Stück *Käse* mit dir‹. Zum Heulen, oder? Jeremy, warum lachst du?«

»Ha! Siehst du!« Die Nervensäge schlug mit der flachen Hand auf das Lenkrad. »Es ist saukomisch, und der J-Man stimmt zu. Der J-Man ist dabei!«

Dann meldete sich Mum zu Wort. »Wenn Jeremy mitmacht, dann mache ich auch mit.«

Großartig. Überstimmt. Und die Nervensäge würde nicht lockerlassen.

»Du kannst dich nicht drücken, Maggie. Wie stehen die Chancen, dass wir alle zusammen in einem Auto sitzen, ich schalte das Radio ein, und sie spielen *dieses* Lied? Die Wahrscheinlichkeit, dass dieser Augenblick sich *nie* wieder wiederholt, ist astronomisch hoch. Nie wieder. In der Geschichte des gesamten Universums!«

»Du sagst das, als wäre das *schlimm*«, sagte ich zu ihm.

Inzwischen war der Werbespot im Radio vorbei, und stattdessen ertönten ein klimperndes Klavier und anschwellende Gitarrenklänge. Die Nervensäge warf mir aus seinen verrückten, aufgeregt aufgerissenen Augen wieder einen vernichtenden Blick zu. Als der Sänger zur ersten Strophe ansetzte, drehte er den Ton noch einmal auf, und die Musik flutete in das Wageninnere.

Ich sah die Nervensäge an. Er holte tief Luft. Ich hielt die Luft an. Der Refrain war nur noch einen Herzschlag weit entfernt. Unsere Blicke trafen sich. Er hatte denselben Kleiner-Junge-Ausdruck im Gesicht wie an dem Abend, als er Mum fragte, ob Sir Tiffy nicht bei uns bleiben könnte.

»Hier ist er«, sagte die Nervensäge. »Mein großer Augenblick. Du wirst ihn mir nicht *verderben*, oder, Maggie May?«

Ka-Wummm

ein, tat ich nicht.

Als der Refrain begann, ließ ich Mum und die Nervensäge die erste Zeile singen, dann verdrehte ich die Augen, stieß Jeremy mit dem Ellbogen an, und wir fielen bei dem Vers »du nimmst ein Stück Käse mit« ein.

Die Nervensäge stieß ein irres »HURRA!« aus und reckte die geballte Faust in die Luft.

Danach wurde jeder Refrain lauter und verrückter, bis die Nervensäge von Jeremy ein Solo verlangte. Und der kam der Aufforderung mit einer so tiefen, opernartigen Stimme nach, dass wir uns kaputtlachten.

Auch Mum mischte mit und rief: »Wartet mal! Neuer Text!« Und dann überraschte sie uns mit: »Jedes Mal, wenn du weggehst, nimmst du eine Tasse Tee mit dir.« Dann musste natürlich jeder einen Versuch machen. Die Nervensäge machte den Anfang mit »nimmst du einen Pekinesen mit dir«, dann folgte Jeremy. Er wurde seinem Ruf als dem Guru der Geeks gerecht und sang: »Nimmst du einen Billig-PC mit dir.«

Dann war nur noch ich übrig.

Und ich hatte nichts. Ich hatte so viel gelacht, dass mein Kopf total leer war. (Ja, ich weiß, was du denkst. Das ist doch nichts Neues. Stimmt's?) Ich wollte gerade die Arme heben und meine

Niederlage eingestehen, als in letzter Sekunde der gute alte Tiffy zu meiner Rettung kam. Auf meinem Schoß ließ er sein unverkennbares Wehklagen ertönen, und ich hatte die rettende Eingebung. Ich hob ihn hoch, sodass alle ihn sehen konnten, und sang: »Jedes Mal, wenn du weggehst, nimmst du einen Haufen Flöhe mit dir!«

»KA-WUMM! Wir haben eine Siegerin«, sagte ich zu allen, »und ihr Name ist Maggie Butt!«

STANDBILD!

Lass den Abspann laufen.

Hier höre ich
auf zu erzählen

Und hier endet meine Geschichte.

Beziehungsweise hier höre ich auf zu erzählen. Die angehende Regisseurin in mir ruft genau in diesem Augenblick: »Schnitt!«

Was weiter mit meinem Leben geschieht, sei dahingestellt. Aber ich hoffe, dass Jeremy eine große Rolle darin spielen wird. Und Courtney auch. Und, ja, vielleicht wäre es auch nicht das Schlechteste in der Welt, wenn die Erz-Pest, ehemals bekannt als die Nervensäge, auch irgendwo mitmischen würde. Du weißt schon, wegen Mum.

Ich bin mir nicht sicher, ob ich für das kommende Jahr irgendwelche neuen SPEZIELLEN UND REALISTISCHEN ZIELE haben werde, aber eines weiß ich. Wenn, dann werde ich mir ein Beispiel an Bert Duggan nehmen und sie diesmal nicht alle nur auf mich beziehen. Ich meine, wenn man genauer darüber nachdenkt, war der alte Macbeth auch so ein »Hauptsache ich«-Typ, und schau dir an, wohin ihn das geführt hat.

Außerdem habe ich beschlossen, Schwester Evangelistas Rat mit dem Wandteppich zu beherzigen. Du erinnerst dich: einen Schritt zurücktreten von dem Wahnsinn meines Lebens, damit ich das ganze große Bild sehen kann. Eigentlich habe ich das schon ziemlich oft praktiziert. Warum sonst würde ich den größten Teil meiner Ferien damit zubringen, all diese Peinlichkeiten über mich niederzuschreiben? Und nachdem ich jetzt die Möglichkeit hatte, alles noch einmal zu lesen, denke ich, dass Schwester Evangelista auch damit, dass »alles irgendwie verbunden« ist, recht hatte.

Ich meine, wenn ich die Teile aus der zehnten Klasse herausreißen würde, die ich damals hasste (ich schaue dich an, Kritiker der schnackselnden Schweine!), dann würden sich auch einige positive Teile (hallo, Jeremy!) in Luft auflösen, oder? Und wenn ich es mir recht überlege, erwies sich auch mein schrecklicher Auftritt als kotzende Wodkaleiche in der Notaufnahme am Ende als Glücksfall für Mum. Nicht, dass ich es als Handlungsoption empfehlen würde.

Egal, jedenfalls sieht so (hier dramatische Posaunenstöße einblenden) meine FUMLE für die Zukunft aus.

Wann immer der Wandteppich meines Lebens fürchterlich und total vermasselt und chaotisch aussieht (was irgendwann bestimmt wieder der Fall sein wird), werde ich ein paar Riesenschritte von ihm wegtreten und mich auf all die schönen Teile konzentrieren, die auch in den Teppich eingewoben sind.

Und die kleinen.

Wie zum Beispiel mit Mum unter Decken kuscheln und Horrorfilme anschauen oder die Zuneigung eines knochigen, flachgesichtigen Dæmons spüren oder die Adressatin des schiefen Lächelns einer bestimmten Person sein.

Und die großen Dinge.

Wie jener Samstagmorgen nach der Woche, in der ich nachsitzen musste, als wir (mit Jeremys Expertenhilfe) auf dem gro-

276

ßen Fernsehschirm im Evensong eine Skype-Sitzung abhielten und das Personal und die Bewohner jubelnd klatschten und Bert Duggans Augen in Freudentränen schwammen, als all die wunderbaren Kinder aus dem Waisenhaus »Neue Hoffnung« in Kambodscha auf dem Bildschirm erschienen und wild ihre selbstgemachten »Wir lieben Bert«-Schilder schwenkten, während sie vor einem großen, dekorierten Spruchband herumtanzten, auf dem stand: »Danke, Mr Duggan – Unser Held!«

Und wer weiß? Wenn ich wirklich Glück habe, gibt es auch für mich vielleicht sogar noch einmal einen jener besonderen, die Welt auf den Kopf stellenden Augenblicke mit Happy End, auf den ich mich konzentrieren kann.

Wie den Abend des Abschlussballs der zehnten Klasse an der St Brenda's, als zwei silberne Raumschiffe, gesteuert von den nettesten Raumfahrern im ganzen Universum, wie von Zauberhand vor meiner Tür erschienen. Wie den Abend, als Geheimnisse geteilt wurden und Bodene Price (OMG! ES IST BODENE PRICE!) seinen Meister fand. Oder den Abend, als wir – die Nervensäge, meine Mutter, Sir Tiffy, der Nerd und ich – gegen alle Wahrscheinlichkeit zusammen in einer gelben Klapperkiste namens Sunny Boy saßen und lachten und Witze rissen.

Jap, dieser Abend.

Dieser besondere, die Welt ein bisschen auf den Kopf stellende Abend, als Maggie Butt endlich aufhörte, sich wegen der Nervensäge Sorgen zu machen.

Und sich die Seele aus dem Hals sang.

(Figurativ gesprochen, natürlich.)

Ende ☺

Michael Gerard Bauer, geboren 1955, lebt mit seiner Familie in Brisbane. Sein Debüt *Running Man* (2007) wurde für den Deutschen Jugendliteraturpreis nominiert. Bei Hanser erschien 2008 *Nennt mich nicht Ismael!*, 2009 *Ismael und der Auftritt der Seekühe* und schließlich 2012 *Ismael – Bereit sein ist alles*. Ebenfalls 2012 erschien *Mein Hund Mister Matti*. Zuletzt veröffentlichte die Reihe Hanser die *Rupert Rau*-Trilogie.

Ute Mihr, geboren 1959, studierte Anglistik, Slavistik und Philosophie in Tübingen, St. Paul und Moskau. Sie übersetzt aus dem Englischen und lebt in Tübingen.

⊚ erscheint als Hörbuch bei der Hörcompany,
gelesen von Julia Nachtmann

»Eine ganz besondere Mutmach-Geschichte.«

Beate Schräder, Westfälische Nachrichten online

Williams größter Wunsch ist es, ein ganz normaler Junge zu sein. Doch an Williams Leben ist rein gar nichts normal, denn er ist sehr krank. Zum Glück gibt es Knut, der fast immer für ihn da ist. Eines Tages kam er einfach durchs Fenster geklettert, kugelrund, mit perfekt sitzendem Scheitel und Schuhen, die funkeln wie Diskokugeln. Mit Knut ändert sich alles, mit Knut wächst William über sich hinaus. Und mit Knut gelingt William das scheinbar Unmögliche: Er wird gesund.

»Mit feinfühligem Humor, unpathetisch und direkt konfrontiert Wung-Sung seine Leser mit starken Wahrheiten.« *Karin Gruß, Eselsohr*

»Wie William zwischen Freude und Trauer, Wut und Glück hin und her gerissen wird, das erzählt Jesper Wung-Sung sehr sensibel und ohne Pathos.« *Sylvia Schwab, Deutschlandradio*

Jesper Wung-Sung
Weg mit Knut
Aus dem Dänischen von Friederike Buchinger
224 Seiten. Überzogener Pappband.
Auch als **e**-Book lieferbar
Als Hörbuch bei audiolino, gelesen von Jens Wawrczeck

»An alle rebellischen Mädchen dieser Welt: Träumt größer, zielt höher, kämpft entschlossener und im Zweifelsfall merkt euch: Ihr habt recht.«

Dieses Buch erfindet die Gutenachtgeschichte neu: Es erzählt 100 inspirierende Geschichten über beeindruckende Frauen, die jedem Mädchen Mut machen, an seine Träume zu glauben. Eine spannende Lektüre – nicht nur zur guten Nacht. Illustriert von über 60 Künstlerinnen aus aller Welt.

»Dieses Buch gehört auf den Nachttisch jedes Mädchens und jeder jungen Frau, die Sie kennen.« *Geri Stengel, Forbes Magazine*

»Diese Gutenachtgeschichten handeln nicht von Prinzessinnen, sondern von Frauen, die die Welt veränderten. Von Frauen, die nicht darauf warten, dass irgendwann ein Prinz kommt, sondern die ihr Leben selbst in die Hand nehmen.« *Taylor Pittman, The Huffington Post*

»Das erfolgreichste Buchprojekt in der Geschichte des Crowdfunding.« *Michael Schaub, Los Angeles Times*

Elena Favilli und Francesca Cavallo
Good Night Stories for Rebel Girls. 100 außergewöhnliche Frauen
Mit 100 vierfarbigen Illustrationen
Aus dem Englischen von Birgitt Kollmann
212 Seiten. Gebunden.